魅丽文化

喃喃

NAN NAN

时巫 著

江苏凤凰文艺出版社
JIANGSU PHOENIX LITERATURE AND ART PUBLISHING, LTD

图书在版编目（CIP）数据

喃喃 / 时巫著. — 南京 : 江苏凤凰文艺出版社，2018.1

ISBN 978-7-5594-1529-5

Ⅰ. ①喃… Ⅱ. ①时… Ⅲ. ①长篇小说—中国—当代 Ⅳ. ① I247.5

中国版本图书馆 CIP 数据核字（2017）第 309891 号

书　　名	喃喃
作　　者	时　巫
出版统筹	黄小初 邹立勋
选题策划	朵　爷
责任编辑	胡小河 姚　丽
文字编辑	张美丽
责任监制	刘　巍 江伟明
出版发行	江苏凤凰文艺出版社
出版社地址	南京市中央路 165 号，邮编：210009
出版社网址	http://www.jswenyi.com
印　　刷	湖南凌宇纸品有限公司
开　　本	880mm×1230mm　1/32
字　　数	233 千字
印　　张	9
版　　次	2018 年 1 月第 1 版，2018 年 1 月第 1 次印刷
标准书号	ISBN 978-7-5594-1529-5
定　　价	32.80 元

目 录

C O N T E N T S

目录

C O N T E N T S

第一章:

传说中的最强水逆

【1】

顾声声觉得，她遭遇了传说中的水逆。

一切都是有预兆的，比如她家猫主子今天叫醒她的方式变得相当残暴，用失传已久的九阴白骨爪在她手上挠了一记，挠完就跑。她哀号着跳下床找猫算账，却撞翻了刚买回来的花瓶；她心痛地转身，又非常应景地磕到了厕所的门；接下来，还遭遇了地铁坐过站、手机被“毁容”，以及被流浪汉追着跑非要教她“降龙十八掌”的奇幻故事。

好好的一天开始得鸡飞狗跳，顾声声觉得自己可能要摊上大事了！

等到了公司，她开始痛恨自己的乌鸦嘴，说什么来什么，她果真摊上大事了。

她！一个刚通过考核、勤勤勉勉工作的劳模，竟然被炒了鱿鱼！

一封解雇信安安静静地躺在她办公桌上，恰好这天景川迎来纷飞的初雪，窗外是一片苍茫的白，寒风呼啸，很是唏嘘悲凉，让人轻易就黯然神伤。

顾声声扶额，开始怀疑人生！

坐在她左手边的Eva神秘兮兮地靠了过来，特务般压低了声音：“听说二十三楼那位‘杀手’，今天又‘砍’掉了三十个人，这才第三天啊……”

右手边的Coco也鬼鬼祟祟地凑过来：“人事部今天放出消息了，‘杀手’说，那些靠关系进来、只拿薪水不做事的，这一周内统统……”说着，Coco用手掌在喉咙处比画了一下，“杀无赦！”

顾声声被挤在中间，很是忧郁地抬起头来，正好看见窗外的雪又大了几分，就连待在开着暖气的办公室都能感受到冷意。

Eva夸张地抱住了自己：“好可怕，不知道是哪些倒霉鬼？！”

Coco敲了敲顾声声的办公桌：“别沉默，快发表感悟！”

顾声声将一直放在桌下的解雇信抽出来，“啪”的一下贴在了额头上，无限悲情地说：“我！就是其中一个倒霉鬼！”

刚才还滔滔不绝的两个女人立刻换上一副见鬼的表情。

Eva飞快地捂住了胸口：“我的天啊！怎么你也收到了？你不是才刚过了实习期吗？”

顾声声只想挠桌：“是刚过呀，就在三天前。”

三天前，“杀手”刚杀到公司。

顾声声所在的公司刚经历了一场革新，为了打入世界建筑设计的排行榜，公司花重金从国外请来一位首席建筑师和他的御用团队。

首席建筑师上任的那天，景川下了一场大雨，迎接新首席的典礼就在公司最大的那个会议厅里举行，全公司上下数百号人都参加了。顾声声那天刚刚签下了转正的员工合同，心花怒放得很，连雨声都让她觉得世界无限美好。

她挤在会议室的最角落，乐颠颠地看了一下午的雨，完全不知道那个惊才绝艳的新首席究竟说了什么。

她只知道新官上任三把火，这火来势汹汹，几乎烧掉了公司三分之一的员工。公司里的人暗地里都称呼他为“杀手”，说他杀人不见血，连资历最老的员工都不留情面地拿来开刀。

顾声声很忧愁，总不会因为她在迎接他的典礼上走神就要解雇她吧？

她将解雇信颠来倒去地看了数十遍，开始怀疑是不是派错了地方。毕竟她工作勤勤恳恳，也从没犯什么过错，更重要的是，她才刚刚通过了长达六个月的实习期。

六个月啊！公司史上最长的试用期！

新首席这个时候挑她下手，太狠太不人道了。

顾声声很委屈：“我又没有得罪过他。”

她坐在位置上酝酿了好久，决定做人要有冤申冤，不能忍气吞声。她怀揣着解雇信，在 Eva 和 Coco 充满敬佩的目光中，勇猛地直闯二十三楼。

二十三楼秘书台的接待很温柔地替顾声声指了路。

这三天里不少人来二十三楼一哭二闹三上吊，都被新首席一根手指头摁死了，铩羽而归。接待小姐认为，顾声声很快就会是下一个哭着跑出首席办公室的人。

办公室的门半开着，顾声声为了保存气势，飞快地敲了门，不等里头的人回应，立刻推门而入。

里面一个穿着深黑色西装的英俊男人正站在办公桌前整理文件，闻声，他抬头讶异地看了她一眼：“你……”

顾声声不失时机地走到桌前：“您好！我是十九楼室内设计部的顾声声！”

男人看起来很和蔼：“请问你有什么事？”

她有些受宠若惊，颤颤巍巍地开始申冤：“那个……我刚刚过了六个月的实习期，上级评语是勤勤恳恳、努力勤奋，我没有闯过祸、出过错，请问您为什么解雇我？”

她从小便不是大刀阔斧言辞犀利的人，此刻就算急得头顶生烟，也始终不敢大声说话，硬生生把自己憋成一个脸红的包子。

对方愣怔了数秒，一脸无奈地摇了摇头。

摇头？这是连考虑都不考虑了的意思吗？你好歹说句话啊！

向来很小白兔的顾声声急了，她越过办公桌一把攥住对方的衣领：“您不能因为新官上任三把火就乱烧人，更何况我们二分部本来也不归你们管。”

顾声声恨不得爬上办公桌，抓着对面的人摇晃数百下，最好摇得他头昏眼花对自己言听计从。

事实上，她已经这样做了，被她抓住的那个人一迭声地喊：“顾小姐，顾小姐，你冷静一点。”

就在这时，顾声声的背后忽然传来一个男人的声音，那声音低沉而冷清，傲慢却又动听。

那个声音在说：“你连自己的上级都能认错，我为什么要留着你？出去！”

顾声声吓了一跳，回过头就发现门边的沙发上坐了个穿深蓝色西装的男人，也不知道是什么时候坐在那里的，似乎目睹了她冲动摇人的全过程。他嘴里喊着让她出去，目光却仍胶着在他摊放在膝盖上的文件上，头也不抬。

刚才那个穿黑西装的男人有些艰难地开口：“顾小姐，这、这位才是我们首席，我是首席的秘书 Gary。”

顾声声看了看 Gary，又回头看了看沙发上“哗啦啦”地翻着文件的男人，“噔噔噔”地后退了三步。

坐在沙发上的男人太过威严，仿佛一根小拇指就能摁死她，她心里刚刚聚集起来的勇气瞬间崩塌，腿还有点发软，此刻她很想扶着墙出去。

怎么办？怎么办？怎么办？

她挣扎了片刻，最终还是走到谢安南面前，一个九十度标准鞠躬：“很抱歉，能不能再给我一次机会？”

顾声声站得很近，她的几缕发丝散在了谢安南的文件夹上，虽然飞快撤离，但还是打断了他的阅读。

他终于抬起头来，明明嘴角上扬，是礼貌的微笑，但眼神凌厉逼人：“公司合伙人、董事会赋予了我调动全公司人员的权力，所以不管是一分部还是二分部，都在我的管辖范围内。另外，顾小姐，普通员工的实习期都是一到三个月，你却花了六个月，希望你先从自己身上找原因。”

顾声声瞠目结舌，对方一上来就踩她痛处，果然“杀手”都是无情的。

她承认自己的确迟钝，但她好歹知道勤能补拙啊。

她从小做什么都慢，进入 SQ 几乎花光了她所有的力气。她在这个事事求快的公司总跟不上进度，但她常常加班加点地工作，领导见她勤奋，愿意再给她一次机会，这才有了破例的六个月的实习期。

但是谢安南一出现，她的努力就要化作泡影。

谢安南复又低头看手里的文件：“我说话不爱说第二遍。”

这是在赶人了。

一直在一边站着的Gary立刻上前，朝着门口的方向伸出手："顾小姐，麻烦这边请。"

顾声声可怜巴巴地被Gary赶鸭子一样赶到门边，可下一秒，也不知道怎么突然就天降勇气，她猛地回头抓住门框："我和公司签的合同里有三个月的解约期，我还能在这里工作三个月！"

谢安南依旧没有抬头："你可以不必来，这三个月的工资我会照付。"

顾声声坚持不过三秒，垮着一张脸，被Gary一脸歉意地轻轻推了出去。

顾声声拿着解雇信失魂落魄地回到自己的办公桌，Eva和Coco一看她的样子就了然于心，知道她一定抗议失败了。

Coco拍了拍她的肩膀："'杀手'样样都求快，最不喜欢做事慢的人了，你这是撞枪口上了。"

顾声声哀愁地把额头磕在桌子上，觉得自己的前途无限惨淡，任她们怎么戳都一动不动。

Eva和Coco深知她一郁闷就这样，互相交换了一个眼神，就由着她去了。

顾声声盯着脚上的小白鞋发呆，想起苏幕出国前，曾对她郑重嘱咐："声声，我走了以后，你要好好照顾自己，要变好变强给我看。"

她现在不仅没变好变强，好像还变衰变弱了。要是苏幕知道了，不知会不会笑话她……

在和桌面亲密接触了半个小时之后，顾声声终于缓过劲来，抽出厚厚的老宅改建提案。这个案子她花了许多心血，只要最后能通过，就能保住一个九旬老人最后的居所。

眼前闪过老人家布满皱纹的脸，眼神有些浑浊却充满慈爱。

顾声声答应了老太太替她保住那间被地产商看中的老宅，这大概是顾声声在SQ除打杂以外做的最有意义的工作了，努力就是正义，决不能退缩。

顾声声揉了揉脸，小声地喊：“要和恶势力斗争啊，顾声声！”

她将那封解雇信丢进了抽屉里，决定硬着头皮继续在 SQ 上班。

顾声声成为唯一一个被谢安南辞退后还不愿意离开 SQ 的人，她的“光荣事迹”传遍了整个 SQ，人人都在暗地里议论她同谢安南作对的勇气从何而来，拿了解约金还来上班，根本就是利人不利己。

她是谢安南辞退了的人，自然也不会有人敢再给她分配工作。但顾声声反而乐得清闲，有了多余的时间可以折腾她的改建方案。

但敢于对抗恶势力，还是让她从名不见经传的小职员，突然就变成了声名鹊起的“大人物”，搭电梯的时候常常有人来采访她是如何和“杀手”斗智斗勇的。

比如此刻，与她同校毕业一起进 SQ 当助理的肖一正一脸崇拜地询问她的抗争经过。

顾声声慢吞吞地回想，一五一十地回答。其实当时她全程都是蒙的，靠着一腔热血撑着，而且谢安南快刀斩乱麻，最后她还很没骨气地被撵了出去。

但这些在他人耳中，却觉得顾声声不畏险恶，勇敢抗争。

顾声声说到一半，电梯“叮”的一声打开，迎面走进来两个高大的男人，原本一脸强烈求知欲的肖一忽然噤声，一脸苍白地和顾声声拉开了半臂长的距离，满脸写着“我不认识这个人，我只是路过的”。

顾声声却还沉浸在面对“大魔王”的回忆中：“首席看起来笑里藏刀的，电视剧里这样的人都是很有心机的反派。”

肖一看着前面两个岿然不动的背影，差点儿就哭出来了。

“难怪大家都叫他‘杀手’。”顾声声皱了皱鼻子，“不过，我是不会怕他的。”

电梯又是“叮”的一声，电梯门打开的那个瞬间，听了一路自己不良评价的谢安南终于转过身来。

他这一转身又急又突然，高大的身影就这么罩下来，顾声声被他吓了一跳，下意识想要后退，却冷不防绊到了脚，霎时站都站不稳，眼看就要往后倒。

谢安南伸手握住她的胳膊，轻轻一拉，就将顾声声轻而易举地拉了回来。她起得急了，没有收住力度，额头凶狠地撞在他的胸膛上，瞬间头昏眼花，好在那有力的手还握在她胳膊上，顾声声还不至于一脑袋再磕下去。

谢安南居高临下地看着尚在眩晕中的顾声声：“第一，连自己上级都认不出来的人，没有资格谈论礼貌；第二，在公共场所说别人坏话的时候，请尽量放低音量，顾声声小姐。”

说罢，他放开她，率先大步走了出去。Gary 一脸钦佩地看了顾声声一眼，擦着冷汗跟上谢安南。

顾声声方才被一块岩石般的胸肌磕得天旋地转，隐形眼镜都掉了出来，连眼前的人是谁都没看清。

等人走后，她才捂着脑袋，一脸困惑地看向肖一：“那个人是谁，他怎么会认识我？”

肖一哀号一声：“顾声声，你是不是瞎？刚才连人家后脑勺都认不出来！他就是‘杀手’！谢安南啊！”

顾声声微不可察地抖了抖，心里瞬间泪流满面。她，和首席狭路相逢了，可是，她为什么要认得谢安南的后脑勺？

总而言之，她就这么轻而易举地，又得罪了一次掌握“生杀大权”的首席。

电梯门自动关上，又“噌噌”地往上升，在和肖一四目相对的默默无言中，顾声声觉得，这个冬天实在是太冷了。

【2】

在电梯与谢安南狭路相逢之后，关于顾声声对抗恶势力的故事又添上了色彩浓烈的一笔，不明真相的群众就差没有为她修一座勇士碑了。

顾声声有苦难言，只能怪群众的眼睛着实不够雪亮，她像是那么无畏的人吗？她只是……真的没把谢安南的后脑勺认出来而已。

其实就算她看到了谢安南的正脸，也难保能认出他来，众所周知，她是一个反射弧超长的存在，甚至连记住一个人的样子也很慢。

她从小到大，做什么都比别人慢，精力亦有限，顾妈妈告诉过她，这是上帝给她的恩赐，让她只专注自己觉得最重要的东西就好。

顾声声觉得妈妈是智者，她听从妈妈的话，慢慢忽略那些不重要的，记住重要的，于是代表着恶势力的“杀手”谢安南，自然而然就被她划分在不重要的那一区。

不重要的人，自然影响不了她上班下班、努力工作努力加班。

她，可是要维护正义的人！

周末是照旧要去徐家老宅看老太太的日子，顾声声加了半个上午的班，就从APP里打了个车，准备直奔徐老太太的住处，刚好可以给老太太做一顿午饭。

很快有司机接了单，顾声声扫了手机一眼，车牌号是1515，她一路走到了公司大门前，就看见一辆车牌号1515的SUV已经停在了那里。

现在的司机接客真是神速，避免了她在这冷风萧瑟的天气里挨着冻等车。顾声声一边庆幸着一边走到车边，开了车门便钻了进去。

她手上还捧着一沓材料，朝前座的人扬了扬手机，呵出了一口白气：

“你好呀，我到了，麻烦去平阳巷。”

谢安南从脚刹旁捡起掉落的手机抬起头来，就发现后座钻进来一个人，带着下雪天的寒气，霎时侵占了他半个车厢。他皱了皱眉头，透过后视镜看见了顾声声那张熟悉的脸，她呵着手搓脸，把脸搓得红了才罢休。

他与她算得上是有过节的，他也知道她在他眼皮底下说了许多破坏他形象的话，但如今她钻上他的车，却笑脸相对，礼貌有加，饶是在人精里打滚的谢安南，也有点弄不清楚顾声声究竟是想干吗？

顾声声等了半天，都不见车子发动，忍不住提醒他：“师傅，就我一个，不用等人的，我们走吧。”

师傅？谢安南挑了挑眉毛，觉得很不可思议，越发不知道她这是闹的哪一出。

内心那股让她滚下车的欲望忽而平息，他鬼使神差地就启动了车子。

车子开上了大路，顾声声却一直埋头看资料，似乎将他当作透明人。

“不记得我了？”他想起电梯里那一出，沉沉地开口试探，成功地看到后座的人茫然地抬起头。

顾声声有些蒙，她的隐形眼镜上次在电梯里被撞掉了，还没找到时间重新配，就戴了一副古老的玳瑁眼镜。上午加班时眼睛太疲惫，她就把眼镜取下来放在办公室了，现在面对一个黑乎乎又模糊的后脑勺，让她一时间很是惶恐。

为何又是后脑勺，她最近是和后脑勺杠上了吗？谁的后脑勺都不好认啊。

好在顾声声不是第一次认不出认识的人了，她也因此有了许多足够应对日常情况的方法，她甜甜地笑了笑：“我之前坐过您的车对吧？我们真是有缘分，一会儿我还给您打五分。”

谢安南默了默，果然，她压根没记住他这个人。

车子滑出公司所在的梧桐大街时，谢安南有些冷漠的声音也跟着滑了出来："去平阳巷做什么？"

顾声声头也不抬，欢快地回答道："去看望一个非常可爱的老太太。"

谢安南从后视镜中看到顾声声专注地翻着资料，有些讶异："你在加班？"

顾声声似乎想到什么不开心的事情，叹了口气："对呀，这种天气还在加班的员工多难得啊，某些人就是不识宝！"

谢安南下意识地握紧了手下的方向盘。

顾声声口中的某人，说的自然是他。谢安南终于知道自己是在浪费时间了，她根本没有什么阴谋，只是单纯地上错了车，他却警惕地与她周旋，还充当了一回免费司机，可笑！

为了一个无关紧要的人费神完全不是他做事的风格，更何况这是个连车都能上错的人。他不再和顾声声搭话，调了导航，决定照着指引把她送到目的地然后就回去，避免再和她生出什么枝节。

但是顾声声却在满车的沉寂中接听了一个陌生来电，那密密麻麻的文字资料看得她发晕，她听着电话时觉得自己也是蒙的。

"喂，师傅？我不就在您车上呢……您……"顾声声抬起头，就见前头的人专心致志地开着车，根本没在打电话，而电话那头的男中音还在拼命解释："下雪天车子老出故障，耽搁您了呀，不如您先取消订单吧？"

这怎么可能？大白天的突发灵异事件啊？难道……此1515非彼1515？

她连忙打开APP查看车辆信息，果然显示着乘客还未上车。

顾声声嘴巴不受控制地张大，经常认错人就算了，如今竟然发展到上错车。万一是人贩子的车怎么办？万一把她卖进大山里嫁给一个糟老头被逼着生孩子怎么办？万一她想逃跑逃不成被打断腿关起来怎么办？

在心里上演了一场悲情剧的顾声声发誓，她此刻连跳车的心都有了。

她探头看了看方向盘上那个骄傲又打眼的LOGO，又莫名地松了口气，呃，这么有钱的人，应该不会来拐卖她这种小虾米吧？

她巴巴地握着手机，左顾右盼，发现自己的确是在往平阳巷方向行进并没有上了贼车之后，松了一口气，才充满愧疚地开口："那个，我……我好像上错车了，我们真的认识吗？"

难保她真的遇见了认识的人，人家才好心送她一程，她却半点记不得眼前的人是谁？从小到大，遇到这种情况早已是家常便饭，但顾声声还是觉得不安。

谢安南从后视镜中瞥了她一眼，嘲讽道："顾小姐贵人事忙，这么快就把我忘了？"

谢安南做事杀伐果断，雷厉风行，也需要同样的人与他配合，最不喜欢点不透的榆木疙瘩。在他眼里，像顾声声这种反应慢、动作慢、消化慢的人，于他而言是浪费时间生命，拉低团队智商下限的存在。他厌恶这种人，也不允许这种人存在于自己工作的地方，于是来到公司的第一天，他便不顾骂声，大刀阔斧地开除了许多人。

此刻，他看着顾声声一脸迷茫的包子脸，烦闷得差点儿无法保留绅士风度。

顾声声忧愁得头发都快揪掉了，看来果然是认识的人啊。

她看着前座那个冷漠的后脑勺，憋了半天才憋出一句："不管你是谁，我不会坐霸王车的，我会付车费的。"

说话间已经到了平阳巷附近，这里是老城区，巷子纵横交错，十分狭窄，车子没办法开进去，谢安南停下了车，毫不犹豫地打开车门锁。

"第一，我不是专车司机，不需要你付车钱；第二，公司并没有要求一个已经被解雇的人继续留下来加班工作，请你理清楚。"他头也不回，只朝后视镜冷冷瞥了一眼，"下车！"

这冷漠的声音和语调，还有说话方式，都让顾声声涌起一种可怕的熟悉感，她盯着前面那个后脑勺，感觉自己离真相已经无限接近。

她想起来了！这个后脑勺，和那天在电梯里的后脑勺，好像……是……同一个。

……

顾声声感觉自己的下巴在脱离控制地往下掉，她居然错上了谢安南的车，这和主动跑到哥斯拉脚下跳草裙舞有什么区别？！

生活大起大落实在是太刺激了！

她几乎是连滚带爬地下了车，她嘴上说着不怕他，但心里却将他当成豺狼虎豹，怕得不行。那锐利的眼神好像随时能化作“小谢飞刀”，将她千刀万剐一样。何况妈妈说过，嘴唇薄的男人生性凉薄，他对谁都狠，看起来又那么讨厌她，下起手来一定绝不留情。

“谢谢你送我来……啊！”她慌里慌张地站在车前鞠了一躬，却一头磕在了车窗玻璃上，发出“哐”的一声巨响。

然后，她就看见被巨响惊吓到的谢安南僵硬地转过头来，像看白痴一样地看她。

顾声声忽然觉得，自己刚才应该磕晕过去，就不用面对眼前的人这么不屑轻蔑的眼神。

顾声声捂着额头涨红了脸，匆忙摆了摆手，转身就往巷子里跑。

她带着要超越百米赛跑冠军的架势狂奔而去，然而跑到一半，脑海里却飞快闪过了一个不得了的念头，她连忙刹住脚步，转身折回来。

谢安南已经发动了车子，忽然一个人影从巷子口窜了出来，挡在了他的车前。好在他警醒，用最快速度踩下刹车。

车轮在地上摩擦出尖锐刺耳的声响，车内暖气充足，谢安南却生生惊出了一身冷汗。车子距离顾声声已经不到五厘米，再刹得晚一点，就能直接从她的身上碾过去。

他看着车前老鹰展翅般站着喘气的顾声声，只觉得自己额头的青筋都在跳。

他挟带着暴怒下车的时候，顾声声一忍再忍才没有夺路而逃。

他高大的身影逼近：“顾声声！你发什么疯？！”

顾声声欲哭无泪，只能稳住发抖的腿对着他讪笑道：“首席，您有没有空，我……我想带您去一个地方。”

“没空！”他果然没有看错她，她同那些只会浪费生命的人没有什么不同。他皱了皱眉，转身就走。

他刚走出一步，衣摆就被顾声声紧紧抓牢。

谢安南头也不回：“放手！”

顾声声吓得一哆嗦，恨不得拔腿就逃，但不行，这事关一个老人家晚年遮挡风雨的住所，她视死如归地揪着他不放：“是公事！这是公司接的一个案子，清代的老宅改建，我就是觉得，您会有兴趣的。”

“你手上还有案子？”谢安南对她加班的事本就存着疑惑，没想到她手上当真还有项目。

她没有回答他，只是绕到他面前，踮起脚尖指给他看：“就在前面巷子里，很近，不会耽误您太长时间的！”

谢安南眉头深锁，但还是顺着她指的方向看过去，就看到一处有些破败的屋顶，依稀可以认出是歇山顶的样式。他在国外长大，虽然学的是西方建筑设计，但也看过不少中国的古建筑，也曾为之深深着迷。

他毫不犹豫地转身，朝顾声声说道：“带我去。”

顾声声雀跃不已，带着他往巷子里走去。

深巷中没有人烟，更像是被废弃的荒地，大多数房屋都在岁月的侵袭下腐朽破败，已经许久没有人居住。

顾声声将他领到巷子尽头，那是一座大宅，大门的颜色已经斑驳不堪，隐约能看出当初的朱红颜色。

顾声声见谢安南仰着头打量屋子结构，放下了半颗心，踮起脚就去拉门楣上的一根粗麻绳。她轻轻一拉，门后的铜铃铛就“丁零零”

地响起来。

徐家老太太年纪大了，向来手脚慢，顾声声担心谢安南等得不耐烦，绞尽脑汁地找话题，正想勉强说一句“今天天气真好”时，却发现他侧了侧身子，竟然是要转身离去的样子。

大事不好！

顾声声来不及细想就要去抓他的手臂，心想在他见到老人家之前无论如何也不能让他走。她想着这些，忘了自己正踮着脚，转身时脚踝一扭，疼得抽筋，站都站不稳了，朝着谢安南的方向便扑了过去。

气氛诡异地安静了好一会儿，谢安南面色不善地看着四脚朝天、手里还抓着自己裤脚的顾声声，慢慢地开了口：“不用行这么大的礼。”

顾声声脸朝地，默默地想着，面子是什么东西？她已经没有了，干脆就这样趴到天荒地老好了。

但院子里徐老太太的应声已经响起，她连忙爬起来，脚还有些轻微抽筋，无处借力的她慌乱地攀住了谢安南的手臂。

她拼命想站直，可脚踝一疼便又踉跄了几步，高跟鞋直直地在谢安南脚上踩了两下。

被当作电线杆的谢安南忍无可忍地闷哼一声，他用手扶着顾声声的腰用力一提，将她稳住了，接着从牙缝里挤出了几个字：“顾声声！”

顾声声真的要哭了：“……首……首席……”

恰在这时，那扇破旧的木门“吱吱呀呀”地缓缓打开。

门内一个白发苍苍的老太太探出头来，目光落在门外“打情骂俏”的两人身上，慈祥地笑起来：“囡囡，带男朋友来了呀？”

谢安南刚才为了扶她，手放在了她的腰上，看起来像是将她整个人拥在了怀里。

老太太这话一出，谢安南立刻反应过来，飞快地撒了手。顾声声晃了晃，扶住了墙。

谢安南理了理衣服，朝老太太微微一点头：“您好，请问我可以参观一下您的宅子吗？”

老太太耳背没听清，还在纠结刚才的问题：“哦，囡囡带男朋友来看我啊？”

顾声声想起带谢安南来是有正事要办，连忙脱了高跟鞋，拖着脚蹭过来，冲谢安南讪笑一声，就将老太太拉到一边，低声说：“婆婆，这是我们公司管事的人，我想让他帮忙留住这房子，但直接说他肯定不会答应，总之一会儿您不要说话，让我来跟他说。”

谢安南看着一黑一白两个脑袋凑在一起窃窃私语，若有所思地抿了抿嘴。

“首席，里面请啊。”顾声声刚才摔得灰头土脸的，但回过头来时却换上了一副专业的神情，边引他进去边介绍，“婆婆的这个宅子原来是清代富商的，有三进，每一进的高度依次递增，是步步高升的寓意。”

谢安南挑着眉看了看狭窄破落的天井，和顾声声口中描述的明显不符。

顾声声吞了吞口水，这种睁着眼睛说瞎话的事她这辈子第一次做，冷汗都快逆流成河了。

“这里的地面都是青石条铺的，正房边侧有附房。”顾声声清了清喉咙，掩盖自己有些发颤的声音，“第二进地面铺的是方形罗砖，大厅前面是砖雕门楼，上面是砖刻的画像，木门两侧是雕刻着龙凤图案的汉白玉门当石。”

谢安南没有作声，顾声声便站在那破败的天井里，豁出去地继续往下说：“第三进是走马楼，五个房间相连，房外是木雕走廊，有木楼梯相连……”

顾声声知道，别说谢安南，瞎子都看得出来，眼前这个破败腐朽、堆满了杂物的宅子，根本就不是她口中那座美轮美奂的大宅。

但天塌下来她也只能硬着头皮说下去。刚才她突然折回去，就是因为想起谢安南无论在建筑或者房地产界都是能说得上话的人。更遑论他还是世界有名的房屋设计师，名声响亮，图纸上的每一笔每一画都是千金之价。

如果他愿意帮老太太改造这个宅子，这个旧宅子就一定能逃过被地产商铲平的命运！

顾声声为自己的聪明才智喝彩，只要她能用这个大饼迷惑住谢安南，只要她能继续皮笑肉不笑地说下去，让谢安南相信她……

阳光破开云层，洒落在老旧的院子里，照着墙上紧紧纠缠的蔓藤。谢安南站在这样美好的背景里，看着顾声声“表演”。

他的目光从顾声声绞在一起的手上移开，忽然低笑出声。

这个突如其来的笑打断了顾声声的思路，她的大脑当了机，眼睁睁地看着谢安南走到她跟前，冷厉的目光对上了她的眼。

“顾声声，”他一字一句地说：“你、在、撒、谎……”

【3】

顾声声回过神来的时候，就看见刚才靠近得快碰上她鼻子的人已经站直了身子，理了理衣服。

她只觉得冷汗淋漓，有种做坏事被抓包的心虚感，大脑瞬间死机，空白一片，半天想不出话来回应他。

不知内情的老太太笑眯眯地看着两个小年轻，金童玉女，郎才女貌，天生一对。啊……年轻真好！

被老太太欣慰的目光一扫，顾声声那断了线的思路终于接上，她笑着对谢安南说：“我……我没有说谎，我描绘的，都是这个老宅修建之后的模样。”

谢安南习惯性地抿嘴，老太太的旧宅子有两百多年历史，经过几代人的手，虽说原本的房屋结构和格局已经被破坏，却不是不能修复重建，也不是没有留存的意义。

然而这一点意义，却丝毫没有商业价值，更不值得他花费大量人力物力去修复重建。他向来杀伐果断，心里一计较立刻就有了决定。

“我没兴趣。”谢安南垂了眼睛，不耐烦的神色已经写在了脸上。

他从不做无意义的事情，既然这房子没有任何商业价值，他就不打算再在这里浪费时间。

他朝老太太点头告别：“冒昧叨扰您老人家了，不好意思。”

顾声声知道要说服他很艰难，却没想到他居然连听都不肯听完就要走，真是一点面子都不给啊！

成大事者不拘小节，她顾不得脚疼，跳着追上去拉住他的手。

“首席，要不要坐下喝杯茶再走啊？婆婆做的小点心很好吃……”她笑眯眯地赔着笑脸，希望他能留下来，她好再想办法说服他。

谢安南不喜欢和别人拉拉扯扯，刚才在门外扶她已经是他的极限，他眉头蹙起，毫不留情地打断她：“放手。”

“设计重建的跟进工作都由我来负责就可以了，你只要挂名参与……”战略二失败，谢安南的态度又太坚决，她一急便口不择言。

谢安南冷笑一声：“挂名？”

谢安南嘴角一扯，顾声声就知道自己闯祸了。嘤嘤嘤，她究竟哪根筋抽了才会说出这么没脸没皮的话啊？

在谢安南的字典里，从没有挂名参与坏自己原则这一说。而且这话听起来，更像是她想蹭他的知名度。

果然，谢安南冷笑着将自己的衣角从她的手中拽出来，他手劲大，她被他拽得又一个踉跄，脚踝钻心般疼。

他看她的眼神冷若冰霜，但碍着老人家在场，他终究还是压低了声音：“顾声声，像你这种想蹭着别人的光往上爬的人，我见得太多，你要博出位或者助人为乐是你的事，我不奉陪了。”

他转身要走，却不晓得被他拽回来的衣角什么时候又回到了顾声声手上。

“这个宅子如果不能显示出它的价值，迟早会被拆掉。我不想蹭你的光，我可以完全退出交给你全权处理，只要你能帮帮婆婆……”

顾声声每说一个字，手就多用了一点力，谢安南那套看起来就价格不菲的西装已经被她捏得皱巴巴的。

谢安南忍无可忍地抽回自己的衣角：“地产商收购的价格不会低，足以给老太太养老，不要再浪费我的时间。”

他今天已经和她拉扯太多了，他没有再说下去，冷着脸转身就走。

顾声声还想追，但脚实在痛得厉害，没走几步，干脆跌坐在地。

她坐在冰凉的青石地板上，看着谢安南头也不回地大步踏出大门，半晌没缓过来。隔了一小会儿，她听到老太太苍老的声音在耳旁响起：“傻孩子，地上多冷啊，快起来。”

“婆婆……”她看向颤颤巍巍的老太太，突然很想哭。

就在一分钟前，她真的是抱着巨大的希望，以为自己不能说服谢安南，起码也可以说动他修复重建，但她错了。杀手就是杀手，冷血！太冷血！

老太太看了半天，耳朵再背也明白过来他们在争执什么：“没什么大不了的，世上无难事，总会解决的。”

顾声声看着老太太伸过来扶她的手，赶紧自己爬起来，打了鸡血般地保证：“婆婆您放心！我一定会想到办法的！”

“别管我了，你看你的脚，都肿起来了。快，我给你拿药酒。”老太太心急如焚地往屋内走去，边走边念叨，“这药酒是放哪里去了？”

老太太今年八十三岁，什么都要靠自己，她动作虽然迟缓，但好在身体还算健旺，无病无痛，可以自己照顾自己。

老太太算是顾声声的忘年之交。那时她面试通过，刚开始实习，公司就将一个商业中心的案子发给她们，要求她们集思广益，每人提交五个设计创意。

顾声声做事认真，自己去实地勘察地形。那时房地产公司的收购工作才刚刚开始，巷子里还有些人烟，都是些老人家，遛鸟下棋，整个老城区和外头快节奏的钢筋水泥的森林截然不同，像是世外桃源。

顾声声很喜欢这里，流连忘返地逛了几圈。老城区的巷子纵横交错，她一不小心就迷了路，开启了导航都导不出去。

那日万里无云，白发苍苍的老太太就站在破旧的门外朝她微笑点头，像凝滞在了多年前旧时的光阴里："囡囡，是不是迷路了啊？"

老太太有些迟钝，说一句话她要慢半拍才反应过来，但却始终微笑着唤着囡囡。她好心地将顾声声带出了那条巷子，一路送到了公交车站，还塞给她两个热腾腾的红薯。

顾声声和老人家实在投缘，便时常来看她。后来房地产公司的收购工作做到了老太太家里，老太太断然拒绝，便成了这里的钉子户。

房地产公司要收购这一片区域建大型商业中心，赔偿丰厚，老太太却不愿意搬，说是要等一个人。

顾声声还记得那日徐老太太在阳光下歪着头笑的样子，仿佛还是许多年前天真明媚的少女，她说："我们约好了在这个房子里见面，他一天不来，我始终是要等下去的。"

顾声声被徐老太太感动了。

老人家拍着胸口，态度很是坚决："如果我的房子成了瓦砾，我就死在这里。"

老太太的豪言壮语吓得顾声声好几天没睡好觉，这是件生死攸关的大事，顾声声翻来覆去几个晚上之后，决定出手相助。

顾声声坐在椅子上出神，原本以为带来了谢安南，起码也带来了一丝希望，谁知道还是一场空。

她一脸哀愁地接过徐老太太递来的药酒，刚想安慰几句，就听外头人声嘈杂，门没关，有近十个流氓一样的壮汉大摇大摆地走了进来。

带头的男人年纪较长，脖子上挂着一条手指粗的金链子，他不耐烦地吼了一声："徐慧芳在不在啊？！"

顾声声皱着眉头想起身，却被老太太一把按回椅子上去："哎呀，没事没事，是老邻居，我去看看啊。"

顾声声被老太太突如其来的蛮力推蒙了，反应过来的时候，老太太已经走到了大金链的身旁。

老太太走过去，一脸堆笑地低声朝着大金链说着些什么，但大金链一脸冷笑和凶狠的模样，看得顾声声暗叫不好。

没看过香港黑社会电影也看过《今日案例》，这大金链哪里像是邻居？怎么看都像烧杀掳掠的古惑仔！

顾声声心里敞亮，那个地产项目已经全部预备好，就差老太太卖房的一纸合同，老太太一天不签约，他们就一天不可以动工。地产公司派人跑了几十趟，糖衣炮弹不断轰炸，但徐老太太都没有点头，这一次，恐怕是要来硬的了。

她刚想站起来，就看见老太太被大金链一把推了出去。老人家重心不稳，后退了好几步，一下子跌在了地上。

那男人俯视老太太，表情凶狠："少跟老子废话！"

岂有此理！！！饶是从来都是包子个性的顾声声，此时也火了："你敢再碰老人家一根手指头试试！"

她路见不平一声吼，终于让这一群人注意到她，但她柔柔弱弱的一个姑娘，实在难以镇住这些人。

大金链看着她冷笑："哟，今天还有救兵呢？"

顾声声拖着脚赶到老太太身边，将她护在身后，怒火已经烧上了天灵盖。

她曾以为这个世界很美好单纯，至少她从小到大，都不曾遇到过穷凶极恶的坏人，可是她没有想到有一天，会亲眼看见老太太被欺辱。

"这么多人欺负一个老太太，讲不讲道理！"顾声声吼出来的声音都是抖的。

老太太在身后拉她："囡囡啊，这事你不要管，快走。"

顾声声顿时明白过来，这些流氓肯定已经不是第一次来闹了，老太太却绝口不提。

“臭丫头，别多管闲事！”大金链表情狰狞地看向老太太，“老东西，都是要进棺材的人了，占着这地有什么意思，把合同签了，还能拿钱，别挡着人家发财！”

老太太抿着嘴，态度强硬：“你们别白费口舌了，我是不会搬的。”

大金链冷笑一声：“我们今天来也不打算和你费口舌。”

说罢，他朝身旁的人打了个手势，后面的人就一拥而上，疯狂地砸摔院子里的东西。

老太太平日里细心侍弄出来的花花草草被摧毁，花盆碎了一地，院子里晾晒的衣物也被扯下来，丢在地上践踏。

大金链一行人砸完了院子，就气势汹汹地试图冲入里屋：“不走是吧？我们让你住不下去！”

顾声声挡在前面：“你们再向前走一步试试！”

大金链看向顾声声，威胁道：“老子就只认钱！这老东西今天不把合同签了，我就让她吃不了兜着走！”

这些都是社会上胡作非为的人，他们说得出就当真能做出来。顾声声急了，随手拿起身后的老式铜茶壶就向面前那群穷凶极恶的人砸去。茶壶里是刚煮开的水，混混们被烫得号叫起来，一时间在院子里跳成一片。

顾声声手心里都是汗，她一转身，就发现老太太不知从哪里摸出两把菜刀，左右开弓随时要扑出去的样子。

呃……姿态很威猛，奈何身躯太弱小。

顾声声脑子一热，从老太太手里夺过菜刀，顺手将她推进身侧房间里：“婆婆，这种事让我来！你进去，把门顶住，发生什么都不要出来！这是我的手机，你快报警！”

这应该是顾声声有生以来反应最快的时刻了，她将自己的手机丢进去，把门外的锁锁上后，又将钥匙从门缝里塞进去。

老太太在里面擂门，顾声声声音微抖着安慰她："婆婆别怕，他们不敢对我怎么样的。"

老太太擂得更大声了："你开门！我和他们拼了！"

顾声声欲哭无泪，婆婆，这时候你就别开玩笑了。

大金链终于从被烫的惊痛中反应过来："敢动手！快！教训教训这丫头片子！"

顾声声闻言，立刻转身护住那扇门，昂着头看着暴怒的混混。她的脑海里只有一个念头：他们若真动手，就算鱼死网破，也不能让他们伤害老太太。

她下定决心，手里又握着菜刀，一转身就将要往前冲的混混们吓了一跳。

大金链立刻从口袋里摸出一把瑞士军刀，奈何这把刀和顾声声手里的那把菜刀相比体积太过悬殊，他又悻悻地收了起来："喂，小丫头，有话好好说，别动刀动枪的！"

说着，他朝身旁的跟班使了个眼色，跟班就朝顾声声移过来，似乎要找时机把她制伏。

顾声声咬咬牙，能不能把混混赶跑就看现在了！

她一声尖叫，挥舞着刀向大金链冲过去，混混们没想到她居然真的敢动手，吓得作鸟兽散。

然而就在这紧要关头，顾声声只觉自己脚踝一崴，面朝大地，就这么直挺挺地扑了下去，那菜刀也握不住了，"咻"的一声飞出去，刚好砸在离大金链不到三厘米的地方。

所有人都停下来看着她。

顾声声心里下起了雷阵雨，苍天哪，那该死的霉运居然还没过去……

她奋力地想爬起来去捡菜刀，但来不及了，大金链先她一步捡起了菜刀，皮笑肉不笑地朝她走来。

顾声声后退，没了威胁的混混们已经围了过来，堵住了她的退路。

她被围在了中间，彻底落入了狼群里。

大金链拿着菜刀晃来晃去：“来啊，不是要和我们决一死战吗？”

顾声声咬着牙不作声，她很害怕，却还是忍住了，倔强地瞪着眼前的人。

大金链被她瞪得恼了：“给我把她绑起来！”

混混们不知道从哪里找来的麻绳，已经开始勒她的手，他们人多势众，她已经一点胜算都没有了。

“你们在做什么？”

就在顾声声满心绝望的时候，有个声音从不远处传来，带着曾让她担惊受怕的冷意。

顾声声睁开眼，就看见那斑驳的门前，一个身影缓缓走近，黑色西装在风里微微扬起。

顾声声激动得几乎要蹦起来，她从来没有像现在这样渴望见到谢安南，此时此刻的他简直是天底下最可爱的人。

然而就在下一刻，她就听到谢安南冷笑着问：“她欠你们钱了？”

……

顾声声觉得，她一定是瞎了才会觉得谢安南可爱！

【4】

顾声声的声音有些气急败坏：“我没有欠他们钱！他们是来逼婆婆搬迁的！”

大金链恶狠狠地瞪向谢安南：“滚开！我警告你，不要管闲事。”

“我也警告你，立刻放开她。”谢安南居高临下地俯视着大金链，眼神迸裂出冷意，“我说话不爱说第二遍。”

他的声音不大，却带着与生俱来的威慑力。大金链在江湖市井中混迹多年，是个看人脸色欺软怕硬的货色，看谢安南的穿着气度，当即明白眼前的人非富即贵，并不好惹。

他当机立断地放开了顾声声，但嘴上还说着狠话："小年轻，我们井水不犯河水。她看起来也不像是能攀上你这样高枝的人。"

谢安南面无表情："她和我一点关系都没有，我只是看不得有人恃强凌弱。"

顾声声趁着混混发愣，挣脱开来，委屈巴巴地躲到谢安南身后。好吧，虽然此人不可爱，但生命诚可贵，她得忍。

谢安南回头看了她一眼，她看起来很疼，脸上也有擦伤，他难得地问了一句："没事？"

顾声声瞪着混混们："一点小伤，他们比我糟多了。"

谢安南看了看混混们手上脸上的水泡，忽然觉得自己的担心多此一举。

大金链气急败坏："臭丫头你……"

谢安南垂了垂眼睛，打断了他："史峰用这种卑劣的手段逼人搬迁，倒真是上市公司的做派。"

大金链的脸色登时垮了下来，这男人居然知道他幕后老板是谁。

谢安南缓缓地继续说："最近经济媒体都盯着史老板的公司，要是这种事情传出去，怕是股票又要跌了。"

史峰是开发这个片区的地产公司的老板，大金链来逼徐老太太搬迁，虽然不是史峰直接指使，但也是经过他授意的。和大金链接头的人交代过，这事要做得低调些，最好神不知鬼不觉，大老板最爱面子，平日里做了不少慈善攒名声，这事是绝不能被捅出去的。

大金链原本想着老太太一个人，叫天天不应的，直接找上门就可以了，谁知道碰到了两块硬石头，特别是眼前的男人，气度非凡，却待在这破烂地方，真让人摸不清身份。

大金链的江湖经验终究还是让他屈服了，他狠狠地瞪了老太太所在的房间一眼，高声吼道："老太婆，今天算你走运！"

说罢，大金链领着人浩浩荡荡离去。经过谢安南身边时两眼相接，谢安南眼神冷冽，大金链咳了咳掩饰自己突如其来的惧意，悻悻地转过脸去，抬脚踢了踢自己的跟班："磨蹭什么！还不快走！"

一旁的顾声声看着谢安南不费刀枪便打发了一群混混，惊叹连连，不愧是"杀手"，混混都怕他！

她瘸着腿来到老太太房门前："婆婆，没事了，他们走了，你把钥匙递出来给我。"

那钥匙从门缝里被推出来，顾声声飞快地打开门，就见老太太把房子里所有的"武器"都找出来了，什么烧火棍、夜壶、锅铲子，还有一把没开刃的古董剑。

老太太气哼哼的："再不开门，我就要砸出去了。"

顾声声哭笑不得地安慰老太太："婆婆，没事了没事了。我们……还是把这些'武器'收起来吧。"

谢安南在房门外站着，无语地望了望天。果然，物以类聚……

老太太冲动劲过了之后，坚定地认为是自己拖累了顾声声，懊悔自责地哭了许久。顾声声又是哄又是骗，费了大半天劲才安抚了老人家。

这房子不能再住了，万一那群混混去而复返，老太太又孤身一人，会发生什么事情，顾声声想都不敢想。

顾声声检查了老太太身上的伤，好在只是擦破点皮，老人家没摔着磕着，已经是万幸。

"婆婆，你去我那儿住一段时间好不好？"

老太太拍桌而起："不走！他们再来，我就和他们拼了！"

老太太的强悍让顾声声欲哭无泪，顾声声知道老太太这一生的念想与希望，她连死亡都不惧，已经没有什么能令她离开这座老宅。顾声声看着老太太，也为难起来。

一直沉默的谢安南忽然开口："有没有年轻力壮的亲戚？方便的

话叫过来陪着住几天。”

顾声声有些诧异地回过头：“呃，首席，您还在啊？”

谢安南嘴角抽了抽，默默地扭过头去。

老太太虽然无子女，但好在家族大，亲戚是有的。顾声声联系了老太太的几个外甥，只是避重就轻地说了些情况，邀请他们来陪伴老人家一起住，人多热闹些。好在外甥们都挺热心随意，加上顾声声提出每月都会补助生活费，电话那头的人都欣然同意了。

这个女人也不是全然没有脑子，还懂得利诱。谢安南看向打电话的顾声声，不着痕迹地拦住了要过去偷听的老太太。

打完电话，顾声声又上网雇了人，将老太太乱七八糟的房子修整一下。由于老太太一刻都不肯离开老宅，顾声声只得请求那几个亲戚当日便入住老宅。

等来了老太太的外甥们，已经日落西山，顾声声才依依不舍地向老太太告别。

顾声声刚走出门口，就诧异地发现谢安南竟然还在：“首……首席，我以为您走了。”

谢安南不耐烦地看着她：“地址。”

顾声声向来是个慢半拍的人，思索了一会儿还是没明白过来：“什么地址？”

谢安南深吸一口气，几乎是咬牙切齿地说道：“你、的、家、庭、地、址。”

顾声声睁大眼睛诧异地看着他，他今天被她坑来这里，又解救她于危难之中，现在还要送她回家……

这不科学。

顾声声有些不好意思，磨蹭着没敢回答。

她脸上那羞涩的表情是怎么回事？谢安南差点儿就忍无可忍：“收起你乱七八糟的心思，老太太请求我送你回去，我不好拒绝她老人家。”

呃，难怪刚才看见老太太拉着他说话。

顾声声干巴巴地笑了笑："没想到首席您还是个尊老爱幼的人。"

谢安南快被噎出了内伤："顾声声，你是想自己走回去吗？"

顾声声不敢吭声了，乖乖地爬上副驾驶座，机械地报上自己的住址："那个……能不能先去下药店，我买点药。"

她今天虽然逃过一劫，但还是受了点伤，冬天衣服厚，倒是脸上蹭花了好几块，为了不毁容，她得赶紧处理一下。

谢安南不耐烦地皱了皱眉头，却没有拒绝，他绕去后车厢，拿出一个小小的急救箱，丢给了顾声声："里面有药。"

顾声声感激涕零地接过。

车子在异常安静的氛围中缓缓向前，顾声声用急救箱里的消毒药水简单处理了下伤口，便无事可做了，只能呈石化状态干坐着。

半分钟之后，她想起还没向谢安南表达自己的谢意，连忙开口，笑容讪讪的："首席，今天真的多亏您了！"

谢安南抿了抿嘴："所以发生那种事情，你第一反应不是报警，而是跟他们硬碰硬？"

她第一反应是给苏幕打电话，可是刚拨出去之后，才记起苏幕现在远在国外，是没有办法回来给她收拾烂摊子的。要是苏幕在，也一定会把她骂一顿吧。

顾声声有些尴尬，只好解释："情况太紧急了……我脑子没转过来。"

其实在混混走了之后，她们还是没有选择报警，老太太也不是没有去过警察局报案，只是那些混混在这一区有人撑腰，她们去了，也不过是白费口舌。何况当时她想到的第一件事就是保护老太太，后来她倒是把手机给了老太太让老太太报警，可是她忘了，老太太压根就不会用智能手机。

顾声声想到这里就有点囧，连忙转移话题："那个……首席，您怎么会突然折回去的？"

谢安南眼神沉了沉，然后面不改色地回道：“我迷路了。”

顾声声这个路痴对迷路这件事感同身受，丝毫没有怀疑，点着脑袋感叹道：“还好您和我一样是路痴。”

过目不忘、曾拿过迷宫行走大赛冠军的谢安南，终于发现这是搬起石头砸自己的脚。

气氛似乎缓和了一些，顾声声偷偷拿眼瞄他：“首席，我今天跟您提过的那个老宅修葺方案，您要不要再考虑一下？”

开着车的谢安南没有搭话，顾声声怕他生气，立刻诚恳地道歉：“很抱歉我说错话了，以您的能力绝对不需要在别人的方案里挂名，我们只是很需要您的帮助，今天的情况您也……”

谢安南打断了她：“你和老太太有亲戚关系？”

“没……没有啊。”顾声声有些蒙，但随即就明白过来谢安南是什么意思，顿时有些愤慨，“首席！您看武侠小说吗？您知不知道路见不平，拔刀相助？”

“顾声声，你要是想活在武侠小说的世界里，我今天就不应该救你。”谢安南的声音淡淡的，“老太太年事已高，拿了高额赔偿金另觅一处房子颐养天年本是最佳选择……”

车子行驶到十字路口，谢安南停下来，转头看着顾声声：“可是因为你一直鼓励承诺，让老太太以为你能帮她解决问题，导致事情一拖再拖。走到今天这个局面，难道你没有责任吗？”

他的话一字一句都扎在顾声声心上，她气得跳起来，却忘记了自己是在车里，一头撞上车顶。

她在谢安南看疯子一样的眼神中辩解：“老太太是为了等一个人才苦守着老宅，她用了这么多年来守护自己的爱情……”

谢安南终于掩饰不了自己的不耐烦：“爱情能遮风挡雨？爱情能在混混来的时候保全老太太让她不受欺负吗？何况她等的那个人，没准已经黄土高埋……”

顾声声急了，声音拔高了好几个分贝：“不许诅咒他！”

红灯转绿，被某人尖叫声震得耳朵嗡嗡作响的谢安南终于恼了：“我是疯了才会对牛弹琴。”

说罢，他将油门一脚踩到底，车速直接飙到了 120，顾声声一脸惊恐地紧握住扶手。

她在恐惧的间隙里，还气呼呼地教育他：“您不能因为说不过我就发脾气……”

话音未落，她就眼睁睁看着时速表上的指针飙到了 160。

顾声声带着无比恐惧的心情，闭上了嘴，顺便把眼睛也闭上了。来人啊，首席疯了！

感觉没过多久，耳边又响起那个冰冷的声音：“下车！”

顾声声恍恍惚惚地睁开眼睛，车子安安稳稳地停在了路边，不远处就是她熟悉的小区大门。

天哪，她还活着！

她倒是很想飞快跑掉，可是……她腿软。

谢安南干脆下了车绕过来，给她开了门，居高临下地看着她。顾声声忍着想吐的欲望，脚步虚浮地下了车，只觉得她请他帮忙的事情铁定是黄了。

谢安南看着她：“奉劝你一句，要在这个社会上生存，就忘掉你的爱情童话故事。”

被惊吓了一路的顾声声终于忍不住爹了：“像你们这种吸血鬼！压根不懂得感情的珍贵！你和那个非要收购老太太老宅的房地产老板没什么两样！”

她气哼哼地走出几步，却发现自己手上还拎着刚才谢安南给她的小药箱，回头用力丢回去：“还你！”

谢安南万万没想到包子一样的顾声声竟然敢骂他，顿时震惊得愣住了，还没整理好心情，就见一个物体飞过来，他没反应过来，手腕就被砸了个正着。

这是个金属药箱，沉甸甸的，谢安南捂着手，疼得闷哼一声，紧接着暴怒道：“顾、声、声！”

顾声声心虚得很，谁知道他这么蠢接不住呢？但想到他那套理论她就生气，她愤愤地做了个鬼脸：“你活该！”

说罢，她勇敢地无视了暴跳如雷的谢安南，带着她澎湃的女侠气场，头也不回地往小区走去。

第二章:

这个首席不太冷

【1】

“所以说，你用一个金属箱子砸了你老板兼救命恩人的手？”顾声声的室友林棠一边给她上药，一边饶有兴致地发问。

顾声声没有底气地应：“是……是他先动口的！”

谁让他语气那么不好，不帮忙就算了，还诅咒老太太和她的恋人天人永隔，没人性！

林棠在手上倒了一点跌打药酒，用力地在顾声声脚上揉搓了两下，疼得她鬼哭狼嚎了才缓缓开口：“总之，祝你好运了声声。”

顾声声有些蒙，怎么好友这一次没有站在她这一边，难道林棠也觉得老太太用一生等一个人只不过是一个虚幻的童话故事吗？

面对顾声声委屈又困惑的脸，林棠不由得为这个少根筋的闺密叹一口气：“我的小祖宗，你求人帮忙，用的方式这么暴力，谁会帮你？更何况……你刚刚说你砸到了他哪里？”

“他的手。”天真的顾声声举起自己的手晃了晃，“他的右手……”

话未说完，顾声声整个人就僵化在了原地。

他他他……他的右手，他用来画图纸的右手，那只画个图、签个字动辄就好几个零的右手。

她一个刚被炒了鱿鱼的人，砸伤了一只天价右手。

啊啊啊！顾声声，你完蛋了！

林棠放下顾声声满是跌打酒味的伤脚：“亏你在社会上混了半年，谁会做无利益的买卖？他凭什么帮你啊，要抓住问题的核心，懂不懂？”

顾声声看着闺密，她们一同上学一同毕业，但林棠永远走在她的前面，比她冷静，比她更懂得为人处世。

“这个给你。”高端玩家林棠将一瓶新的跌打药酒丢给顾声声，又像拍小狗一样拍了拍顾声声的小脑袋，“明天上班赶紧去给你家首席顺毛……”

“记住……”林棠朝她放了个电，“要赶在他决定告你蓄意伤人之前哦。”

恐吓完顾声声，林棠飘回房间睡了，留下她一个人抱着猫主子在那儿愁云惨雾。

那天晚上，顾声声睡得很不安稳，噩梦不断，一会儿梦见破败的大宅、孤苦无依的老太太，还有一群穷凶极恶的混混；一会儿梦见庄严肃穆的法庭，谢安南站在原告席上，举着肿成人头大小的右手，控诉顾声声蓄意伤人。而法官大人将法官锤一敲，判了她无期徒刑。

她一边喊冤一边哭着醒过来时，窗外已经是日光朗朗。

做了一夜噩梦的副作用，就是浓重的黑眼圈和整个人都萎靡不振，顾声声是飘进办公室里的，感觉灵魂都不在身体里了，Eva 和 Coco 就差没拿着招魂幡给她招魂了。

Eva 使劲地晃她："顾声声，你究竟有没有听我说话啊？！"

顾声声茫然地转过头去。

"告诉你一个劲爆的消息啊！二十三楼的'杀手'让人给揍了！早上在电梯里，我看见他右手包得跟木乃伊一样。"Eva 八卦的热情高涨，声音兴奋得发颤，终于把顾声声振醒了。

顾声声急得快哭了："你怎么知道是被人揍的？"

Eva 神秘兮兮地凑过来："听说是骨裂，被砸伤的，谁没事砸自己的手啊？"

顾声声腾地站了起来，骨骨骨……骨裂这么严重？！她卖身都赔不起啊！

她再也坐不住了，拎起揣着跌打药酒的包，快步走出办公室。

"这孩子最近怎么咋咋呼呼的？"Eva 和 Coco 目瞪口呆，"'杀手'受伤她不应该幸灾乐祸才对吗？怎么一副大难临头的样子？"

大难临头的顾声声还很不幸地遇到了电梯维修，只能不顾脚伤，挣扎着一路从十九楼爬上了二十三楼。

谢安南的办公室外有秘书把守，自从上次她怒闯首席办公室后，已经成为重点拦截对象。她先是在走廊尽头徘徊纠结着，然后又躲在角落里绞尽脑汁地想着怎么闯过秘书的那道防线，不小心就被她瞥见了谢安南。

谢安南站在走廊尽头突出的一个小阳台上，背靠着栏杆，手里夹着一根烟，烟雾缭绕里，顾声声看见他的右手果然缠着一层又一层的纱布。

缠那么厚！这是重伤啊重伤！

她一脸哀愁地抬起头，就见谢安南目光落定的方向，似乎……似乎就在自己藏身的角落里。

顾声声硬着头皮走过去，紧张得语无伦次：“首席，您……您疼吗？”

谢安南面无表情地看着她：“你如果想体会一下我可以成全你。”

顾声声在心里流下了悔恨的泪水，他们的首席，果然是个十分记仇的人。

“这是我朋友家祖传的药酒……”他抽的烟有些烈，呛得顾声声咳出声来，她强忍着，没敢拿手去扇。

谢安南依旧是淡淡的口吻：“骨头裂开了，你觉得跌打药酒有用？”

顾声声哭丧着一张脸：“那您的医药费，我会负责的。”

“不必。”谢安南掐熄了烟，目光毫无波澜地扫过她的脸，“只要你别再带着你那套爱情至上的理论出现在我面前就可以了，我不想见到你。”

顾声声诧异地对上谢安南毫无感情的双眼，他不闪不避，轻而易举地吐出伤人的字眼：“你很烦。”

顾声声怔住，手心里潮湿起来，她只能死死地攥住手里的跌打药水，用力得关节发红。

她从来与世无争大而化之，从来没有想过，会被一个人这样憎恶，他厌恶她的慢，轻视她对爱情的仰望，甚至连看她一眼都觉得烦。

即使是心很大的顾声声，此时此刻也觉得很受伤。她站在原地，连挪动一步都觉得艰难。

谢安南与她擦肩而过，又停下脚步。

他没有回头，声音却清晰地传到顾声声耳朵里：“如果我没记错，我已经给你发了离职通知书，老宅的案子与公司没有任何瓜葛，请你不要借着公司的名义做事，也请你不要再浪费大家的时间。”

景川的冬天这样冷，二十三楼的冷风像随时可以割裂皮肤一样，顾声声看着谢安南离去的背影，只想高吼一声：谢安南！你浑蛋！

她忍不住思考起人生。

她家顾太太曾经是个家境富裕的千金大小姐，但为爱走天涯之后，就不得不和顾先生为了生活打拼。所以顾声声出生之后，就与奶奶一起住。

那是一个小镇，铺满了青石板的路，一路公交车便可以从头到尾地走完。那时的世界那样小，却足够她徜徉流连，她坚信世界有美好的东西，是利益和困苦无法破坏的，是历经千万年仍旧可以留存的。

她不明白，从什么时候开始，这个世界事事求快，方便的网络和交通，却阻挡了人们看见美好，生活中最重要的事情，变成了追求利益。

顾声声没有想通。她是个倔脾气的人，想不通就继续苦思冥想，直到林棠打来了电话，她才猛地打了个喷嚏，接着意识到自己究竟吹了多久的冷风。

听完来龙去脉，林棠冷静分析："顾声声，你确定你有很诚恳地道歉了吗？"

呃，好像并不是那么诚恳。

顾声声向来是个懵懂的女生，多亏了林棠时时给她出主意，她信任自己的好友。于是她听了林棠的话，开始反省自己。

她反省了一天，还没反省出究竟怎么样才算诚恳，就意外地又遇到了谢安南。

受伤的脚今天苦苦爬了四层楼，又开始恼人地疼起来。林棠报了一个熟识的骨科医生的电话，让她下了班过去看看。

她下了班赶到诊所，刚拍了片上了药，坐着休息，就看见谢安南带着凛冽的寒风走了进来。

他是来换药的，和那白胡子医生似乎很熟的样子，脸上难得地带着笑意。

真是冤家路窄！

顾声声想起谢安南说过不想看见她，所以她只能委屈地躲在角落里，用一棵叶子稀疏的植物试图挡住自己。

谢安南换了药走出来，就看见几片叶子后面那鬼鬼祟祟的某人。

他有些难以置信："顾声声，你跟踪我？"

顾声声无语地放过那几片可怜的叶子，辩驳道："是我先来的！"

谢安南不愿意和她纠缠，转身就走。

她见他走了，下意识就跟了出去，刚踏出门外，却冷不防谢安南忽然回头："怎么？这次也是你先出来的吗？"

"不……不是。"顾声声刚才偷偷摸摸地听了医嘱，他的骨裂虽然不是很严重，但也要好好休养，不然也会留下后遗症。她此刻心虚得很，连话都不敢大声说。

谢安南对着缩成鹌鹑一样的人皱了皱眉头，转身便走。

这个诊所开在繁华路段，门口没有车位，谢安南把车泊在了街尾，于是这一路，他都能从街边汽车的后视镜看见身后的某人一瘸一拐，鬼鬼祟祟地跟着他。

"顾声声，你跟着我做什……"

谢安南的耐性被耗光，沉着脸回身喝问，然而就在他转身的那一刻，有一辆骑上人行道的山地车从他身旁飞驰而过。他失了神，下一刻就忽觉有个人扑过来推他，力道之大，直接把他推到了街边的墙上。

谢安南只觉得太阳穴跳出了新的高度："顾声声！"

勇猛推人的顾声声忙不迭地解释："刚才有个人在人行道骑车！差点儿就撞到你了！"

他这手可经不起再摔一次，顾声声想都没想就出手相救，可是被救下的人看起来怎么就这么不高兴呢？

谢安南实在高兴不起来，他被一个小姑娘按在了街边的墙上，顾声声这豪迈的姿势，看起来完全就是在壁咚他，而她靠得这样近，整个人都圈着他，还一动不动。

顾声声不是不想动，刚才她一勇猛就忘了自己脚疼，如今疼劲上来了，她一点都没法动弹，只能借着谢安南的支撑勉力站一会儿。

她刚想和谢安南说明，就听到头顶传来轻蔑的笑声："顾声声，这就是你的新伎俩吗？美人计？"

顾声声一头雾水："啊？"

谢安南一把将她推开："别再动歪心思了，如果你做这一切都是为了那个老宅改建方案，我现在可以非常明确地告诉你，我不会帮你。"

提到老宅的事情，顾声声的三魂七魄便都归位了，她深吸一口气，努力以不卑不亢的口吻回答他："您不用帮我……"她有些俏皮地眨眨眼睛，"首席，您在国内还没有真正完全属于自己的作品。"

谢安南挑眉，心里诧异，才半天没见，这包子受了哪路高人的指点，居然不再跟他打同情牌，而是试图用他的侧重来说服他。

顾声声努力伪装成淡定模样，心里却早已经七上八下，她终于顿悟，明白了林棠所谓的"抓住核心"。

她仔细观察谢安南的反应，似乎有戏。

谢安南挑起嘴角："一座清代风格的建筑，确实很吸引人。但是我手上比这更好的提案数不胜数，我又为什么要退而求其次？"

顾声声又要爹了，为什么每次都讲利益，还有没有人性？！

"我也认识做房地产的人，他们也很有钱，他们也会为了做生意焦头烂额，可是他们身上依然保有人情味，眼里不会只有利益！"

谢安南冷笑："他们是他们，我是我。"

她气鼓鼓地看着他，好像每次都是这样，她抱着一腔的希望与热血来到他的面前，他却总是毫不留情地用冰冷的水冲她兜头盖脸地浇下。

在她克制的沉默里，谢安南早已经转过身，头也不回地消失在夜风里。

手机铃声突兀地响起，是老太太外甥的号码，顾声声担心老宅出事，急切地接起来。

“囡囡啊，婆婆做了好吃的番薯饼，我给你留了一大包，你快来啊，不然要被那群小兔崽子抢光啦……”

老太太的声音在夜风中传入耳中，顾声声放下揪紧的一颗心，忽然释然。你看，世上也并不是全都是利益当先的人。

所以……如果她能够坚守她认定的美好，那她选择坚守，即便前方刀光剑影，荆棘满途。

【2】

顾声声忽然铆起劲来工作，吓坏了整个办公室的人，尤其是离她最近的 Eva 和 Coco，一直在顾声声旁边用超大的音量讨论。

“声声这孩子受了什么刺激？”

“上次一分部的 Mary 失恋，就是这样的……”

顾声声抱住了头，继续沉溺在自己的世界里，就让猜测随风吧！无论她们说了些什么，她的眼里只有图纸和资料。

听老太太的亲戚说，大金链又去闹了一次，但动静不大，只是耍耍口头威风。顾声声知道房地产公司等不了多久，在他们做出超越底线的事情之前，她必须加快进度，想出完美的解决办法。

一想到自己正在捍卫一份伟大的爱情，顾声声就跟打了鸡血似的。她埋头工作，不知时间流逝，也没去顾虑外边的流言蜚语，竟安然地度过了一段平静的时日。

顾声声没有离职反而坚守岗位的事传到谢安南耳朵里时，他忍不住呼出一口气，按住了自己的太阳穴，冷峻的神情看得助理浑身发抖。

“她不走，还想搞什么把戏？”谢安南敲着桌子问，却得到一个顾声声天天加班的消息。

当天谢安南照常加班，有一份历史资料怎么也找不着，无奈只能到二分部的档案室找。

他自己习惯了加班，对下班时间没有概念。这时已经是晚上十点，二分部能容纳十几个人的办公大厅只有一盏昏黄的灯亮着。他走近的时候，就看见顾声声趴在桌上，睡得迷迷糊糊。

“这也叫加班？”他嗤笑着扫了她一眼就想离开，却无意间扫到了她压在手臂下的房屋设计图纸。他向来过目不忘，一眼就看出图纸上画的是顾声声带他去过的徐家老宅。

原来她还没死心。

那天他仔细看过那个老宅，有些主梁已经老化严重，如果不及时修葺，被鉴定成危房之后，想不搬都不行。

他站在桌边，随手将她画的设计图纸抽出来看，不禁惊讶地挑了挑眉。

她不过是一个室内设计师，这段时间里究竟是啃了多少书，查了多少资料，才做成他手里这一份修葺改建的设计方案，其中包括了建筑结构、误差调整，一个建筑师该做的，她几乎都没缺斤少两。

他对她的印象一直停留在黏黏糊糊得过且过，她实习的时长比别人多出一倍，并且没有拿得出手的业绩，他便认定她是滥竽充数来混日子的人，全盘否定了她的工作能力，看来是他过于武断了。

谢安南捏着图纸望向睡梦里的顾声声，灯光笼罩下来，照得她脸上细细密密的小绒毛清晰可见，他似乎从来没有像这样认真地瞧过她。

其实顾声声五官生得不错，脸部线条柔和，总是笑眯眯的，除了性子慢一点，似乎也没那么惹人生厌。

谢安南看得有些愣神，直到顾声声的手机屏幕突然亮了，他才清了清嗓子收回目光，眼睛扫过屏幕，无意瞥见了消息栏里“苏幕”的名字。

“谢安南……”顾声声睡得浅，他轻轻一个动作就惊醒了她，她趴在桌子上，睁着眼睛迷茫地看着他。半晌之后，她有些烦躁地抓了抓头发，“好烦哦！又做噩梦了！”

谢安南自动忽略了某人将他当作噩梦的事，将手上的图纸放了回去："这么累干脆回家睡觉。"

他一开口，顾声声就立即跳了起来。这这这……噩梦成真了？！顾声声恐慌地看着眼前的人，就差没上前用手去捏一下，看看是不是真的。

"我……我立刻就走。"

顾声声知道他不想见到自己，加上她很心虚。按理说老太太这个案子确实与公司无关，她在公司加班干活，完全是因为公司里有太多有用的资料，只要她一天是SQ的员工，就可以有浏览这些资料的资格。

谢安南看着她慌忙收拾着桌上的东西，冷笑道："为了这个案子，你又是色诱又是加班，果真是铁了心吗？"

听得一清二楚的顾声声停住了手，脸红到了脖子根："色色……什……什么色诱？！"

When?！ Where?！ How?！我要告你诽谤！

看着顾声声气成了河豚，谢安南忍不住笑了一下，可能是察觉到自己的表现太过和善，他又立刻将扬起来的嘴角抿平。但是那一瞬依旧逃不过顾声声的眼睛。有的人就是得天独厚，长得也好，起点也高，比如谢安南，尽管他是个"吸血鬼"，脾气也差，可是他笑起来真的好好看啊。

顾声声在神游天外的时候终于想起骨科诊所前那一幕："我那是危难之际拔刀相助！不然你的手伤铁定要更加严重！"

谢安南波澜不惊地看着她："要不是多亏了你，我也不至于要看骨科医生。"

顾声声理亏，她在心里对了一百次手指，才鼓起勇气，想要问候一下他的手。

然而还没等她开口，谢安南已经直起身子，转身离开。走到门口时，他顿了顿脚步，忽然开口："顾声声，下班吧。"

顾声声愣了愣，首席他……好像忽然变得和蔼可亲了。她正要感激涕零，就听到门口又传来谢安南十分公事化的声音。

“不要浪费公司的电。”

……

她她她……她就开了盏小台灯啊……

呃，首席真的好小气！

为了灭绝一切让谢安南找碴的机会，顾声声干脆自己带了手提电脑和充电小台灯，在艰苦卓绝的环境下又连续加了数天的班。

好在谢安南也没再出现在她面前，从鸡蛋里挑她的骨头。顾声声心无旁骛地埋头奋战，虽然每天都睡不饱，但这样努力向上的日子让她觉得充实。

这天，顾声声走出公司大楼的时候，已经是晚上十一点。满城的灯火依旧辉煌明亮，一如华灯初上时的模样，看似时间从未向前前进一步。但她已经加班了五个小时，晚饭都没来得及吃一口。

肚子饿的时候，顾声声突然觉得有点心酸。

然而更让人心酸的事情发生了，在她捧着空空的肚子，慢腾腾地往地铁站挪过去的时候，突然有人用力拽住了她肩膀上的背包肩带。

顾声声吓了一跳，她的背包里装的是她的笔记本电脑和老宅的文件资料，都是极其重要的东西。她下意识双手反剪，护住了自己的背包。

拽她的人是个秃顶的大叔，邋邋遢遢，还一身酒气，看向她的目光不怀好意：“妹妹，陪哥哥玩玩嘛……”

顾声声无语，大叔，您贵庚啊？您是不是太自信了一点？

两条街以外是一条繁华的酒吧街，每晚都有醉酒的人，顾声声不知道这大叔是怎么晃过来的，但她深知醉酒的人是不可理喻的，她甩开大叔的手就想走开。

然而醉酒大叔好像认准了她一样，用力地将她往怀里拽，生生把她拽得一个踉跄。

顾声声虽然有时候很傻很天真，但此时此刻也知道情形不妙，眼前的人非但是个酒鬼，还是个色鬼。

万万没想到，这次水逆时间这么长啊！

在稳住身子之后，她立刻本能地后退，却被人死死拽住。

公司所在的地段并不繁华，此时此刻人更是少得可怜，她眼睁睁看着不远处一个女孩，在瞄到了她的情况后，毫不犹豫地加快了步伐，用百米冲刺的速度，转眼就消失在了街角。

这里离公司已经有一段距离，她也不可能向保安求救。

顾声声努力稳住自己，不慌不忙地戳了戳酒鬼大叔的手臂："哎，你先等会儿，别忙着拽我。"

她的声音淡定从容，丝毫没有遇见危险时的恐慌，酒鬼大叔大概没见过这么镇定的，一时间竟然听话地愣住了。

趁着对方脑子没转过来，顾声声一抬脚就踹上他的膝盖，踹得对方"嗷"地叫了声。

她抓住机会转身就跑，一边跑一边拿出手机报警。然而拨打键还没滑下，就感觉身后的背包被人用力扯住，她滞了滞，接着就被追上来的酒鬼凶狠地拽住了手，夺过了手机："敢……敢打我，小妖精，我要好好教训教训你，嘿嘿嘿……"

"救命！救……"顾声声彻底慌乱了，张口就喊，却被一只脏兮兮带着铁锈味的粗糙大手捂住。

远处似乎有车灯闪过，顾声声企图继续呼叫，却被死死地捂住了嘴。

"乖，不要叫，哥哥疼你哦。"酒鬼拖着她走，顾声声个子小，体重不到一百斤，酒鬼轻而易举就把她拖行了一小段路。

挣扎间，她看着远处的车开了过来，她先是看到那反光的车牌——1515！亲切的 1515！

顾声声朝车里的人挥舞着手，内心呼喊着："首席！首席！首席！"

她从没像此刻这样，如此渴望谢安南能看到自己。

然而车里的人似乎只是往她这边瞥了一眼，车子丝毫没有放慢速度，呼啸着从他们身边掠了过去。

谢安南！顾声声崩溃了！他居然见死不救！

她有些低血糖，饿着肚子本就没有力气，根本没有办法挣开酒鬼的手。眨眼间，她已经被拖入没有灯的巷子里，这里漆黑一片，根本不可能有人发现她。

酒鬼冷笑一声，将她的背包和手机丢在一旁，伸手就要来扯她的衣服。

她脑中“嗡”的一声巨响，恐慌在心底蔓延开来。她挣扎着，用力地瞪大眼睛，趁着他松开手捂住她嘴的空当，用力尖叫了一声，但下一秒，那肮脏的手又捂住了她的嘴巴。

顾声声忽然觉得有些可笑，她平安顺畅地活了二十年，好像都是假的。自从收到解雇信之后，她便祸事不断，有谁能想到，夜路走多了，真的会遇到鬼。

她的外套已经被扯开，露出若隐若现的内衣。

在那狰狞的黑影俯下来的时候，她感到了绝望，她想：她的人生恐怕要完了。

【3】

很久以后，顾声声说起这件事时还是心有余悸：“还好最后没事，我爸爸说了，傻人有傻福，好人自有天佑！”

在一旁等着被表扬被歌颂的救命恩人被这句话一噎，默默地扭过了脸，想了想又回过头赞同：“嗯，傻人有傻福。”

她嘴上说着还好，但那时的她还是会经常做噩梦，梦见那条黑暗潮湿的小巷，自己被压制得无法动弹，衣裳被扯得凌乱，浑身颤抖。

她是那样绝望，却仍旧倔强地瞪着眼睛，要将坏人的样子记下来。她奋力咬向酒鬼的手，却被酒鬼用力卡住了脖子。

恍惚中，她似乎听见汽车刺耳的刹车声。

就在她几乎要昏厥过去的时候，那人松开了手，她在下一刻彻底脱离了禁锢。

她抬起头，就看到一个穿着西装的男人背对着她，正捏住了流氓的手，往外一折一拽，将流氓甩在了地上，毫不犹豫地送上拳头。

巷子里光线极暗，顾声声却还是看见了那只缠着绷带的手。

呜……他终于良心发现了！

酒鬼疼得龇牙咧嘴，凶狠的样子暴露在昏暗的路灯下："我和我老婆做什么事你管得着吗？！"

顾声声气得翻白眼，这配对，谁信哪？然而背对着她的谢安南却一动不动。

他不会真的信了吧？！

顾声声急切地想要解释，还没开口，便听到一个沙哑冷厉的声音响起："跟警察说去。"

酒鬼阴沉着脸，还试图去扯顾声声的手："臭娘们，看我回去怎么收拾你！"

顾声声慌忙后退，好在他的手还没碰到她的衣服，谢安南已经隔挡开来，一把扯住酒鬼的衣领就往墙上压，屈起膝盖就给了他一脚。

谢安南制住了酒鬼，回头看见顾声声愣愣地坐在那里，不由得一阵惊怒："愣着做什么？你倒是报警啊！我快要被打死了。"

顾声声沉默，明明就是酒鬼快被你打死了。

酒鬼一听要报警，大惊失色，扭动着身子往墙上撞，谢安南缠着绷带的手跟着撞在墙上，疼得松了松手，酒鬼趁这机会拼尽全力挣脱谢安南的钳制，扭头就朝小巷子里跑去。

谢安南眼神狠厉地追出几步，记起身后还有一个顾声声，想了想，又折了回去。

顾声声终于找到了自己的手机，原本屏幕已经裂了的手机伤上加伤，根本没有办法开机了，她捧着手机，蹲在地上一动不动。

她的衣衫凌乱，即便光线不好，也可以看到那敞开的衣领里的贴身衣物。谢安南脱下自己的外套，蹲下身子披在她身上，声音仍旧生硬：“能不能起来？”

顾声声抬起头看他，眼泪一不小心就逆流成河。

谢安南皱了皱眉头，他靠得近了，才看到她脖子上那一道触目惊心的红痕。

他伸手去拉她：“起来。”

顾声声终于忍不住了，崩溃得哭出声来：“你跑了！你居然跑了！你忘恩负义见死不救！你知不知道我差点儿就英年早逝了？！”

……

谢安南难得耐着性子：“你现在好好的。”

等顾声声哭够了，他才再次开口：“能不能起来！”

顾声声心里有气，偷偷瞪他：“不能！我脚疼！”

她说的是实话，她的脚已经不像是自己的，疼得连站起来都做不到。

谢安南看了眼她的神色，有刹那间的失笑，终是伸出了手。

顾声声以为他是要抱她起来，放下了芥蒂，勉强地想要去握住，却见谢安南倏地直接环住了她的背，下一秒，她便感觉整个人腾空而起。

这……这哪里是抱？这是扛吧，首席？！

被谢安南单手扛在肩膀上的顾声声此刻觉得，自己可真像一只待宰的猪。

谢安南的车子停在大马路上，走出巷子就是灯火通明的街，谢安南放下顾声声，一低头便见她脸红得跟涂了颜料一样，声音不由得沉了沉：“管好你的脑子，不要乱想。”

顾声声气得快哭了，她这是羞愧好吗？谁被这样扛着能胡思乱想得起来？！

啊！被误会的顾声声再次气成了一只河豚。

顾声声坐进了副驾驶座里，委屈巴巴地提醒他：“我的包……”

谢安南没有回答她，直接折回去拿包。

坐上谢安南的车之后，死里逃生的顾声声彻底松懈下来。她此刻跟一个很讨厌她经常挑她刺的人在一起，但她却觉得特别安心，好像世间再也没有什么东西可以伤害她了。

原本快气炸的顾声声心里忽然又软成一片。

谢安南眼角的余光看见她一下子噘嘴一下子皱眉头的，不由得问道：“哪里不舒服？”

虽然他跑了，可是他最后还是回来救她了。

顾声声气不起来了，乖巧地摇了摇头，又问：“我们现在去哪里？”

“医院。”谢安南回答得直截了当。

“不用，我们……”她此时此刻，只想吃一碗热气腾腾的牛肉面，于是她忍不住实话实说，“我们去吃牛肉面吧。”

谢安南差点儿就握不住手下的方向盘。

她刚刚死里逃生，躲过了被劫财劫色这一难，她所有的感受居然只是肚子饿？

“我只是有点小擦伤，你把急救箱给我，我自己处理一下就可以了。”她记得他车上是有药水的。

谢安南挑眉，斜睨了她一眼：“给你药箱？让你再砸我一次？”

好吧，这件事首席恐怕会记一辈子。顾声声弱弱地解释：“我不是这个意思。我只是真的不需要去医院。”

沉默半晌之后，谢安南才幽幽地开口：“我需要。”

顾声声这才想起来，刚才他那只受伤的手又被撞了一下。她抬起头来，这才发现他其实是一只手在开车，那只受伤的手一直都只是虚扶着。

完蛋了，又是因为她。

刚刚差点儿被酒鬼强暴她都没有哭，可是此时此刻她却慌张得手足无措，连说对不起都觉得自己蠢，鼻子一酸，眼泪掉得无比迅猛。

一旁的谢安南吓了一跳：“你哭什么？”

顾声声哭得更凶了。

谢安南带着抽抽噎噎的顾声声进急诊室的时候，医生护士都过来扶她，医生的听诊器都已经放在了顾声声的心脏位置：“小姑娘先别哭，哪里不舒服？能说得出来吗？”

顾声声努力平复自己的声音，指着门口黑着脸站着的谢安南：“不是我，是他受伤了，医生你快救救他……”

快救救他的手！

医生护士回头看着体格健硕毫发无损的谢安南，都陷入了沉默。

谢安南原本在恢复的骨头被酒鬼一撞，非但一朝回到解放前，还加重了伤势。顾声声在一边听着，又害怕又无地自容，眼泪已经脱离了她的控制，始终停不下来。

谢安南或许是在车上见识过她澎湃汹涌的眼泪，此刻站在旁边一言不发。倒是医生忍不住了：“我说小姑娘啊，这人都好好在这儿，你哭什么？”

她哭得太久，打起嗝来，样子可怜巴巴的：“呃……医生，他的手，还有救吗？”

“怎么就没救了？又没有抽筋断骨的。”医生安慰她，“哎哟，休养几个月就好了嘛。”

她扭头偷偷瞥一眼谢安南，只见他眉头紧皱，他一定很疼，疼得连话都没办法说了。而她坐了一路的车，都没有问一句他的伤势。

从小良好的家教让顾声声忍不住在心里谴责自己。

她满心愧疚，却不知道谢安南那快皱成连绵高峰的眉头，完全都是她哭出来的。

她小心翼翼地问医生：“那怎么样才能好得快一点？”

医生看了看两个小年轻，笑了：“你多熬些骨头汤给你男朋友喝，就好得快了。”

“他不是我男朋友。”关系到自身清白，顾声声飞快辩解，又很坚定地说，“他……他是个好人！”

谢安南：……

恰好急诊又来了病号，一时间手忙脚乱，已经包扎好的谢安南和顾声声一起被赶了出去。

医生还不忘嘱咐他：“切记不能开车了，什么粗重活都不能做，就安心让你女朋友照顾你。”

说完，医生朝木着脸的谢安南眨了眨眼睛，一个眼神里写着千言万语——小子，医者仁心，我也就只能帮到这里。

谢安南叹了口气，无言地扭过了脸。

顾声声在医生的坚持下也做了检查，她什么事也没有，就是手和脖子被掐出可怖的红痕，这已经算是万幸。

谢安南在来的路上报了警，警察赶到医院，给他们两个做了笔录，又让顾声声描述了罪犯的外貌特征。

谢安南已经知道顾声声不认人的属性，刚想替她回答，就听她无比肯定地说:“身高约一米六八，年龄在4四十岁左右，秃顶，有啤酒肚，粗眉，小眼细长，鹰钩鼻，高颧骨，嘴唇上方有一颗黑痣……”

谢安南听着听着便挑起了眉毛，这哪里脸盲了，认得比他还准。

顾声声心里侠气万丈，打击天下一切色鬼从她做起！这种重要时刻自然不能脸盲！

所以竟然也就记住了，如今刻在脑子里，忘也忘不掉。

等做完了笔录，安顿好了一切，一夜已经过去了。踏出医院的时候，已经可以看到橘黄色的微光从东方的天际透出来。

两个人站在医院门口，急诊室依旧有人进进出出，救护车呼啸着开出去，又开回来。这个世界上，每一天都有人生病、受伤、被抢救，一不小心，就堕入黑暗永不醒来。

顾声声呼吸着清晨新鲜的空气，忽然觉得慌乱了一整夜的心，在此刻终于归于平静，像被温水泡过一样，柔软得一塌糊涂。

她侧了侧身，轻轻拉了拉身旁人的衣袖："谢安南……"

听到她居然敢连名带姓地叫他，谢安南不由得挑着眉转过头去，准备给某人一个凌厉的眼神。

躲藏在云层里的朝阳越升越高，谢安南回过头去的时候，就看到某人那双哭得像核桃一样的眼睛，红肿得有些骇人。

而她还拿手揉了揉眼睛，傻乎乎地笑，用从未有过的温柔声调对他说——

"谢谢你。"

谢谢你两次都在危难中救了我，谢谢你嘴硬心软，没有追究我砸伤了你的手，谢谢你在我做笔录的时候，一直陪在我身旁，谢谢你并不像表面看上去那样冷漠无情……

谢安南，谢谢你！

【4】

谢安南一开始没想过要救顾声声。

他觉得她很烦，性子慢神经粗，时不时地就闹出幺蛾子，所以看见她被人挟持了他还视若无睹地路过。然而车开过的刹那，他脑子里突然冒出了顾声声那张白净的脸，总是写满迷糊却始终眉眼弯弯。心里暗骂了一声，他终是掉转了车头。

他不求回报，但此刻外面灿烂的晨曦和红着眼的顾声声，让他很是别扭。

谢安南撇过头不看她："我送你回去。"

车是不能开了，只能回头让助理来提。他打了辆车，让顾声声先上了车，本想自己另外再叫一辆，却看到车里的人小心翼翼地一直拿眼睛瞄他。

谢安南目光落在她脖子上那条伤痕上，皱了皱眉头，还是跟着上了车，和顾声声并排坐在后座。

顾声声报了自己家的小区地址，便乖巧地坐着。在车子拐弯刹车的时候，她紧紧地拉着把手，小心翼翼地让自己不要碰到谢安南的伤手。

小区所在的街道一到早上便多了许多早餐摊贩，加上买菜晨练的人多，车子不好开进去。顾声声率先下了车，又按住车门回头朝谢安南说："首席，你也下车。"

说罢，她自动自发地跑去前面的车窗跟司机结账。

谢安南手不方便，来不及阻止她，于是干脆下了车，看着面前突然两眼冒着精光的人，有些警惕地问："有事？"

顾声声仰着脸看他，一副准备一掷千金的模样："你陪了我一个晚上，我决定请你吃早餐！"

谢安南下意识便拒绝："不需要。"

她是真饿了，本来就没吃晚饭，还折腾了一夜，好在待在医院的时候医生给了她几块巧克力，不然根本没法熬到现在。如今看到琳琅满目的早餐摊，她的心早已经飞了过去。

见谢安南不答，她又实在饿，于是立刻举起三根手指表明心迹："我没有别的意图，也不谈公事，我发誓。"

她慌慌张张地举起三根手指，有了前车之鉴的谢安南不动声色地避开，顿了顿，又后退了一步。

可能是两人和谐共处了一夜，他似乎没办法一下子扭转态度，冷冰冰地对她说不，于是就默许她欢天喜地地带着他，在一家面店里坐定。

顾声声向老板要了两碗汤面。

热气蒸腾的牛肉面很快被端上来，上面漂着葱花，衬着牛肉和浓郁的牛骨汤，看得人食指大动。

谢安南刚从国外回来，一看就是吃好穿好衣食无忧的人，顾声声特地挑了一间环境相对比较好的面店，又担心他嫌弃这些小店不卫生，殷勤地擦了筷子和汤勺才递给他。

谢安南看着她递过来的餐具，却没接，回头要了一把叉子，用他没受伤的左手不甚熟练地吃起来。

顾声声以为他手不方便拿不了筷子，也没深究。

即便谢安南是不情不愿跟过来的，但他这一生很少有过这样的时刻，在一个陌生的面店里，吃一碗热气蒸腾的面，身旁是来来往往的客人，他们脚步匆匆，赶着上班，赶着送孩子上学。而他却难得没有因为自己浪费时间而焦灼，他认真地吃着面，不用去赶时间，不用去想设计，不用去想方案，不用去规划人生，就好像这一刻是跳脱他原本的人生之外的。

他竟然觉得，这样的时刻很美好。虽然他并不愿意承认，这样的时刻，是顾声声带给他的。

顾声声吃东西很慢，缓缓地咀嚼吞咽，仔细品尝，像一只慵懒的猫在给自己顺毛。

谢安南抬头看了她一眼，顿了顿，吃面的动作也慢了下来。饶是这样还是吃得比顾声声快太多，他面不改色地把老板招了过来："你好，麻烦再来一碗。"

"好咧！"老板应声而去。

顾声声在碗里抬起头来，惊讶地看着谢安南，比她脸还大的一碗牛肉面，他居然能吃两碗，本来以为他会嫌弃自己，顺带嫌弃自己喜欢吃的东西，但他一个平日里出入高级餐厅的人，在一个拥挤的面店里竟然也坐得住，好像也不怎么嫌弃。

这大约就是顾先生常常说的，做大事者不拘小节吧。

顾声声给他打的印象分，似乎在一点点地往上蹿。她内心活跃，以至于走出面店门口，他朝她摆手作别的时候，她再也忍不住，"噔噔噔"几步跑到了谢安南面前。

“做什么？还想请我吃午餐、晚餐、夜宵？”被堵住的人一个皱眉，他终于忍不住，“顾声声，我出手帮你只是为了让自己安心，换作是别人我也一样会救，所以，我不需要你感激我。”

说“路见不平”只发生在武侠小说里的人，却已经“拔刀相助”了她两次，还不用她感激。他究竟是真的无情无义，还是这一切只是他的伪装？

顾声声觉得不可思议，他明明还是那个大刀阔斧开除了一大批员工的人，但她如今却莫名觉得，他并没有表面看起来那样无情。

这样想着，她忽然开口：“为什么一上任就要开除那么多人？”

谢安南不答她。

在她以为又被嫌弃时，她听到了谢安南冷静的声音：“一个员工对公司不能起到任何作用，一心想混吃等死，我没必要留着他们，也没有义务养活一个连自己都觉得自己无价值的人。”

顾声声忽然明白过来，被开除的名单中，她认识的几位的确都比较油滑爱拍马屁，或是倚老卖老从不做事的蛀米大虫，真正有心做事的，像Coco和Eva，她们都被留了下来。

他大刀阔斧地开人，原来真的不只是为了立威。

可是！首席对她究竟有什么天大的误会，她不就是做事慢了点吗？！但她绝对不是蛀米大虫！她愤愤不平了片刻，却又很快转悲为喜。

他真的不是那么冷酷无情的人，否则他也不会三番两次地救她。

这样想着，顾声声忽然就笑了起来。

“我们和解吧！”顾声声赶在他爆炸前开口，“认识你越久，我越明白，其实你一点都不坏。”

顾声声摸着鼻子继续说：“你就是性格不太好……”

她后来其实也想明白了，在老宅的时候谢安南是特意赶回来的。所以，不和蔼可亲又爱发脾气什么的，顾声声就压在了肚子里。

被说成性格不太好的某人慢慢地眯起眼睛：“你说谁？”

他总将自己武装成暴君的样子，顾声声却忽然没那么怕他了，她鼓起勇气："我不会再强迫你帮我了，但是，我也不想再和你针锋相对了。所以，我们和解吧！"

她这辈子就没有过仇人，自然也不喜欢自己和救命恩人一见面就吵得不可开交。她伸出手，在他面前晃了晃，示意他来握："我们一笑泯恩仇吧！"

谢安南没有去握那只手，只是面无表情地扭过头："顾声声，上班迟到是要扣薪水的。"

说罢，他昂着头擦着顾声声的肩膀走过，走出几步，就听见身后的人弱弱地提醒他："首席，今天是周末，我不上班。"

前面的人脚步似乎踉跄了下，但还是头也不回，大步走远。

顾声声看着他走远，有些垂头丧气，果然，坚冰不是一日可以融化的。

谢安南没有同意和解这件事还是让她挺忧愁的，但很快就被她抛到了脑后。

不知从哪里听闻她差点儿被流氓扛走的林棠心急如焚，蹲在家里等她，她一进门，就被一顿轰炸。

"手机也不开机！也不打个电话报平安！顾声声，你心里还有没有我？你是要吓死我吗？如果不是我一个医院的熟人告诉我，你还要瞒我多久？"

林棠火冒三丈，顾声声却无辜得快哭了。她怎么知道林棠消息灵通得这么恐怖，随随便便上个医院都能遇到林棠的熟人？

她是被监视了吗？

折腾了一夜的顾声声被严刑逼供了一个早上，林棠把酒鬼的信息问了个遍，比警察叔叔问得还详细。如果不是林棠公司有急事要她去处理，顾声声的周末怕是要这么泡汤了。

林棠走后，顾声声终于可以好好睡一觉，半梦半醒间，想起答应了老太太周末要去看她，顾声声赶紧又爬了起来。

老太太是知道顾声声要来的，特意搬了张小凳子在院子里等她。

顾声声的奶奶去世多年，她每次看到老太太，都涌起一股亲切感。她扑到老太太怀里撒娇，又把昨天遇险被救导致今天迟到的事情简单说了一下。

为了不吓到老太太，她已经省略了很多细节，但老太太还是听得惊呼连连。

听完“今日案例”的老太太感叹道：“小谢是个好孩子，他救了你，你得好好报答他。”

顾声声撇撇嘴：“婆婆，那人太别扭了，怎么报答啊？”

老太太一脸严肃：“哎呀，婆婆教你！别人对你好，你就也对他好，没有错的。”

顾声声惊恐地看着老太太，对谢安南好？怎么个好法？教科书可没教过。

老太太却不以为意，继续讲大道理：“人敬我一尺，我敬人一丈，懂不懂？你就给他你能给的东西，为他多做点事。”

顾声声抱着老太太的胳膊像只猫一样蹭着：“就他那样子，肯定不会接受的。”

她一顿撒娇，撒得老太太眉开眼笑：“他接不接受是他的事，但声声啊，我们做人，应该有恩必报。”

顾声声莫名想起武侠剧里“救命之恩以身相许”，她不由得打了个冷战，以身相许就免了，还是给他熬点骨头汤送过去吧。如果他不喝，她就捏着他的嘴灌下去！

哼，反正她再也不怕他了……呃，应该不会被打吧？

远在SQ办公室的谢某人闷闷地打了一个喷嚏。

在一旁汇报工作的秘书Gary体贴地问：“总裁，需不需要把暖气调高一点？”

谢安南摆摆手，扭头看向窗外，恰好看见细细的雪花飘落下来，心底忽然涌起一种不祥的预感，他忽然觉得，自己生命中的凛冬，要来了……

第三章:

首席，该回家喝汤啦

【1】

顾声声拎着骨头汤去找谢安南的时候，故意挑了个午休时间。汤是自己熬的，清晨起来，上好的筒子骨慢火炖了几个小时，把睡梦中的林棠都勾醒了，吵着要分一杯羹，不给就绝交。

畏惧林棠强权的顾声声只好将汤双手奉上。

林棠说好分一杯羹却喝了大半锅，顾声声拼死拼活，好不容易保全了一碗，只觉得现在报恩真的相当不容易。

谢安南是个做起事来不吃不喝的工作狂，午饭从来是助理吃完饭再带便当上办公室，他一边工作一边吃饭，连休息的时间都没有。

大家都去吃饭了，秘书台没有人，于是顾声声大摇大摆地往首席办公室走去，连个出来拦她的人都没有。

“进来。”

顾声声探头探脑地走进首席办公室的时候，就看见谢安南埋头在堆积成山的文件里，右手的纱布渗出了黄色的药液。

顾声声有些心虚，连走路都不敢抬头挺胸了，蹑手蹑脚地走到办公桌旁，弱弱地喊了一声：“首……首席。”

谢安南有些不耐烦地抬起头来，立刻被眼前这张略哀怨的脸噎了噎：“你怎么在这里？”

顾声声讨好地将保温桶捧到他面前：“我来报恩的！”

谢安南眉眼跳了跳：“我说过不需要你感激我。”

顾声声如今对他的冷言冷语已经生成了一套免疫系统，她也不管他一脸的不情愿，自顾自地将汤倒出来，端到他手边。

她已经知晓谢安南的脾性，说话尽量温柔：“你不需要我感激是你的事，可是我必须为你做点事情，不然我良心不安，这是我做人的原则。”

谢安南挑起眉毛看她，落地窗外暖阳流淌进来，映着眼前一脸倔强的人。也不知道她什么时候变得这么伶牙俐齿，他嘴角一抿，带着冰碴的话到了嘴边，却见她又把汤端得更近了一些。

“你不要忙着拒绝我，你的手现在这样总归都是因为我，等你伤好了，我也就消失了。”

谢安南正要开口，忽然有个电话进来，他不再理会顾声声，就着手边的文件和对方讨论起一个新接的公园设计案。

他这个电话打了整整一个小时，挂断的时候，却发现顾声声还在眼前站着，他不由得皱了皱眉头。

“你怎么还没走？”

顾声声看了看手表，匆匆忙忙地将刚才倒回保温桶里的汤再倒出来。

“我快要去上班了，你先把汤喝了啊。”

她站了整整一个小时，就为了提醒他喝汤。

熬成白色的骨头汤散发着诱人的香气，还未吃午饭的人忽然感觉到饥肠辘辘。

向来杀伐果决的谢安南一言不发地接过来，一饮而尽。他总算明白这个女人倔强起来一时半会儿那她没辙，干脆遂了她的愿，让她赶紧离开。

顾声声笑眯眯地接过空碗：“首席再见，首席午安！”

谢安南皮笑肉不笑地看着她：“不要再见了！”

顾声声也不生气，他的手还没好，她当然不可能不再见他，她又不是忘恩负义的人。

于是下班时，谢安南再次见到了顾声声。

地下停车场没有暖气，她靠在他的车旁，一个劲地搓着手焐脸。

眼看谢安南蹙着眉走近，顾声声硬着头皮阻止他：“医生说你不可以开车的！”

他生性喜静，也不想在工作之外的时间和人打交道，于是放弃了叫车或是让秘书接送。反正公司离住处并不远，他车技又好，单手开回家并没有什么问题。

只是他没有想到顾声声管得这样宽，谢安南按了按自己的太阳穴：“你专门在这里堵我？”

顾声声表示自己并没有那么热衷于在停车场堵人，她原本是想搭同事的顺风车回家，却不小心看见了谢安南的车，便猜想他可能是开车来的，这一猜想就让她担心得不得了。

她记得医生说过他的手要好好休养的，他那可是黄金右手，要是有一点点后遗症她都难辞其咎。

顾声声挡在车前，像在哄不听话的孩子：“不行，你要遵照医嘱，单手开车也是很危险的。”

谢安南突然有些理解那句古话“唯女子和小人难养也”，他冷冷地看向顾声声：“我不开？你来开？”

顾声声愣了愣，把反问的话当成了陈述句，呃，她其实只是要他打车回去啊。

顾声声有些忧愁，她这个打工的小虾米太了解生活艰难，每天都打车上下班的话，交通费都能抵她半个月工资，她实在没什么资格这样要求谢安南，毕竟这一切都是她造成的。于是，她勇敢地夺过谢安南手上的车钥匙：“我……我来开就我来开，上车！”

顾声声是学过开车的，也拿了驾驶证，但实际上没开过几次车，但愿驾车技术没有都还给教练吧。

上了车，她硬着头皮召唤还站在车外的谢安南：“上车！”

她这话说得豪气万丈，谢安南一时被蛊惑，竟然想都没想，就真的上了车。反正在谢大首席心里，这世界就没有不会开车的人类，不就是开个车吗？不和吃饭睡觉一样简单吗？

他已经学会了和顾声声打交道的技巧，如果对自己无害，那就顺着她好了，和她争论又费力气又累人。上了车，他就闭目养神，但闭了一会儿他就觉得不太对劲，车子完全不是直线行驶。他猛地睁开眼，就看见顾声声握着方向盘一副如临大敌的样子，车子呈S线行驶，上了路之后，一时间惹得喇叭声阵阵。

这世界居然真的还有不会开车的人类！谢安南惊得睡意全无：“顾声声！你不是说你会开车吗？”

顾声声被吓了一跳，倒是忽然能直线行驶了，但速度明显慢了下来，她松了一口气：“你别急，我就是太久没开了，手有点生。”

这哪里是有点生，这是很生啊！

命在她手上，谢安南不得不冷静下来，难得有耐心地教她：“打转向灯，减速……左转，是左转！”

顾声声言听计从，觉得教练都没有谢安南教得详细，竟然很快就上手，慢慢就得心应手了。

等车子安安稳稳停在了车库时，连见过大风大浪的谢安南，也忍不住长长地舒了一口气。

平日里十分钟能到的路程，今天花了四十五分钟。谢安南不由得苦笑一声，这么能浪费时间的人，怎么会存在于他的世界里？

他正自顾自地思索着这个人生难题，就见顾声声兴奋地扭过头，对谢安南说：“首席，从明天开始，我负责接你上下班，这样你就不用自己开车了。”

谢安南无声地看着她，希望她能有点自知之明，能够不需要他开口，就能读懂他的眼神，从此远离他，还他自由。

但顾声声的智商明显没有高到能通过一个眼神就看透一个人的内心。

她将车钥匙拔了出来，检查了一下有没有连着其他钥匙，便理所当然地收进了口袋。

谢安南坐直了身子，冷冷地看向她：“你拿我钥匙做什么？”

自从顾声声了解了谢安南冷漠外表下埋藏的热血之后，她就开始觉得他这个人其实是相当可爱的，就是别扭。所以如今即使被他用冷若冰霜的目光望着，她也不觉得害怕。

她眨巴着眼睛，诚恳地表示：“在你不能开车的这段时间，我想负责送你上下班。”

谢安南眉头一皱，声音跟着沉了下来：“我有允许你这样做吗？”

顾声声抿了抿嘴，径直下了车，谢安南紧跟着下来，却发现顾声声就站在车前等他。

“你救了我，我只是想为你做一点点力所能及的事情。”她不能为他画图工作，开车、熬汤这些小事，是她唯一能做的。

她双手合十："拜托你了，我保证尽量不影响你正常生活。"

谢安南看着她，竟然一时无言。

顾声声见他沉默，知道机不可失，朝他摆了摆手："那就这样决定了，我得去赶公交车了。你好好休息，明天见。"

跑出两步，她又回头对他笑："晚安，谢安南。"

她笑得青春肆意，仿佛面对的不是她的上司，不是不久前将她解雇的人，而是年少时上完晚自习一起放学回家，在交叉路口分别的朋友，因为期待明日再见，所以连笑容都是掩饰不住的快乐。

顾声声觉得自己今天做了一件了不起的事情，她成功阻止了谢安南"自残"，成功踏出了报恩的第一步，她欠谢安南的人情债和被告蓄意伤人的可能性，都少了一点。

谢安南小区外就有公交车站，只要搭乘 11 路公交车，就能回到她的公寓附近，也没有遇到醉酒怪大叔这种危险。

她很安心地离开，一蹦一跳的，而谢安南站在原地，直到目送她消失在视线里，也没能搞清楚，为什么刚才她笑着对自己说晚安的时候，他会回报她一个微笑。

那个微笑完全是无意识的，等他在车窗玻璃上发现自己嘴角上扬的时候，经历过大风大浪的谢大设计师震惊了。

而刚才目睹了谢安南那个亲切和蔼微笑的顾声声，更加坚定了自己的想法，首席果真是一个外冷内热的人啊，焐一焐，他就会慢慢暖起来的。

她在自己愉快的想法中登上了晚班车，觉得自己这些日子来遭遇的水逆总算彻底过去了。

【2】

顾声声开始了当谢安南私人司机的日子，关于这件事，谢安南其实是拒绝的。但是顾声声的毅力超乎了他的想象，她在早晨七点半，就出现在他公寓的楼下。

谢安南平日里八点上班，时间掐得准，他一般是七点四十五分才出门。今日为了避开顾声声，特地提前出门，但他万万没想到，他刚下楼，就看见站在绿植旁边打着哈欠的顾声声。

顾声声睁着迷糊的眼睛看过去，就看到谢安南站在公寓楼下的密码门外，虽然是冬季，但早晨七八点钟的太阳照在他身上，依旧耀眼得刺目。

果然不愧是谢安南啊，连出个门都光芒万丈的。顾声声感叹着，手里抱着仍热气腾腾的小笼包朝他靠近。

“早安啊！”她笑着打招呼。

谢安南警惕起来，皱着眉头绕开她，转过身朝大门外走去。

顾声声追了上去，指了指谢安南身后的路：“你去哪里？你家停车场在那边。”

谢安南头也不回：“我去打车。”

顾声声急了，她一个就快变成无产阶级的小虾米，十分懂得金钱的珍贵，他有钱，但也不能乱花啊。情急之下，她一把拉住他的手：“等等！我们昨晚明明说好的！大丈夫不可以言而无信！”

“你干吗？”谢安南盯着那双拉住自己的手。

是从什么时候开始，他的冷漠面具在她面前再也起不到任何作用？他一个大男人，居然制不住她，可是他应该怎么制住她？他不能打她，也不能再辞退她一次。

顾声声其实还是害怕看到他生气的样子，但遇到原则上的问题，她的态度却很坚决："你答应过我的，说到要做到。"

又是从什么时候开始，她一点都不怕他了？！谢安南眉头紧紧拧成一团，复杂凛冽的目光看得顾声声缩了缩脖子。

此时已经接近上班时间，这个小区住的都是些商务精英，来来往往的人越来越多。

在顾声声的坚持下，谢安南选择了退步："你放手，我自己走！"

他说得咬牙切齿的，顾声声却松了一口气，她一边往停车场走，一边回头盯他，以防她一个不注意他就偷溜了。

但好在，谢安南终究还是乖乖地跟着她到了停车场。

顾声声熟练地上了车。谢安南本想坐到后座去，但似乎是想到昨晚可怕的经历，冷哼了一声，坐上了副驾驶座。

顾声声往右手边看了一眼，就看到脸色黑如锅底的谢安南。她把自己带来的大袋子里的东西都掏出来给他："你肯定还没吃早餐吧，来，路上吃。"

谢安南看了一眼她塞到自己怀里的东西，便当盒里装着几个小笼包，保温杯里是香味浓郁的新鲜豆浆。

他的确没吃早餐，也向来没有吃早餐的习惯，有时候到了公司，不那么忙的时候会吃点面包或者饼干，忙碌的时候，便没有食物什么事了。

他旋开了保温杯的盖子，看了看顾声声。

顾声声专心致志地开着车，似乎察觉到他在看她，便笑了："豆浆我自己榨的，包子是在楼下的包子铺买的，那家的包子馅又多又好吃，你试试啊。"

谢安南没有动，顾声声急了，差点儿把方向盘打错："你快吃呀，我刚才焐在怀里保温的，再不吃过一会儿就冷了！"

车里开着暖气，可谢安南还是因为顾声声刚才那个动作吓得脑后一凉。他沉着脸，拿起小笼包，试探地咬了一口。

他在国外长大，以前早餐吃的是面包、牛奶、麦片，而中国风味的小笼包，他其实从没吃过，咬了一口，竟然发现……很好吃。

在谢安南将顾声声带来的早餐吃干抹净之后，公司停车场也到了。顾声声做贼似的左顾右盼，确定没有熟人在附近之后，才对谢安南说："快点，趁现在没人，你快下车。"

谢安南不满地皱眉，张了张嘴，却没再多说话，动作飞快地下了车，等电梯一到就上楼去了。

顾声声松了一口气，她可是公司里反抗谢安南的灵魂人物，若被不知内情的人知道她接送谢安南上下班，一定会被人说她奴颜媚骨，这怎么可以？她不要面子了啊？

但是谢安南不知内情，难得吃饱了早饭，连秘书冲的黑咖啡都没喝，便觉得精神奕奕，可以大展拳脚。

近日来因为手受伤的首席事事不顺，来上班都是一副阴云密布的表情，今日难得他心情大好，属下们去送资料，没有遭到批评，反而得到了爱的鼓励，大家仿佛看到了光明的曙光。

创造这抹曙光的顾声声毫不知情，她依旧埋头于老太太老屋改建的提案里。等到中午下班，她又特地回公寓取了炖汤，装在保温桶里折返公司。

顾声声敲响首席办公室的门时，谢安南正好看完一个提案，今日工作效率大大提升，让他心情如春风化雨，他喊了一声："请进。"

顾声声抱着保温桶跑了进来，搁在办公桌上，吩咐他："记得喝汤。"

说完她就要走，谢安南却鬼使神差地叫住她："你去哪里？"

顾声声刚才一路奔来，此刻还喘着气："我去食堂，不然没时间吃饭了。"

谢安南不由得挑了挑眉毛，他看向桌子上的保温桶，早上来的时候并没有见她带着，难道，她是特意回去取的？

谢安南不明白为何眼前这个女人会有这样好的耐性去做这些事情，熬汤做饭，对他来说都是格外耗费时间的事情。他的母亲也是个职业女性，家里的家务全由管家操持，他上面有两个哥哥，三兄弟自小便被教导要和时间赛跑，没有意义的事情不要做。

在谢家人眼中，煮菜做饭就属于无意义的事情，更别提牺牲自己午休时间跑一个来回只为了一碗汤。

谢安南看了看手表，已经一点十五分。

他干脆对顾声声扬了扬下巴："过来！"

顾声声急着去吃饭，她很饿啊，民以食为天，而首席这种连饭都不吃的工作狂是不会懂的，但是恩人让她过去，她总不好跑掉。

于是，她委屈巴巴地走过去，就看见谢安南弯下腰，从桌子旁的塑料袋里拿出几个便当盒。

"愣着做什么？"谢安南见顾声声傻愣愣地站在桌前，不由得皱了皱眉头，"把桌子清理一下，吃饭。"

顾声声不明所以，但听到"吃饭"两个字，还是飞快地将桌子上的文件整理到一旁，又找了几张报纸垫着。

谢安南将几个便当盒都放在了桌子上。

顾声声一看便当盒上的那个LOGO，口水都要流出来了。荣盛堂的外卖啊，景川的六星级饭店，一顿饭可以抵她一个月工资。

"坐下！"谢安南不满地看了一眼对着饭菜吞口水的顾声声，"吃饭还要我教你？"

顾声声终于明白过来，首席大人这是大发慈悲要请她吃饭啊！她做了这么久的"好人好事"终于迎来善报了。

"可是，我吃了你的饭，你怎么办？"顾声声关键时刻考虑到首席的吃饭问题，她总不能抢他的饭吃。

谢安南不耐烦起来："你吃不吃？"

"吃！"在美食的诱惑下，顾声声果断低头，最多她少吃一点就是了。

但谢安南摆出的饭菜，却明明是两个人的分量。眼见顾声声两眼发光，谢安南也懒得解释，他虽然对做饭这件事情很不屑，但他却很挑食，遇到不喜欢的一口都不碰，所以他的助理每天都买两份不同的午餐供他选择。

不知内情的顾声声，只以为是谢安南特地买了两份便当，请她吃饭的。她向来是得到一点别人的好就会感激不尽，她心里一片柔软，连带看着谢安南的眼神都多了几分暖意。

顾声声得到了一碗白饭和一把叉子，感动得几乎要泪流满面，饭是用保温饭盒装的，打开盖子里面还冒着白气。每个便当里的饭菜也都是热的，丝毫不像她平日里叫的那些外卖，经过外卖小哥的手再送到她面前的时候，通常都已经面目全非，冷掉了一半，所以顾声声向来不爱叫外卖，更倾向于自己做饭。

她将一块肉送入嘴里，扒了一口白饭，感动得红了眼眶。

谢安南看她吃得两眼冒光，不禁狐疑地挑眉毛。

接下来，顾声声夹哪样菜，他便跟着夹哪一样。顾声声以为他和自己的口味一致，忍不住多看了他两眼。

他们还是有一些志同道合的地方嘛。

被误解为志同道合的谢安南今天莫名其妙地多吃了两口饭，剩下的，全部由顾声声一人解决。

到最后，变成了谢安南靠着办公椅看设计图，顾声声慢悠悠地吃着饭。

“谢谢你！”突如其来的声音打断了谢安南的思路，他习惯性地皱眉，扭过头就见顾声声泪眼婆娑地看着他，看得他忍不住起了一身的鸡皮疙瘩。

“很久没吃到热腾腾的饭菜了。”顾声声揉了揉鼻子，“我来到景川之后，就只能自己做饭，其他时间都是吃的食堂和外卖，工作日能吃到这样的午餐，真的太幸福了。”

谢安南依然是一副冷漠的表情：“只是一顿小小的午餐，你不需要这样感恩戴德。”

顾声声吸了吸鼻子，将桌子上的垃圾装进袋子里，提在手上，提醒他：“保温桶里的汤，记得喝掉。”

说完，她便做贼似的走到门边，先将脑袋伸出去，左顾右盼，见没有人，这才鬼鬼祟祟地闪了出去。

见她走远，谢安南摇了摇头，看来顾声声的世界，他一时半会儿是不会懂的，但好在他并不想弄懂。

他打开保温桶，倒出一小碗汤喝了一口，今天的汤似乎是鸽子汤，炖了足够的时长，鲜甜可口。

他从小到大都是喝忌廉汤、海鲜汤过来的，中国式的汤水是因为顾声声他才第一次尝试，竟然开始觉得，每天有这样鲜美的汤，似乎也很不错。

【3】

顾声声觉得，谢安南似乎放弃了对她报恩这件事的挣扎，具体表现在，她来接他，他再也不别扭，直接上了车。反正顾声声的车技已经慢慢熟练，从公寓到达公司的时间也越来越短，路上也不需要他指点。

早餐也给他备好了，几乎日日不重样，玉米汁、芝麻糊、核桃糊，有时候是一壶清甜的生滚肉片粥，或者干脆就是一个煎饼、一根油条，都是十分平民的东西，谢安南却从不挑剔，总是接过就吃。

顾声声很满意，她家首席，其实一点都不难养嘛，比她家猫主子好照顾多了。

中午便是各种以形补形或者是对骨头好的汤水，谢安南喝了几顿鲜汤之后，连在他身旁的助理都觉得，最近首席容光焕发了许多。

这日，顾声声依旧开车送谢安南上班，路上给他递早餐的时候，她忽然神秘兮兮地说：“我们中午一起吃饭吧！”

其实自从那次她在他办公室吃了一顿外卖之后，总是送了汤就走。顾声声虽然心大，但也知道她送汤容易招人注意，再在他办公室久待，难免会引出什么不好听的传闻。

谢安南并没有拒绝，只是平静道：“中午到小天台来。”

相处了这些天，顾声声终于摸清了和谢安南的最佳相处方式，只要她安安分分，没做什么触犯到他原则性的事情，他都是由着她去的。

顾声声想：可能首席连觉得拒绝她都太浪费时间了吧？

顾声声中午出现得晚了一些，谢安南提着荣盛堂的外卖上了天台的时候，顾声声并不在。他下意识地皱了皱眉头，他最不爱等人了，他将外卖放在脚边，举起手表，只打算给顾声声一分钟时间。倘若她不出现，他就直接走人。

顾声声在最后的几秒内出现在谢安南的视野里，她抱着两个便当盒，笑吟吟地朝他走来。

谢安南看着顾声声走近，不动声色地将脚边那一袋荣盛堂的便当踢到了一个盆栽后面。

顾声声自然没注意到这个细节。

她抱着便当迎上去，看见谢安南皱着眉头站在那儿，以为他等了很久，忙不迭地道歉：“不好意思啊，我去热饭了。”

小天台上平时几乎没人上来，上面摆着的几张铁艺桌椅也没怎么用，顾声声用自带的布擦了后，又将饭菜摆上桌子，笑着邀请谢安南来吃：“都是我自己做的，报答你上次请我吃饭。”

谢安南看着她：“因为我请你吃了一顿饭，你就要回请我？”

顾声声昂着头：“当然啦，这样你才可以继续请我吃饭啊。”

谢安南在桌子前坐下，面前几个便当盒里装着的都是普普通通的家常小菜，分别是酱汁排骨、肉末茄子、三色菜丝、鱼香鸡蛋，顾声声仿佛主人家一样，坐下来就给谢安南夹菜。

谢安南很快吃完了一碗饭，自然而然地将空碗递给顾声声:“添饭。”

好在顾声声的饭量不小，只好将保温桶里留给自己的一碗饭添给他。

谢安南吃干抹净之后，只觉得不可思议，她做菜这么好吃，可吃到荣盛堂的饭菜时那么激动做什么？荣盛堂的大厨应该换顾声声来做，这样他每日也不至于总是剩下大半的饭菜。

但这些话他自然没说出口。顾声声见他吃得多，她也很开心，虽然这些都是她一大早起来做的。谢安南其实也不是太挑剔，她早上做的菜放到中午，热一热之后，他依旧吃得开怀。

顾声声觉得自己和谢安南的关系在慢慢改善，从一开始的剑拔弩张，到他出手相救，再到现在，安安静静地坐在一起吃饭。她深深地觉得，他们离成为朋友的日子不远了。

谢安南吃完便准备离开，走到一半，却忽然想起什么似的，回头问:“汤呢？”

问完后，他自己了愣了愣，主动要求要喝汤，实在不像是他的风格。

顾声声“啊”了一声：“今天早上忙着做饭，忘记熬汤了。”

谢安南眉头皱了皱，又很快松开：“算了。”

顾声声觉得自己断了人家的汤水很不道德，立刻追上去:“那个……你明天想喝什么汤，我给你熬了带来。”

谢安南不说话，于是顾声声绞尽脑汁：“上次我们一起去吃牛肉面的那种牛骨汤怎么样？原汁原味的，特别鲜……”

她还没说完，谢安南已经点头：“就这种。”

谢安南食髓知味，点菜点得心安理得，好在顾声声在熬汤这方面是一把好手，她最是有耐心，调味火候把握得恰到好处，什么汤都难不倒她。

就这样喝了一个星期，喝得谢安南上了瘾，周六的时候，顾声声没来送汤。

过了午休时间，秘书来上班，发现首席今天不同往日，似乎是少了点什么滋润，怎么一脸烦躁，一副逮着人就要动刀子的暴君神情。

秘书向来很会察言观色，眼看情形不对就想从谢安南面前消失，奈何谢安南早就看到了他，把他叫了进来。

“把顾声声的手机号码给我查出来。”

秘书一头雾水，愣着没动，就见谢安南的眼刀“嗖嗖”地飞过来，他们家首席做任何决定都有他的理由，作为下属，问为什么简直是自寻死路。

知情识趣的秘书很快双手奉上了顾声声的手机号码。

谢安南带着烦躁的心情发了一条短信过去，没有署名，只有简单一个字外加一个标点符号：“汤？”

顾声声正在愉快地赶往徐老太太老宅，收到信息不由得虎躯一震，她的脑袋忽然好使起来，没费多大劲就猜出这个陌生号码是来自最近日日受她鲜汤供奉的谢安南。

顾声声期期艾艾地回话：“呃……首席，忘记告诉你了，今天周末，我不上班，我现在在路上。”

收到信息得知今天没汤喝的谢某人眉头都挑了起来，不是最爱加班了吗？好好的周末不加班干什么去了？！

内心活动很丰富的某人回复的短信却简洁得要命：“去哪儿？”

在地铁上被挤成煎饼的顾声声隔着千里之外都能感受到他的不悦情绪，她腾出手来回复：“我去看老太太，给她带炖汤补补身体。等到了下班时间，我就过去接你。”

谢安南放下手机，面对着脚边的工作餐，毫无食欲。

顾声声，你就是这样报答救命恩人的吗？

不知为何，今天的午餐实在是难吃到了一个新高度，工作上又事事不顺，让他很是烦躁。向来热爱工作的谢大首席干脆把文件一扔，披着外套出去了。等回过神来，人已经在徐家老宅里了。

“首席？”正在帮老太太晒被子的顾声声看见突然出现在院子里的人，有点不可思议，“你来这儿干吗？”

谢大首席有些窝火，却毫不隐瞒地说出了实话：“来喝汤！”

捧着鲜美的汤，咂着舌头喝得津津有味的老太太闻言，眉头一挑，仰起头，将剩下的汤咕噜咕噜喝了个底朝天。

谢安南：“……”

【4】

喝不到汤的谢安南看着面前浮着茶叶的浓茶，拉长了一张脸，他回头冲着顾声声直瞪眼：“你在我汤里放了什么？”

顾声声被他吓了一跳，连回答都结结巴巴：“没什么，就是……骨头……啊，还能是什么？”

谢安南“哼”了一声，不再说话。半晌，他又回头盯着她：“你确定，没有放什么秘方？”他深深觉得顾声声的汤里有什么惹人上瘾的东西，否则他怎么会对她熬的汤食髓知味，甚至失控地跑过来主动要汤喝？

“咦，你怎么知道我有秘方？”顾声声笑了起来，她奶奶是广东人，她自幼喝着老人家的老火靓汤长大，耳濡目染，顺带也学了一手熬汤的本事。只是顾家熬汤，向来只取汤的鲜美，不喜欢放太多药材，后来顾老太太用半生的熬汤经验，研究出一种蘑菇酱，熬汤时加一点就可以提鲜，纯手工制造，美味又无害。

后来蘑菇酱的秘方，自然是传给了嫡亲的孙女顾声声了。

顾声声没想到谢安南竟然喝出自己汤里有秘方，顿时生出一种知己感，难怪谢安南那么倔，后来却愿意喝她熬的汤，原来是行家。

得知果真有秘方的谢安南深吸一口气，冷冷地看着顾声声，最毒妇人心。

刚才抢着喝汤的徐老太太此时抱着洗干净的保温桶走过来，插了句话："声声的秘方不就是蘑菇酱吗？她给了我一大罐，我拿着拌饭吃呢，老人家胃口不好，都能吃下两碗白饭。"

说完，老太太一脸肉痛地看着谢安南："你要想吃，我忍痛割爱吧！"

说着，老太太真的捧出一个玻璃罐，里头是白色的酱，老太太用勺子舀了一点点出来，凑到谢安南嘴巴边："试试！"

谢安南内心很震惊，但老太太的表情这样坚决，一副他若不吃便要就地躺下碰瓷的模样。谢安南失笑，接过来，尝了一点。

他向来对吃的没什么要求，但味觉还算灵敏，一入口便觉得这个味道似曾相识，顾声声给他熬的那些汤里，确实总能喝到这种若有似无的味道。

谢安南狐疑地看向顾声声，她正得意地看着他，她鲜少这样骄傲，可是说到熬汤，她总是以高手自居。

她的目光毫不闪躲，谢安南慢慢放下心来。也对，像顾声声这种脑筋简单的人，怎么会用这么复杂的方法去害他？确实是他想多了。

徐老太太在一旁看着，突然开口："以前，我也喜欢熬汤给那个人喝。"

老太太说的那个人叫程锦耀，当年他是南城五金行的太子爷。程锦耀是家中独子，家里只有一个父亲和一个姨娘，底下无兄弟姐妹，自然全家人都宠着他。

他和那些纨绔子弟没什么不一样，因为家中有钱，平日里也喜欢和猪朋狗友厮混，招猫逗狗，不爱念书，更不喜欢跟着父亲做生意。

徐老太太那个时候并没有名字，家里人都"丫头丫头"地叫她，等她长到了十五岁，就被卖到了程家当佣人。

她向来做事手脚慢，在家中没少挨打，到了程家，更是每日都被管事的训，挨打成了家常便饭。

第一次见程锦耀时，她就在挨打。

她跪在院子里肮脏的地上，管事用烧火的树枝一下一下地往她身上抽，疼得要命，可她咬着牙，愣是没发出声。

程锦耀那日把教书先生撂在房中，想偷偷从后门出去，就看到一个瘦瘦小小的丫头跪在那儿，倔强地咬着嘴唇，不哭，也不喊疼。

程锦耀虽然顽劣，但对下人向来和善，从不打骂，他走过去夺过树枝："小丫头不服管说说就是了，打这么狠，怪疼的。"

管事的一脸冤枉："这丫头哪里是不服管教，机灵的也就算了，她真的是……蠢到家了！"

能把管事的气得跳脚的丫头，程锦耀第一次见，他饶有兴致地蹲在她面前，问她："你叫什么名字？"

她老老实实回答："丫头。"

程锦耀笑了："丫头也有个名字啊。"

管事的在一边解释："家里穷，没有名字，就管她叫丫头！"

程锦耀沉默了一会儿，才开口："你姓什么？"

她应："姓徐。"

程锦耀笑了："那你以后就叫徐慧芳吧。"

这个名字没有典故没有来历，是他随口取的，可是她听得一怔，慢慢地抬起头来看他。她没在他脸上看见公子哥儿的轻浮嘴脸，倒是看见了晨曦，不耀眼，却足以照亮一切黑暗。

那天以后，她有了自己的名字，逢人就主动介绍，她叫徐慧芳，是少爷取的名字。

徐慧芳不是蠢，只是她的世界很单纯，她仿佛有她自成一格的世界，以至于她做事时总会出神，没有人知道她在想什么。

主人家不喜欢频频出错的佣人，程家打算将她转卖给他人，卖去当小妾，或者卖去当窑姐。对徐慧芳来说，最幸运的，就是卖到另外一家，依旧当一个供人差遣的下人。

程锦耀不知怎么得到了这个消息，跑去父亲面前要人，他父亲恨他不争气，招猫逗狗耽于玩乐也就算了，如今还跟自己要女人。

但到底是家中独苗，骂一顿之后，也就由他去了。

徐慧芳便从那日起，成了程锦耀的丫头。

程锦耀体会到了管事口中说的“蠢”，让她打水来洗脸，半天人还不回来，出去一看，就看见她抱着面盆坐在树下，看着树上成双成对的鸟儿发呆。

她仿佛什么事都做不成，但程锦耀从没骂过她，他对她说过最多的话是：“没关系，慢慢来，我等你。”

他是她生命中，第一个包容她慢的人。

不知道从什么时候起，程锦耀开始按时归家，也许他知道，如果他回来晚了，会有个傻丫头点着灯，不睡觉一直等他。

他也开始耐着性子听教书先生念之乎者也，因为跟着听课的某人有很多问题，而他答不上来的时候，会觉得很丢脸。

他的狐朋狗友也少了，有一回，他发现城东布行的史少爷趁着他不在的时候对她上下其手，一气之下将人打得鼻青脸肿，后来干脆彻底断了联系。

徐慧芳那个时候只知道，给了她名字给了她庇护的程锦耀是很好很好的人，她愿意花很多时间，给他熬一碗香浓的汤。

慢慢地，她的汤熬得越来越好，但她不知道，她对程锦耀的倾慕，是爱情。

日本攻陷中国那一年，程锦耀的父亲去世，将家业全都留给了他。

程锦耀给了姨娘一大笔钱，让她回乡养老。

他本来就不是做生意的料，又恰逢战争年代，不到一年，家业被骗的骗，亏的亏，佣人散尽，最后只剩下一座大宅。

战争越演越烈的时候，他将地契交给了徐慧芳，对她说了她一生中听到过的最动听的情话，他说：“我娶你，这房子，当作我的聘礼。”

他曾经是不学无术的纨绔，但国家有难，他血性男儿的本性表露无遗，他告诉徐慧芳，他要去抗战。

后来他真的去了，他离开的那一天，日光初照，他背着行囊，站在家门口嘱咐她：“你就在这里，等我回来。”

离别在即，徐慧芳终于开了窍，她在这一日窥见了爱情的模样，从此记住了一生。

她对程锦耀说的最后一句话是：“慢慢来，我等你。”

可是自那天之后，程锦耀再也没有回来。她等啊等，一心等他回来娶她，等到两鬓斑白，腰背佝偻，她用自己单薄的力量守住了这座宅子，就为了他当初说过的，要她在这里等他回来。

时光走得这样快，当初目光清亮的姑娘，变成如今坐在院子里白发苍苍的老人。

老人说着往事，不知不觉就泪流满面。

顾声声坐在老太太身边，伸出手将老太太搂在怀里，安抚地拍着她的背。

顾声声睁着发红的眼睛，努力笑着：“没事的婆婆，我们继续等呀，宅子会保住的，等爷爷回家了，我们就办一个隆重的婚礼，好不好呀？”

这个故事她听过许多次了，老太太几乎每次见她，都要念叨一次。偶尔还会拉着顾声声，去看她房间里挂着的黑白照片，照片里的男人英俊倜傥，满眼都是融融笑意。

但每次听老太太说起从前，顾声声的感触只会有增无减，她抱着老太太，一声一声地哄着老太太。

而向来以冷血无情自居的谢安南，这次竟然没有怀疑这是顾声声伙同老太太试图要劝服他的阴谋。他看着年轻靓丽的女孩抱着脸上布满皱纹的老人，心里忽然生出一种陌生的情绪。

那是他从前的人生中从未出现过的情绪——怜悯。

他看着老太太，艰难地张了张嘴唇：“别哭了，我就不怪您抢了我的汤了。”

这安慰突如其来且不按常理出牌。

原本还沉浸在悲伤情绪中的老太太震惊了，这小年轻怎么落井下石呢？她看了看谢安南，气愤地怒吼：“那是我的汤！”

顾声声看了看沉默的谢安南，又看了看止住了眼泪的老太太，不由得感叹，首席安慰人的方式，可真是别致啊。

第四章：

他究竟是误会了些什么

【1】

天黑的时候，老太太一个劲地要留顾声声和谢安南吃晚饭，老人家抓着顾声声的手撒娇：“我可是很久没吃你做的饭了呀。”

顾声声以前有空的时候，总是去菜市场买来食材，给老太太做饭。一老一少坐在院子里，以茶当酒，说说笑笑就是一个晚上。

如今顾声声每日忙着加班，又要照顾伤了黄金右手的病患谢安南，确实已经很久没来给老太太改善伙食了。

顾声声很想留下来，但是谢安南这种视时间如命的人，恐怕会用眼神将她撕碎一百次。

但她这次却低估了谢安南的耐性，他竟然看着老太太："盛情难却，我们就留下来吧。顾声声，去做饭吧。"

说罢，他施施然地在椅子上坐下，掏出手机查看邮件。

他差使她为何差使得如此顺手，顾声声目瞪口呆，但谢安南愿意留下来是出乎她意料的，她立刻答应下来，开开心心地去准备做饭。

老太太家里没有冰箱，食材也不多，老人家为了省钱，吃得简单，大部分是青菜、土豆、番薯，顾声声给她带来的蘑菇酱，她都能当十几顿的菜。

这时候，老太太有个外甥恰好从外头回来，从超市带了一点猪肉和鸡蛋。她就用这些简单的食材，做了几个家常菜。

做好之后，她分装了几个盘子，给陪老太太住的几个外甥送去之后，她又和老太太还有谢安南围在小桌子边吃饭。

极简单的一桌菜，只有一盘土豆炖肉、一盘炒鸡蛋、一盘白灼生菜，加上几个烤番薯，就是三个人的晚餐。

这顿饭自然没有顾声声那天给谢安南精心准备的那么丰盛，但谢安南吃得津津有味。

在他和老太太的努力下，三盘菜很快见底。

吃了饭，帮老太太洗了碗，逗留了一会儿，顾声声便知道要离开了。谢安南今天的耐性已经超出了她的预料，但她也不敢再耽搁。

她去和老太太的外甥们说了几句话，留了点生活费算是补偿他们陪伴老太太，之后又去和老太太告别。谢安南等在一边，他耳聪目明，清清楚楚地看见顾声声在拥抱老太太的时候，偷偷往她口袋里塞了一沓零钱。

顾声声知道老太太的脾气，直接给她必定是不要的，而且只能给零钱，老太太记性不好，向来都不太记得自己口袋里剩下多少钱，只要不出现一百块的整钱，她是不会起疑的。

谢安南自然明白她的做法，他也没拆穿，只是和顾声声并肩走出巷子的时候，不由得多看了她几眼。

他不喜欢同情心泛滥的人，这样的人不够果决，无法在大事上做出正确的决断，会拖累团队，甚至很容易让企业亏损。

但今天他却对顾声声的做法没有任何意见，好像她这样做是天经地义的。

他似乎在不知不觉间，受到了她的影响，这让他很困惑。

在走到车旁的时候，顾声声像是发现什么似的尖叫了一声，随即气哼哼地看向他："你！你的车怎么在这里？"

谢安南莫名其妙："开来的。"

顾声声瞪大了眼睛："不可能！你的车钥匙在我这儿！"

谢安南用看白痴的眼神看着顾声声："这世界上，有一种叫备用钥匙的东西。"

顾声声奓毛了："你不能开车！你的手不要了吗？"

她差点儿就苦口婆心长篇大论地论述开车对黄金右手的危害以及危险性，但谢安南一脸不耐烦，表示自己一点听她讲道理的耐心都没有，直接从口袋里掏出车钥匙，丢到了顾声声怀里。

直到上了车，顾声声还是气鼓鼓的，首席可真是不让人省心啊。

"首席，你还有没有别的车？"顾声声想来想去还是不放心。

谢安南眉毛挑了挑，干脆利落地回答："没有！"

顾声声知道谢安南脾气不怎么样，但起码是不会说谎的，好歹放心了些，愉快地启动了车子。

顾声声一路哼着歌，她现在已经能毫无压力地开车了，再也不用担惊受怕的谢安南本来正闭目养神，忽然开口："老太太那些外甥，可以撤了。”

顾声声不明所以地“啊”了一声表示疑惑。

“那些人不会再来了。”谢安南斟酌着是否要告诉她，史峰用了强硬手法被他曝光之后，为了护住自己的名声，一定不会再走这个路子。如果他是史峰，下一步就会找关系，找途径鉴定老太太的房子是危房，到时候老太太拆也得拆，不拆也得拆。

顾声声只是迟钝了些，但不傻，她也想到了这一层，僵笑着对谢安南说：“没事，多几个人陪陪老太太也是好的。”

谢安南冷笑：“你的工资就花在这种地方？”

顾声声毫不在意：“没什么，钱要花在刀刃上！所以，你别想着花钱打车，也不要自己开车，就老老实实让我接你上下班，等你手好了，我也就功成身退了。”

谢安南嗤笑一声，却没再说什么，转头看着窗外。

顾声声觉得很难得，这些日子来都很难得，能和谢安南这样和平相处。虽然这个人真的是傲娇又挑剔，很多时候气得人想要跳脚，但她本来就不是一个喜欢激发矛盾的人，多一个朋友，总比多一个敌人好。

何况，他们今天还一起听了徐老太太的故事。

谢安南转过头来看她，似乎是想到了什么：“我看过你给老宅画的改建设计图，港海周家的房地产公司着重于景区设计，我看过他们仿古的建筑设计，和你画的很接近。”

顾声声有些不自然地眨了眨眼睛：“我是港海人，看多了，风格接近很正常嘛，但是你放心，我是不会剽窃别人的设计的……”

一说起老宅的事，顾声声突然担忧谢安南误会，连忙解释：“今天婆婆告诉你她年轻时的事情，没有别的意思，她不是想以此来让你帮忙……”

“我知道。”他打断她。

“哦。”顾声声点点头，放下了心，“知道就好。”

但是首席真的是相当冷血……嗯……冷静，她第一次听婆婆讲程锦耀，哭得半天缓不过气来。

谢安南其实动容过，在得知世上竟然会有一个女人，苦苦等一个男人一辈子的时候，在目睹老太太因回忆痛哭失声的时候，他是动容过的。

他身边也有过一些女人，但到底如今不比从前，那样纯粹的可以等一辈子的爱情，没有多少人相信了。除了……坐在他身旁的这个格格不入的顾声声。

谢安南这么想着，竟然不由自主地问出口："老太太的老宅，你想到办法了？"

顾声声咬了咬牙，她天生头脑就不是很聪明，特别是在这种事情上，要花许许多多的时间才能琢磨透。她虽然笨鸟先飞，但总也飞不到目的地，这件事让她很是忧愁。

谢安南见她整张包子脸都皱在一起，便没有再问下去。

他毕竟还是一个利益当先的商人，况且他始终认为，那位叫程锦耀的老先生不一定还在人世，老太太这样苦等不是办法，不如拿了赔偿金，安安稳稳地安度晚年。

这些话他也没说出口，但意识到此事进度缓慢的顾声声此刻像一朵枯萎的向日葵，再也灿烂不起来了。

把谢安南送到公寓楼下，停好了车，她像想到了什么似的问："对了首席，明天你想喝什么汤？"

谢安南顿了顿，良久才开口："顾声声，恕我直言，这些日子相处下来，你并没有我想象的那么糟糕……"

顾声声眼前一亮，瞬间以为媳妇熬成婆，首席这是要夸她了呀。

但谢安南话锋一转："然而你的性格不适合在职场混，你虽然很有耐心，但很多时候，没有人愿意等你，这个社会需要的是效率，而你恰恰没有。"

顾声声眼里的光慢慢暗淡下来。

谢安南却像是不懂得察言观色：“以你熬汤做饭的技术，开个小饭店，找个好男人照顾你，反而是最适合你的生活方式。”

顾声声感觉鼻孔都不能出气了，倒是头顶冒起了青烟，说到底，他还是不支持她为老太太留下老宅。她知道，这件事在他眼中，从头到尾都是一个笑话，从前他将她的努力当作过家家也就算了，可是，在听完老太太那么可歌可泣的爱情故事之后，他还这么冷血，这就不能忍了！

顾声声愤怒地一巴掌拍在方向盘上，直接按中了喇叭，车子在地下停车场一阵长鸣，格外刺耳。

顾声声努力昂起下巴：“你不用劝我了，这件事情我做定了！这件事情的意义，你这种吸血鬼，是不会懂的。”

谢安南眉头一挑，脾气也上来了，他若不是想到她这些日子起早贪黑地给他熬汤，动了些许恻隐之心，他才懒得和她废话。

果然人还是不能太过同情心泛滥。

谢安南下了车，头也不回地向电梯口走去，谁知道顾声声也跟着追了上来。

“站住！”

谢安南瞪大了眼睛，她这是在吼他？！他难以置信地回过头，就看见气势汹汹的顾声声瞬间变成了小绵羊。

“那个……你还没说明天要喝什么汤？”

顾声声一点都不觉得自己没骨气，她是做事分明的人，道理要争，恩人还是要继续报答的嘛。

“……”谢安南张了张口，刚想回答，立刻发现不对。他们不是吵起来了吗？他不是摔门走人了吗？为什么还要回答她的问题？他觉得一股郁闷之气在身体里撞来撞去。

谢安南揉了揉太阳穴，近朱者赤近墨者黑，跟顾声声在一起久了，恐怕连智商都会跟着下降。

顾声声站在原地，看着谢安南在那儿揉压太阳穴，揉了一会儿，他忽然大步向她走来。

“车钥匙。”他朝她伸出手。

她愣了愣，立刻义正词严地拒绝：“你不可以开车。”

“给我！”他眉头一皱，声音降低了八个度，一时威严无双，将顾声声这种小虾米压得毫无反抗之力。

她乖乖掏出车钥匙，交给了他。

“备用钥匙！”

顾声声实在很怕谢安南这副冷漠无情的样子，她瑟缩了一下，把备用钥匙也交了出去。奈何她天生善良，还不忘问他：“那你明天……”

“我的手不需要你挂心，如果我需要接送，有我的助理和秘书。另外……”他转身，“从明天开始，不需要再给我送汤了。”

说罢，他头也不回地离开。

直到他的身影消失在视线里，顾声声还站在原地不能动弹，什么叫首席的心六月的雨，说下就下，把她淋了个透心凉。

顾声声叹了口气，慢慢转身，走了几步，又回过头去看了看谢安南那辆被她停得四平八稳的车。

看来她和谢安南，终究成不了朋友。

【2】

顾声声向来尊重别人意愿，小时候顾先生总是告诉她，不能将自己的意愿强加在别人身上。可能谢安南并不喜欢她的报恩方式，她与其坚持在他面前转来转去招人烦，不如遵从他的意愿，离他远远的。

顾声声就真的这么做了，她恢复了往常正常上下班的日子，无须早起熬汤，也不用等早班公交车去接谢安南上班，更不用牺牲中午休息时间回家拿汤。

顾声声觉得这样的日子很不错，只是苦了林棠，喝了一个星期的霸王汤，突然断了汤水。如今顾声声每日清晨蒙眬转醒时，都能看见林棠一脸哀怨地坐在床边看她：“汤呢，我的汤呢？”

顾声声对披头散发的林棠别有一番恐惧，林棠睡醒未化妆时的恐怖程度直逼贞子，也是顾声声心理素质过得去，才没被吓晕过去。

和林棠解释了三天，她才终于接受了顾声声不再给谢安南送汤的现实。

顾声声这几日不用早起熬汤，但托林棠每天早晨惊吓的福，精神状态比睡眠不足那几天还差。以至于她上班的时候，有好几个同事对她表示了关心和慰问。

在员工茶水间，顾声声给自己冲了一大杯浓茶，然后遇到了隔壁部门的丽芙。丽芙是几个部门乃至整个公司最热情与热心的存在，看见顾声声萎靡不振的样子，立即上前关怀慰问。

“声声啊，我说你没男朋友吧？”丽芙眼睛里闪烁着八卦的光芒凑上去。

顾声声老实巴交地摇了摇头。

丽芙立刻追加了一句：“我看你来公司这么久，也没人追？”

顾声声愣了愣，感觉膝盖有点疼，内心有些哀伤，为何要哪壶不开提哪壶？丽芙却一副了如指掌的样子：“你说现在你们这些小姑娘都在想什么，没有男朋友，还不好好打理自己，就你这副样子……不是我说，你不是还被炒鱿鱼了吗？”

顾声声膝盖更疼了，内心除了哀伤已经开始流泪了。

丽芙拍了拍她的肩膀：“你也别太担心，恋爱是工作的动力，我手上刚好有很多资源，我给你介绍几个！保准都是优质股！”

顾声声连忙摆手：“我对谈恋爱暂时没什么兴趣，不用麻烦了。”

她当前的大事是把老太太的老宅保住，至于恋不恋爱的，反正她都单身了这么些年，也不在乎再单个一年半载。

然而世上的事情，总是皇帝不急太监急，丽芙一脸恨铁不成钢：“我说了这么多白费唇舌了是不是？就你这样子，好好谈个恋爱才能改变人生！”

顾声声还想再说，丽芙却不听了：“行了行了，就这样吧，我去安排，等我有了消息通知你！”

丽芙飞快地离开了茶水间，而顾声声一脸呆滞地看她离去，再转身看了看玻璃门上自己的倒影。呃，头发凌乱，戴着巨大的黑框眼镜，虽然挡住了黑眼圈，却挡不住她的憔悴，这副形象让她想起了早晨来不及化妆的林棠。

顾声声为自己的形象忧伤了一会儿，但很快就将这件事抛到了脑后。

这日，她照旧加班到晚上七八点，在电梯里下意识按了个负一层，等到了停车场之后，才想起自己早就不用送谢安南回家了。

她等在电梯前打算重新坐回一楼，不一会儿，电梯下来，顾声声抬起头，就看见谢安南站在那儿，挑高了眉看着她。

“顾声声？”谢安南大步踏出电梯，将她逼退了一步。

眼看电梯关上了门又直接升上去了，顾声声却因为面前堵着一个谢安南，前进不得，眼睁睁看着电梯上去了。

有好几天没见，谢安南似乎瘦了些，也不知道是不是她的错觉。虽然做不成朋友，但他终究是她的救命恩人加顶头上司，顾声声挤出了一丝笑容：“首席好！回家啊？”

谢安南却皱起眉头：“我说过你不用再送我回家了。”

顾声声觉得冤枉啊！她立刻解释：“我也是刚下来。我只是坐错了楼层。”

然而这些话听在某人耳中明明就是此地无银三百两。

顾声声工作久了脑子不是很够用，画图用的铅笔夹在耳朵后，她甚至忘记取下来，如今歪歪斜斜地夹在耳后和发间，让有强迫症的谢安南格外硌硬。

顾声声担心谢安南误会她还要继续烦着他，连忙摆了摆手：“那个，首席，那我就先走了，你开车小心。”

小心你的黄金右手！顾声声看了一眼谢安南的右手，依旧缠着纱布，也不知道什么时候才能痊愈。他一天不好起来，她就要继续背负愧疚和担着被告上法庭的危险。

她多看了谢安南的右手几眼，落在他的眼里却变成了不舍离去的样子。

“等等。”谢安南叫住她。

顾声声懵懂地回过身来：“首席，还有什么事……”

她话未说完，就看见谢安南将左手伸了过来，轻轻地落在她的额边，又缓缓地撩起她落在耳边的碎发。

顾声声看着他的眼睛，在里面看见了有些惊慌的自己，头发乱糟糟瑟缩的样子，好像比早上玻璃门上的倒影又憔悴了些。她想起丽芙说她的那些话，大好青年，却是个双无人员——无工作、无男友。

她迟钝的神经此时终于有了反应，后知后觉地羞愧起来。

强迫症患者谢安南忍无可忍地将顾声声耳后的笔取下来后，就看见顾声声红成红辣椒色的一张脸，又想起她刚才看他时那副恋恋不舍的样子，这一联想顿时不得了。似乎在他从酒鬼手中救下她之后，她的行为就异常了起来，不辞辛苦地给他熬汤送汤，对他的手表现出超常的关心，甚至下了班不回家专门在停车场等他。

谢安南向来优秀，明恋暗恋他的女孩子从少年时便如海浪般一波接一波，他从小受的教育让他更看重自己的成就，自然在感情方面花费的时间就少了。但即便如此，被喜欢的次数多了，他也开始明白过来女人喜欢男人时的状态。有些女孩子喜欢他，就会情不自禁地对他好，看见他时还会脸红……

谢安南看着面前低着头不敢看他的顾声声，忽然心头一凛，莫非……她这是在害羞？

谢安南忍不住后退了一步，将手里的笔递过去：“快拿着！”

顾声声看见笔，又看了看如同遇到瘟疫般的谢安南，愣了愣，却很快明白过来，她把画图用的笔带下来了。呃，笔杆上还有很多她咬的牙印子。

她平日里是不在意这种细节的，但偏偏今天丽芙当着她的面说了许多，让她忍不住怀疑自己这样下去是不是真的会孤独终老。

她哀愁的模样让谢安南忍不住又后退了一步。

“顾声声，你以后不要再来停车场等了……”谢安南认为，一定是他过去那段时间的行为让顾声声产生了什么错觉，所以他今天一定要把话说清楚。

顾声声叹了口气，她都说了她不是特地在这里等他的，首席太执着了。

谢安南见她叹气，知道事情不能再拖：“我们是不可能的……”

顾声声抬眼看了看他，只觉得今天的打击真不少。她已经知道他和她是不可能成为朋友的，首席还要再三跟她声明，看来真的是很讨厌她呀。

顾声声脸上的神色登时萎靡不振，她呆呆地看了一眼谢安南：“你不用说了，我知道了。我会消失掉，尽量不出现在你面前了。”

说完，她没再看谢安南一眼，幽灵一样地飘走了。

谢安南看着顾声声脚步虚浮地走掉，途中还走错了方向又折回，然后一脑袋撞上了柱子上的灭火器……

谢安南的良心莫名有点不安，辞退了她，拒绝在老宅的事情上施以援手，又无情地斩断了她的希望……

好歹喝过人家一个星期的汤，谢安南有史以来第一次怀疑自己是不是做得过分了些。

【3】

事实证明，谢安南谢大首席实在是想多了，顾声声这种物种和打不死的小强可能有微妙的亲属关系。

被同事说自己可能嫁不出去，又被首席拒当朋友，在这双重打击下，她狠狠地睡了一觉，隔天起床，觉得神清气爽，昨天发生过什么，已经忘得差不多了。

她精神奕奕地去上班，刚到座位就被丽芙给逮住了："顾声声，今晚的节目我可给你约好了啊！"

顾声声莫名其妙："啊？什么节目？"

她可是要勤勤恳恳加班的人啊！

丽芙"啧"了一声："给你介绍的优质股啊！金融行业的！反正我人都约好了，你总不能放人家鸽子吧？！"

谁都知道丽芙的热心劲，顾声声向来不会拒绝别人，丽芙这副为她操碎了心的样子，更是让她连NO都说不出口。

她含着热泪答应下来："好吧，那我去看看。"

丽芙满意了，留下了约会的地址和对方的电话，婀娜多姿地离开了。

为了这次相亲，顾声声放弃了加班，她在办公室磨蹭了一会儿，就接到了已下班的丽芙打来的催促电话。

顾声声一边对着手机连连应是一边挪到电梯旁，正准备走进打开的电梯里："好好好，我这就出发了……"

话音刚落，她就看见电梯里站了一个她再熟悉不过的人。

谢安南穿着卡其色的长大衣，目光落在了顾声声身上，眼睁睁地看她呆愣在原地，被关闭的电梯门夹了一下……又一下……

就在他忍不住要开口时，顾声声终于反应过来，她惊慌失措地摆了摆手："你没看见我，我没出现过！再见！"

说完，她转身就走，再度被电梯门夹了一下。

顾声声哪里想得到她和谢安南这么有缘分，她难得不加班，搭个电梯都能狭路相逢。这怕是又要引起新一轮的误会了，只是首席啊，我真的不是有心要跟着你的啊……

谢安南看着顾声声逃之夭夭，不禁陷入沉思，这女人见着他跟见鬼似的，一副受惊过度的样子，莫非他那天真的做得太过分了？

顾声声完全不知道谢安南的心思，她捂着被夹了数次的双臂，灰溜溜地赶到了约会地点。

对方看起来倒真的是精英模样，一开口必定夹着英语单词。按照相亲的固定流程自我介绍之后，金融男便开始唾沫横飞地侃侃而谈，一顿饭下来，顾声声居然学会了好几个金融术语，什么"对冲""抢帽子""利空"。

饭后，金融男很直接地表示，他喜欢的是热情似火的性感女郎，像顾声声这种乖乖女，装扮还脱离不了大学生的，不适合他。

顾声声很友善地和人家挥手告别，不但没丧气还出奇地开心。

第二天上班的时候，她主动投案，兴冲冲地去找丽芙报告相亲结果。

她两眼发光地瞅着丽芙："丽芙姐，你说得对，相亲才是人生大业，你那儿还有没有优质股？最好是学建筑的！"

丽芙听说了她昨晚相亲失败被拒，还想着安慰她，没想到她居然越挫越勇，现在这样的年轻人不多了啊！

丽芙很受鼓舞，当即承诺她："放心吧！只要你要，只要我有！我这就开始帮你留意！"

得到肯定答复的顾声声欢呼一声，几乎是蹦跳着离去。

丽芙目送着她离去，感叹了一句："年轻真好……"

说完转身，就见身后不知何时站了个黑黝黝的身影，她慢慢抬头，看清那人的脸时，吓得文件夹都掉了："首首首……首席！"

谢安南是下来交代部门主管工作的，没想到却看见了这样一幕。

谢安南眉头紧皱，跟丽芙确定：“顾声声刚才是在让你给她介绍相亲对象？”

丽芙丝毫不敢隐瞒，把顾声声昨晚相亲失败的事情抖了出来：“以前我也跟她提过的，她都不怎么积极，最近不知道是怎么了……”

谢安南很清楚顾声声是怎么了。

他眉头紧锁，开始思考自己是不是对一个单纯得近乎蠢的女孩子太残酷了，以至于她要用相亲来疗伤。

谢安南虽然被人叫作“杀手”，但还不至于六亲不认无情无义，他想了想，突然开口：“这样吧，我有个学弟，人还不错，我把他的联系方式给你，你就把他介绍给顾声声吧。”

丽芙愣在了当场，她在工作时间给人介绍相亲对象被抓包，首席居然没处罚她，还要助她一臂之力？这个世界实在是太玄幻了。

首席，你是在逗我吗？

谢安南不顾丽芙一脸震惊，他没多耽搁：“我晚一点让我助理将资料带给你。”

说完，他返回了自己的办公室，当真给自己的学弟打了个电话。

这个学弟叫孔沅，谢安南有一年回母校演讲时认识的，挺好学向上的一个人，如今在业内也小有成就，能得到谢安南好评的，必定是青年才俊的级别。

将这个青年才俊介绍给顾声声，也算对得住她了。

孔沅接到谢安南电话时差点儿没跪下喊万岁，谢安南是什么人，是业内人人都想要攀上关系的一棵大树。当年他有幸认识谢安南，已经觉得镀了层金光，如今他的偶像竟然亲自打电话给他，他的激动程度可想而知。

谢安南简单说了下相亲的事，没想到孔沅想都没想就答应了。

谢安南有些狐疑：“你确定知道该怎么做了？”

孔沅拍着胸脯答应："没问题！学长你介绍的人能差吗？"

谢安南想了想，顾声声的确还不算太差，毕竟她熬的汤，小范围之内都难寻敌手了。于是，他安心地将孔沅的资料交给了丽芙，让丽芙负责撮合顾声声和孔沅。

丽芙那天思考了一整天之后，忍不住怀疑起谢安南的动机。他和顾声声有仇是全公司都知道的，而得罪过谢安南的，最后都被杀无赦了。顾声声现在赖在公司不走，无疑是在煞谢安南的威风，难道谢安南这是想私报公仇，找个人追求顾声声，再让那个人甩了她？！

丽芙思前想后，在和孔沅联系时，孔沅问及顾声声和谢安南的关系，丽芙脱口而出："他们是仇人啊！"

孔沅是个人精，不动声色地又套了一些话，丽芙架不住，就将自己怀疑的事情都交代了。

孔沅想起谢安南那天电话里问他的那句"你确定知道该怎么做了？"，加上丽芙猪队友的误导，成功地误解了谢安南的意思。

而收到丽芙通知前去相亲的顾声声还沉浸在喜悦中，丝毫不知道自己将踏入一个巨大的坑。

顾声声其实对相亲还没什么太清晰的概念，她只是在约见了金融男之后，得到了启发。她在老太太的事情上有了阻滞，她毕竟不是学建筑出身的，很多问题靠百度和查资料都查不出个所以然来，如果有专业人士能为她答疑解惑，是再好不过了。然而公司的人她断然不敢去问，谁知道谢安南会不会扣她一顶浪费公司人力的帽子。

但是相亲对象就不一样了，特别是像金融男那种喜欢炫技的相亲对象。

孔沅对待女人并没有太多耐心，但如今他肩负重任，为了讨好谢安南，他对顾声声表现得如春风般温暖，简直是知无不言言无不尽。

顾声声得到了自己想要的答案，只觉得孔沅真是上天派来拯救自己的好人啊！看孔沅的目光里自然就多了几分崇拜。

这几分崇拜让孔沅笃定，顾声声已经成功地爱上了自己。

接下来的几次约会，顾声声每一次都如约而至。虽然比较奇怪的是她和他约会，总是要带个小本本记东西，连他搂她肩膀，轻抚她发丝，她都要很久很久才能反应过来。

孔沅觉得差不多了，反正在他的意识里，谢安南就是让他挫挫顾声声的锐气，让她难堪。至于做出什么骗色的行为，那是犯法的，他自然不会去做，况且顾声声在他眼里跟个未成年少女似的，他也实在下不去手。

最后一次约会时，孔沅握着她的肩膀，温柔似水地和她约定："声声，明天下班我去你公司接你吧。"

顾声声不疑有他，反正她还有许多问题要孔沅答疑解惑，和孔沅吃个饭，可比加班学东西快多了。

然而一直亮着星星眼的顾声声不知道，她离那个坑越来越近了。

【4】

顾声声按照约定时间下楼的时候，就看见孔沅等在那里，皱着眉头，一副很不开心的样子。

顾声声连忙走过去，刚要开口打招呼，就见孔沅一脸气愤地问："为什么迟到？"

顾声声抬手看了看表，五点四十分。

她知道自己做什么都慢，所以很多事情都会提前做，约了人也会因为避免迟到提前出发，所以此刻离她和孔沅约定好的时间，还有五分钟。

她觉得孔沅一定是记错了时间，刚想解释，又被恶狠狠地打断："顾声声！你能不能尊重一下别人？也尊重一下你自己？"

此时正好是下班时间，人来人往的，孔沅这样对着她一顿低吼，已经有很多人看过来了。恰好顾声声又是公司里的“红人”，认识她的人不在少数。

顾声声一脸黑线，完全不知道发生了什么，她试图揪着孔沅的手臂，想把他拉到人少的地方解释清楚误会，谁知孔沅一把甩开她的手：“不要碰我！我对你太失望了。”

顾声声欲哭无泪，孔沅今天太失常了，这还是那个有问必答的有为青年吗？

“孔沅，你是不是受到什么刺激了？”

“你也知道我受刺激了？你一边和我在一起，一边还跟别的男人约会吃饭，暧昧不清，我都知道了！”

顾声声目瞪口呆，孔沅说的是她吗？他是不是穿越了呀？

孔沅冷笑着：“你邋遢，长得不好看，迟钝，蠢，没有成就，不求上进，我知道你看中的是我的职业和前途。这也就算了，但我实在没办法接受女人水性杨花。我真是瞎了，路上随便找一个都比你强！”

顾声声被人数落一通，直接蒙了，恨不得立刻掏出手机看看她本月的星座运势。那该死的水逆总不会还没过去吧？

她终于正视孔沅：“我不知道你在说什么，你可以数落我，但你不可以冤枉我，还有……”

“不要狡辩了！”孔沅急不可耐地打断她，“我们分手吧！不要再来找我。”

孔沅撂下这句话便扬长而去，留下顾声声被八卦观众继续围观。

顾声声觉得自己简直比窦娥还冤，说她丑说她蠢，好嘛，她是不漂亮不聪明，但是说她劈腿这就不能忍了，简直子虚乌有。更重要的是，她和孔沅，压根就没在一起过，分什么手呀？

顾声声觉得这个世界变化太快让人措手不及。

她站在原地，悲哀地想：从明天起自己的名字恐怕又要在众人嘴里红上一周了。

好好的人翻脸比翻书还快，她一头雾水，感觉自己很像迷途羔羊。她默默站了会儿，终于还是承受不了别人的目光，干脆转身回楼上继续加班。

然而顾声声劈腿被当众分手这件事，很快传上了二十三楼。

谢安南走出办公室透气，就见留下来加班的秘书和另外一个女人凑在一起，兴致勃勃地聊着什么。谢安南对上班时间交流八卦新闻向来厌恶，刚想走过去斥责两句，就听见她们口中蹦出来一个熟悉的名字。

“你真的看见了？”

“全程围观啊！你都不知道，那个顾声声人看起来超老实的，没想到居然会背着男朋友劈腿，更奇怪的是，我们之前都不知道她有男朋友。”

“怎么跑到公司楼下来闹了？难道她劈腿的那个男的，也在我们公司？”

两个人聊得兴致勃勃，丝毫没有注意到谢安南就在身后。谢安南听她们越说越不堪，不由得眉头直皱：“如果想谈和工作无关的事情，不如辞职了慢慢聊。”

他的声音忽然响起，冷之又冷。

众人都知道他开起人来绝不手软，秘书以为饭碗就要不保，被吓得脸色发白，不住地点头道歉：“首席，对不起，我们不是故意的，我们以后不会了。”

谢安南懒得再废话，转身回了办公室，犹豫了一会儿，终究还是给孔沅打了个电话。

其实他都快忘记自己当时突发奇想做出来的举动了，他们进展如何，他也没有过问，只觉得自己已经仁至义尽。但听说顾声声和男友吵架，觉得自己有必要弄清楚，这个男友是不是孔沅。

孔沅很快接听电话，谢安南还未开口，他便兴奋地问：“学长，你收到消息了？”

谢安南眉头一挑："刚才在楼下的人，是你？"

"自然是我呀，学长。"孔沅急着邀功。

谢安南沉默了一会儿："顾声声……"

孔沅连忙接过话头："那个女人真的是我见过最蠢的，说一句话要反应半天，无趣极了，品位也不好，真的是……一无是处，挑不出好来。"

谢安南握紧话筒，不知为何听到顾声声得到这样的评价，他突然很想砸电话。孔沅他怎么敢这样，顾声声好歹是他介绍的人。

他稳了稳，继续问："那劈腿的事……"

"学长你就放心吧。职场什么样我还不清楚吗？我敢保证，像顾声声这样的人，很快会受不了别人的指指点点，过不久你就能拔掉这颗眼中钉，让她从公司滚出去了。"孔沅边说边笑，仿佛自己已经帮助谢安南干成了什么大事。

"你究竟是什么意思？"谢安南的声音冷了下来。

孔沅闻听此言，有些蒙了："学长，不是听说顾声声在你公司赖着不走挑战你的权威吗？你放心吧……"

谢安南手里的话筒已经握不住了，当真被用力摔了出去。

谢安南终于明白过来了，什么劈腿根本是子虚乌有，这都是孔沅的计划，他到公司楼下，就是为了在众人面前污蔑顾声声。

谢安南从来没告诉过孔沅介绍他们认识，是想让孔沅对付顾声声，逼着顾声声离开公司。他一直认为这个学弟是难得的青年才俊，没想到只是一个自以为是的蠢材。他试图弥补顾声声，没想到好心做坏事，谢安南竟然难得地感觉到了挫败。

他三番两次解救顾声声于危难之中，怎么他现在觉得，反倒是自己欠她的越来越多了。

他站起身来，打通了顾声声的电话，电话那头的人似乎萎靡不振。

谢安南问："你在哪里？"

顾声声突然接到他的电话有些受惊：“我我我……我在公司，我很快走了，我走楼梯……”

谢安南嘴角一抽，不去理会顾声声的语无伦次，大步走出办公室，直接去到十九楼。

顾声声本来正在伏案工作，谢安南电话一进来，让她顿时如惊弓之鸟，为了不撞见他，她连忙收拾了东西落荒而逃。

谁知她刚踏出办公室大门，就看见谢安南从电梯里走出来。

顾声声转身时已经被谢安南看在了眼里。

“站住！”他轻飘飘的声音传来，却如雷霆般有力，死死地将顾声声钉在原地。

谢安南大步走过来，挡在了顾声声面前。她仰起头，露出一个自认为相当和蔼的笑容：“首席，这一切，都是缘分，我绝对没有在电梯口等你。”

“我知道。”谢安南看了看顾声声，“今天，你来帮我开车。”

顾声声接过谢安南丢过来的车钥匙，登时有些蒙，首席的心果然是她这等凡人不可猜度的，所以她放弃猜度。

她没有多问，乖乖地跟着谢安南走到停车场，熟门熟路地找到了车，按了解锁。

顾声声虽然学什么都很慢，但她若是掌握了一项技能，就很难再忘得掉。如今她的车开得四平八稳，谢安南甚至可以安心地闭着眼睛养神。

沉默了许久，车厢里谁都没开口说话。

半晌，谢安南睁开眼睛，看着窗外开口：“我听说今天你在楼下发生了点事。”

顾声声一愣，差点儿将油门当刹车踩。

果然好事不出门八卦行千里，这还不到一小时呢，首席就知道了。连首席都听说了，估计明天一早，连送外卖、送快递的小哥也都可以参与到八卦的热烈讨论中了。

顾声声对感情的事向来有些笨拙，也不知道该怎么解释：“其实不是大家看到的那样，我没有劈腿，我们根本没有在一起。”

谢安南鲜少安慰人，他这人杀伐果断是出了名的，但面对顾声声，他仿佛再也没有以前那么硬气，这大约就是传说中的吃人嘴软。她着急地解释着，他也不打断她，难得表现出耐心的模样。

顾声声也难得碰到有人愿意听她说话，况且在内心深处，她还是将谢安南放在朋友的位置，见谢安南没打断她，她就安心地往下说：“是公司的丽芙介绍我们认识的，其实，我就是想认识个懂建筑的人，我有很多不懂的问题，都能从孔沅那儿得到解答。”

顾声声有些委屈：“可能我做了什么不好的事情，让他误会了。我们都没有开始，哪里来的分手。”

谢安南沉默了一会儿才开口：“顾声声，你身为一个成年人，难道不知道相亲的意思就是两个人见面了觉得合适，接下来的就是交往了吗？”

顾声声惊得下巴都掉了，啥？两人一起吃几顿饭就算交往了？！她的清白……不行，她需要冷静冷静。

她踩下了刹车，将车停在路旁，低头趴在方向盘上，觉得人生大起大落实在是太刺激。

谢安南看着这个趴在方向盘上的小脑袋，一时无语，毕竟这一切，都是他造成的。半晌，他才找回了自己的声音：“我相信你。”

顾声声迷茫地抬起头来，就见谢安南叹了口气：“我相信，你没有劈腿，你也不喜欢那个人。”

顾声声如遇知音，谢安南说他相信她，不知道为什么，她心底那一点郁闷忽然一扫而光。谢安南虽然一直让她离他远点，也放了话说他们不可能成为朋友，但是她遇到了问题，他却是第一个来关心她、慰问她的。

顾声声这样想着，心结忽然全部解开，春光灿烂地朝谢安南笑了笑：“嗯！那这样的交往，是不算数的吧。”

谢安南配合地点点头：“是不算数的。”

顾声声笑得眉眼弯弯，一高兴起来，越过了座位伸手拍了拍谢安南的肩膀：“首席，我请你吃饭！”

被愧疚支配的谢安南没有拒绝，任由顾声声将车开向另外一条街道。

她第一次请他吃的是牛肉面，第二次请他吃的却是水饺。

一个个晶莹剔透的水饺从热腾腾的汤水里捞起来，咬一口汤汁四溢。顾声声吃着碗里的想着锅里的，抬手又叫了两盘蒸饺。

白菜猪肉馅的蒸饺一端上来，她就笑嘻嘻地先给谢安南夹了一个：“试试，我的最爱。”

她的脸在蒸腾的热气里一片绯红，谢安南咬了一口，觉得这饺子甜得有些过分。

自顾声声不再给他送汤之后，他的食欲下降不少。但他向来对自己狠心，年少时为了逼自己戒掉游戏专心读书，他可以将游戏机当场砸烂，并且再不同身边拥有游戏机的同龄人走近。

所以他要戒掉顾声声带给他的汤瘾，其实很简单。

如今和顾声声同桌吃饭，食欲却又猛然高涨，他毫不客气地又叫了几盘，将桌子上的饺子吃干抹净后，才心满意足地停下。

等他们走出水饺店，外头已经是景川晚上最繁华的时间段了。顾声声一路哼着歌，将谢安南送回了公寓。

下车时，谢安南叫住了她。

他斟酌了一路，还是觉得有必要说清楚，免得她误会他对她也是有那种感情的。

“顾声声，我上次说过，我和你……”

顾声声歪着头打断他：“我知道的！”

谢安南皱了皱眉头："我不希望这件事给你带来太大的打击或者伤害……"

顾声声笑着摆摆手，示意他不必再继续往下说："谢安南，我当你是朋友啊！我知道，在你心里，其实也把我当朋友了。"

谢安南愣了愣，等等，朋友……

顾声声知道谢安南向来是个傲娇的人，再说下去他又该不承认了。她朝他吐了吐舌头，笑着转身就跑："以后需要司机随时来找我哦，我的恩还没报完呢！"

她轻快地跑远了，留下谢安南独自凌乱在风中。

她说她把他当朋友？亏他英明神武了一世，他究竟是误会了些什么？！

第五章:

有竹马从远方来

【1】

顾声声第二天上班时，的确因为孔沅的事情遭受了强势的围观。坐在她左右的 Eva 和 Coco 都知晓她的为人，了解了前因后果后愤怒地将孔沅定位为“神经病”，又将来打听八卦消息的人都堵了回去，给顾声声开辟了一片清静之地。

顾声声很感激，原本料想这种被指指点点、八卦的日子，至少也要持续一个星期。谁知当天下午，人事那边就出了通告，凡是上班时间讨论八卦影响工作氛围的，都记警告通告批评一次，严重者做开除处理。

公司上下都惊呆了，没想到这个世界上还有因为讨论八卦而被开除的。

但首席的命令是铁血的，没有人敢违抗，这样一来，顾声声的处境忽然好了不知道多少倍，她虽然迟钝，但心里通透。

首席嘴上不说，但行动力很强，他这是在保护她。

顾声声一整天都在心里举双臂歌颂谢安南，直到下班前，忽然接到一个陌生号码的来电。

“喂。”

“喂……”电话那端传来一个她再熟悉不过的清朗男声，“声宝有没有想我呀？”

顾声声一听清这个声音，激动得差点儿从座位上蹦起来：“苏幕？！”

苏幕是顾声声的青梅竹马，两人相伴着长大，比骨肉亲情还要亲。苏幕因为学业关系常年在国外，算起来，顾声声也有大半年没有见过苏幕了。

她听见他的声音，打从心底觉得欢喜，握着手机欢快地问：“你是不是回来了呀？”

“我们声声变聪明了。”苏幕在电话那头笑，“我在去你公司的路上，快到了，去接你下班，我们一起吃饭。”

苏幕来得很快，不到十分钟，已经站在了公司楼下。

看见顾声声那小脑袋转来转去左顾右盼的时候，他低声一笑，差点儿将刚才一直在一旁偷看他的几个小白领迷晕过去。

他笑着走过去，长风衣衣角扬起，来到顾声声面前，来不及和她打招呼，便欢呼一声，俯身将她抱起来旋转：“顾声声！我想死你了！”

此时是下班时间，顾声声经历了昨日孔沅怒斥她劈腿那一幕，已经被许多人记在了心里，如今她又和另外一个男人在公司楼下旁若无人地搂搂抱抱，想不招人注意都难。

但顾声声沉浸在与好友重逢的喜悦中，直接就将众人的目光和O形嘴抛在了脑后。

苏幕将她放下来，随手将她搂到怀里：“走，吃饭去！”

和苏幕吃饭出行，总是会遇到很多或艳羡或妒忌的目光。她的竹马从小就是个漂亮的孩子，她至今还是一根豆芽菜，但苏幕已经长成了英俊挺拔的男人，有许多优秀貌美的女孩子对他虎视眈眈，以至于每次苏幕和不打眼的她站在一起，都在别人眼中显得格格不入，但顾声声心大，从来不去纠结。

她愉快地抢苏幕的牛排吃，苏幕由着她将刀叉往自己盘子里伸，又好心地把自己那份熏鱼分了一大半给她。

顾声声吃得眼睛都眯起来，她一边细嚼慢咽，一边将自己这些日子里的遭遇，事无巨细地告诉了苏幕。

这是她从小就养成的习惯，苏幕以前不爱说话，他们在一起住过很长一段时间，和他在一起时，都是她不停地说，以至于后来她一见到苏幕就条件反射，想要不停地说话。

苏幕也不打断她，笑意融融地看她讲到激动处手舞足蹈。

他也只有在面对顾声声的时候才能有这样难能可贵的耐心，所以苏家的长辈一直都主张苏幕将顾声声娶回家。但苏幕今天的耐心没有往常那么好，他听她说她在老太太家遇到来逼迫拆迁的混混时，就已经紧张得握住了切牛排的刀叉；听到她说在小巷子里遇到酒鬼，差点儿惨遭强暴时，脸上的笑意彻底垮了下来，握住刀叉的手青筋暴现，吓得来加水的服务员一脸惊恐地退了回去。

等到顾声声撇着嘴讲孔沅的事情时，苏幕终于忍不住打断了她。

“你？相亲？”苏幕难以置信地看着她，“顾声声，你再说一次，你去相亲？！”

顾声声不好意思地揪了揪头发：“我是有苦衷的。”

但无论如何，顾声声相亲的事情还是给苏幕带来了相当大的刺激，连暗恋都没有过的顾声声，居然去相亲？

他食不下咽，戳着盘子里的牛肉，一副泫然欲泣的样子，看起来格外哀愁：“顾声声，你到底还有多少事瞒着我？”

顾声声和苏幕从来都是无话不说，但碰巧这段时间遇上苏幕毕业季，而且他 Facebook 上的状态她时时追看，发现他换了新女友，日日需要他哄，他也有自己的事要忙，她就懂事地将这些惊险的事情隐瞒下来。否则依照苏幕的个性，很可能挂断电话就直接飞回景川给她出头。

顾声声给苏幕顺毛：“你那时候在忙嘛，还要哄女朋友，反正事情都过去了。”

苏幕挑着眉毛看她：“顾声声，不许有下一次。以后无论发生什么，都要第一时间告诉我。”

顾声声依旧笑眯眯的：“放心吧放心吧，虽然你不在我身边，可是我还有首席啊，说起来，多亏了他，我才能一次次化险为夷。”

“首席？”苏幕眯着眼睛盯着她，突然一副很有兴趣的样子，“我们来好好聊聊这个首席。”

顾声声愿意将她所知道的那个傲娇又热血的谢安南都讲给苏幕听。苏幕嘴角慢慢勾起，看向顾声声的目光却藏着暗涌。

他何尝不后怕，他一直以为他的青梅在平安快乐地成长，工作以后也会过着平淡不起波澜的生活，可是他没想到她会遭遇这种危险，一次又一次。

他突然痛恨自己，为什么要在乎什么鬼论文？为什么要告诉她自己有个难缠的女朋友要哄？他应该待在她身边，就像她在他最痛苦的岁月里一直陪伴他一样。

苏幕听顾声声滔滔不绝地说了一顿饭时间，似乎还觉得不够过瘾，拉着顾声声打了个车，直奔景川热闹的酒吧街。

顾声声对即将要去的地方心存畏惧："酒、酒、酒吧？"

她长这么大，别说酒吧了，酒都没碰过一滴。要是顾先生知道她去那种地方厮混，没准会打断她的腿然后把她赶出家门，从此断绝父女关系。

光想想就觉得足够恐怖了，顾声声颤抖着要下车，却被苏幕一把捞回来。

"不用怕，有我在，这个酒吧是国外认识的一个朋友开的，今天赶上开业，去凑凑热闹。"她太单纯，什么都不懂，他想着该带她去见一见世面，这样他不在的时候，她遇到事情也不至于太慌乱。

顾声声皱着一张脸看他："顾先生会打死我的。"

苏幕想起她家那个老顽固，不由得揉了揉太阳穴，然而片刻之后又是一副嬉皮笑脸的样子："你可以躲到我家去，我收留你。"

顾声声忧郁地看着苏幕，犹豫着要不要告诉他，如果顾先生知道是他带着她去酒吧的，顾先生可能会顺带把他的腿也打断。

但说话间，酒吧街已经到了。

苏幕在景川比她还熟门熟路，拉着她走了一段，就进了一家霓虹灯闪烁的酒吧。

顾声声第一次来这种地方，很快好奇大过恐惧。酒吧中心有个舞台，台上放了许多乐器，有个十分艳丽的女人在台上低吟浅唱着一首抒情英语歌，和她想象中群魔乱舞的场景一点都不一样。

吧台后有个肌肉男朝苏幕招了招手，苏幕将她带过去，笑着介绍："这是我在芝加哥认识的朋友，艾立。"

艾立调着酒，朝苏幕挤眉弄眼地笑："新女友？"

苏幕笑而不答，却拉过顾声声："这个人是我朋友，以后如果遇到什么情况，像遇到流氓这种，如果我不在的话，你可以找他。"

顾声声看了看穿着皮马甲，肌肉贲张的艾立，瞬间觉得相当有安全感。

顾声声收下了艾立的名片，不想打扰他和苏幕两人叙旧，就捧着艾立特地给她调的无酒精饮料到处参观。

苏幕不放心想跟上去，艾立立刻笑他："在我的地盘还能出什么事？你怎么跟个老妈子一样？难不成人家上厕所你也跟着啊？我们这儿的女厕可是男士禁止入内。"

苏幕轻飘飘地瞪了艾立一眼，终于还是坐了下来。

顾声声左顾右盼，每一件摆设她看着都觉得新鲜，艾立似乎是一个人脉极广的人，酒吧第一天开张，客人已经来了不少，大都西装革履、洋裙礼服，看起来都是精英模样。

咦，那边那个精英，看起来有点眼熟啊。

顾声声扶了扶眼镜，终于看清了那个很眼熟的精英，明明是她家傲娇首席谢安南啊。

顾声声没想到在这里会遇见熟人，一个激动，就想过去打招呼。然而，她刚踏出一步，就有人从斜刺里疾步走过来，顾声声和那人撞在一起，两人手上的酒都泼了对方一身。

"顾声声？"

有人喊了声她的名字，顾声声抬起头来，不禁倒吸一口凉气。夭寿了，她认识的熟人向来不多呀，今晚怎么全碰上了？！

顾声声仰着头，看着面前足足高了自己两个头的男人，结结巴巴地说了一声"Hi"。

"好久不见啊，顾声声！"面前的人咬牙切齿地喊她的名字，让顾声声忽然有种想哭的冲动。

【2】

“肖康，好……好久不见。”顾声声咧着嘴，目光却落在其他地方，可是她似乎走得有点远了，怎么都找不到苏幕的身影。

她很心焦、很忧郁，急得快哭出来了。

怎么说呢，肖康算是第一个与顾声声有感情纠葛的人，这事发生在她大学时期，是整个学校都知道的乌龙。

顾声声向来慢热，在感情方面也迟钝，但在青春悸动的大学时代也有过追求者，虽然顾声声后来听林棠谈起，都是一脸诧异：“某某某在追求我？我怎么不知道？”

通常林棠都会“呵呵”冷笑：“你那智商和情商能知道就有鬼了！”

肖康算是被顾声声这智商和情商拖累的受害者之一，那时候肖康和她一同上公共课，不知怎么就觉得上课时一脸迷糊的顾声声很特别很可爱，是一个特别适合当女朋友的人选。然而，肖康是个傲娇且闷骚的存在，他追顾声声的方式特别迂回，迂回到连天天和顾声声在一起的林棠都差点儿没看出来。

比如，他会偷偷在顾声声书里夹一封情书，那封情书里写着一道相当复杂的方程式，得出来的结果是“我喜欢你”。这个举动很浪漫，但是他忽略了顾声声从理论上来讲是个学渣，而且是看到数学就头疼的那一种，于是那些年的小情书，都被顾声声当成了社团小广告丢进了垃圾桶。

再比如，他会用手电筒，在顾声声楼下打摩斯密码，说的还是那句话：“顾声声，我喜欢你。”

但顾声声是一个连QQ密码都记不住的人，怎么会懂得摩斯密码？很遗憾，那些年闪动的手电筒光线，被顾声声宿舍的人一致认为是学校某个浪费电的神经病所为。

最后，肖大才子在校报上登了一篇文章，排版后每段的第一个字连起来是：顾声声，今晚八点，我在学校小树林等你。不见不散。

顾声声倒是很爱看校报，但是她压根就没看出来那句话。

总而言之，那天准备告白的肖大才子，硬生生在小树林里喂了一晚上的蚊子，被好几对情侣当成了心怀不轨的单身狗，唾弃之，秀恩爱之。

他肖康何时受过这种侮辱？！喜欢他的女孩子可以绕学校三圈，顾声声居然这样目中无人。他很生气，后果当真很严重。

他在隔天清晨等在了顾声声宿舍楼下，在赶着去上课的人潮里，声色俱厉地数落了一通顾声声的不是。最后，他在顾声声一脸茫然的情况下总结陈词："像你这种人，不值得我喜欢，我们结束了！"

就是这么一闹，全世界都知道了顾声声和肖康的"一段情"，被指着鼻子骂了一顿的顾声声欲哭无泪。

我是谁？我在哪里？究竟发生了什么？我什么都不知道啊！

林棠在一旁精辟地总结："他原来喜欢你，但他现在不喜欢你了。"

事情本来就到此结束了，但好巧不巧的是，肖康无意中知道了他递给顾声声的那 101 封情书都喂了垃圾桶，他感觉自己的自尊心严重受损，差点儿需要去看心理医生，于是他因爱生恨，对顾声声恨之入骨。

顾声声还记得那些黑暗的岁月，肖康开始处处为难她，他会在校报上指桑骂槐，他告白告得那样含蓄，骂起人来却一点都不藏着掖着。从此以后，肖康所有小说里的恶毒女配、女反派，甚至走路能被招牌砸死的炮灰，名字都叫顾声声。

最可怕的是，肖康开始不断地谈恋爱，每一次，他都会带着他的新任女朋友到她面前，明着暗着告诉她："你根本配不上我，你错过了我这样一个好男人，我再也不会给你任何机会了。"

这样的场景在她大学那几年里发生了无数遍，顾声声心很累，以至于后来她每次远远见到肖康都要绕路走。本以为事情就结束在大学毕业那天，从此他打他的计程车，她坐她的公交车，大家井水不犯河水，谁知道这世界这么小。

顾声声在心里不住哀叹：冤家路窄啊！

肖康却好像很乐于重遇顾声声，他的亢奋看起来很不寻常，顾声声忍不住退后了两步。

肖康的目光落在顾声声的右手上："没有婚戒也没有类似情侣用的戒指，你现在单身？"

顾声声莫名想起孔沅那个乌龙，只觉得自己这二十几年的桃花都非一般的烂。

她哀愁的样子落在肖康眼里，他顷刻便认为顾声声情路不顺："错过了我，你再也遇不到更好的男人了。顾声声，你后悔吗？"

她实在很怕和肖康讨论这种问题，她有相当严重的心理阴影，于是她摆摆手："那个，还有朋友在等我，我就先走了。"

"走什么？"肖康一把抓住她的手臂，"好不容易遇见，叙叙旧嘛。"

他嘴里说着客气的话，手却用了劲，顾声声疼得眉头都皱了起来。

恰在这个时候，一个高挑的美人走了过来，挽住了肖康的手，上下打量着顾声声："你朋友？"

肖康冷笑："就是我跟你提起过的那个人，我的曾经沧海难为水。"

顾声声打了个冷战，忽然有种很不好的预感。

美人了然地点点头，转向顾声声的时候却是笑眯眯的："老同学嘛，既然这么巧遇上了，就来我们桌玩玩啊。"

说着，她就来拉顾声声的手，一副自来熟的亲热模样。

顾声声挣脱不开，被他们左右拉着，来到了一张桌子旁。桌子边上坐了一圈人，桌上放满了五颜六色的鸡尾酒。

美人开口了："我们在试哪一杯才是老板准备用来当招牌的，你既然在这里，一定是懂行的人，不如也试试？"

顾声声连忙摆手，她对酒精过敏，从小就滴酒不沾。小时候邻居伯伯贪好玩用筷子喂了她一滴白酒，都闹得要去医院急诊，把顾先生和顾太太吓得魂飞魄散。

但她还没来得及说出口，美人已经拿了一杯看起来颜色浑浊的酒，凑到了她的嘴边。她想要后退，却被肖康堵住，他笑眯眯地抓住她两只手臂：“顾声声，你今晚可真是有福了，这杯可是十全大补汤。”

顾声声一脸蒙圈，这哪里像是补汤，这明明就是酒。

美人见她紧闭着嘴唇，已经不耐烦，要用手来捏她的脸颊。

顾声声心里早已经泪流满面，她明白过来她不是遭遇了什么水逆，这根本就是流年不利嘛！

她的脸颊被掐得发酸，忍不住张开了嘴，就在她要被逼着喝下那杯酒时，那杯到了嘴边的酒却不翼而飞，像是被人夺了过去。

紧接着，顾声声也被一股大力拉过去，撞在了一个温暖的怀里。

她仰起头：“苏幕……”

苏幕半环着她，低头闻了闻手里那杯夺来的酒，笑了笑：“十全大补汤，这么补啊？”

他喝了酒，怕酒气醺到顾声声，此刻正嚼着口香糖，嘴角斜挑着，看起来更加不羁。

刚才那个逼迫顾声声喝酒的美人看得呆了，此刻一动不动，眼睛都舍不得从苏幕脸上移开。

苏幕眼角瞟过站在面前的那两个人：“这么补的东西我们声声无福消受，还是你们喝吧。”

话音刚落，他手里那杯酒就轻飘飘地泼了过去，悉数泼在了肖康和那个美人身上。

“啊！”美人尖叫一声，低头看了看自己白色的小礼服，又难以置信地看了看苏幕，似乎不相信他居然会对自己做出这种事情，顿时五官紧皱在一起，扭头就往洗手间跑去。

肖康怒瞪着苏幕，似乎已经猜到了他们之间的关系：“疯子！顾声声！原来你就是这种眼光这种品位？”

苏幕向来傲慢轻狂，他不在意别人的目光，也不在意别人的感受，胆敢在他眼皮底下欺负顾声声，这人一定是活腻了。他向来越生气，笑容就越盛。

顾声声看得头皮发麻，连忙站出来道歉：“不好意思不好意思，他不是故意的！”

呃，这话说完她自己都不信，瞎子都看出来了，苏幕明明就是故意的……

肖康冷眼瞪着她，把火气都撒在顾声声身上：“我真是眼瞎了才会喜欢过你，像你这种人，也不过是个下三烂的货色。”

苏幕将顾声声拉回来，冷笑着往前跨一步：“下三烂的人看谁自然都是下三烂。”

苏幕长得高大，他一靠近肖康就感觉到压迫性的威胁，他连忙向身后的人求救，然而来这个酒吧的人并不是普通的客人，都是在各个行业有头有脸的人，谁都不想像三教九流的流氓那样打架，以至于一时竟然也没人来帮肖康。

肖康见自己彻底落了下风害怕起来，却不敢和苏幕交锋，只能抖着手指着顾声声：“你记着！”

说完这句话，他不敢再去看苏幕，转过身落荒而逃。

阻挡顾声声视线的肖康一离开，她终于看到了一直站在不远处的谢安南，两个人的目光撞在一起，她有如患难后看见亲人，只觉得谢安南十分亲切。

她笑着就要走向谢安南，谁知道被苏幕一手牵住：“不要乱跑。”

两只牵在半空中的手格外瞩目，特别是交握的两只手上那两串一模一样的木质珠子。

顾声声急了，跟苏幕解释：“我……我首席！”

苏幕挑了挑眉，目光投过去，就看到不远处一身黑色西装的男人，器宇轩昂，绝非肖康这等人可比。

谢安南也抬眼看他，两个男人的目光碰在一起，却有些龙虎相遇的意味。但迟钝如顾声声丝毫没有感觉，她像一只急切想挣脱主人的小狗，一心要过去和谢安南相认。

然而谢安南却没有耽搁太久，他微微动了动嘴角，一句话都没有说，转身就走。

首席为什么看起来很生气的样子？顾声声莫名其妙，她家首席的心，果然还是好难捉摸啊！

在一旁的苏幕却看得清楚，他忽然觉得，这次回国，真是对极了。

【3】

苏幕回国之后，顾声声明显比从前更忙了一些，她要加班赶老太太的提案，还要照顾她家整天闹着要陪伴要顺毛的竹马。

然而让顾声声觉得奇怪的是，自酒吧那晚之后，她和谢安南之间神奇的缘分像是用尽了一样，她坐电梯见不到他，路过停车场也见不到他，甚至到二十三楼的男厕逛了几圈，她想问问他右手的情况，却始终找不到他的人。

苏幕已经毕业，又和国外的女友分了手，正是无所事事的时候，他又不想回去继承家族的事业，干脆在景川租了个公寓，买了新车，每天都来接顾声声下班。

好在顾声声习惯了加班，苏幕来接她的时候都是在晚上，不至于被一群人围观。她拒绝了几次，苏幕却义正词严："如果你一个人回家又遇到流氓怎么办？我不能置你的生命安全于不顾！"

顾声声扶额："哪里有那么倒霉？我之前还每天送首席回家自己再回去的，那天纯粹是意外。"

苏幕嘴角不住地抽动：“他让你送他回家？他一个大男人，居然让你送他回家？！他是脚断了，还是手残了？”

顾声声欲哭无泪：“首席他……的确是手残了，是我伤的。”

苏幕的嘴角抽搐得更厉害了，然而在顾声声将她和谢安南之间发生的事情说清楚后，苏幕还是丝毫没有改变他对谢安南的印象：“不管他是不是救过你，让一个女孩子送他回家就是不对！”

“而且！”苏幕哀怨地看着她，“你居然给他熬汤喝，我回来这么久，你一口汤都没给我熬过！”

顾声声气得牙痒痒，谢安南是伤残人士啊，能比吗？况且苏幕从不亏待自己，该吃吃该喝喝，脸色健康红润得像是修炼了什么永葆青春的秘籍，哪里还需要喝汤？！

但她到底拗不过他，还是在隔天熬好了汤给他。

她多熬了一份，上班的时候带去了公司，午休时分捧着保温桶战战兢兢地上了小天台，又给谢安南发了短信：“能上小天台一趟吗？我带了汤。”

她知道谢安南的脾气，即便有了他的私人手机号，也不敢轻易给他发短信。她其实毫无把握，不知道谢安南看不看得到短信，看到了也不知道会不会来？

谢安南收到短信的时候，正木着脸对眼前的午餐食不下咽。

自从不让顾声声给他送汤之后，他让助理每天给他送饭的时候多叫一盅炖汤，但每次都是喝一两口就皱着眉头放下。谢安南有些烦闷，他隐隐意识到，自己的味蕾似乎被顾声声的汤给勾跑了。

一旁的助理“唉唉唉”地叹着气，首席真是越来越难侍候了，连星级饭店的饭都吃不下，他下次买饭该打飞的去国外买了。

谢安南看了眼短信便将手机丢到一边，低头拨了拨怎么吃怎么不对味的饭。五分钟后，他终于推开椅子，快步走出了办公室。

顾声声怀里抱着保温桶，坐在小天台的椅子上，看着蓝天白云发呆，午后的天气暖得不像样子，她被太阳晒着，微微仰起头，舒服得眼睛都眯了起来。

谢安南上到小天台时就看见这样的场景，笼罩在阳光里的顾声声让他烦躁的心忽然变得宁静。

最后还是顾声声发现了他，她扭过头来，神情从慵懒迷糊转为欣喜："你来啦？"

午后的阳光太暖了，比室内的暖气更怡人，谢安南忽然觉得连心都被阳光照得温热起来。

顾声声连忙将汤倒出来。

她倒汤的时候手腕转动，一串珠子在右手的袖口间若隐若现，谢安南见过这串珠子，只是从前丝毫没去在意，没想到，这珠子还是情侣款。

顾声声将汤捧到谢安南的眼前，却见他目光落在自己的手腕上。

谢安南目光闪动了一下，接过汤坐下来，却不像从前那样为了赶时间飞快吞咽，而是慢条斯理地品尝。

顾声声向来是慢半拍的，思维还停留在手腕上的珠子上："你在看这个吗？"

谢安南没有回答。

顾声声便自问自答："这串佛珠啊，是我奶奶在我小的时候上寺庙求的，她求了两串，一串给了我，一串给了苏幕。"

谢安南抬了抬眼睛："苏幕……"

"对呀！"顾声声笑眯眯的，"那天晚上你也看见了，那个和我站在一起长得很好看的人，就是苏幕。"

谢安南却冷笑："你有男朋友，为什么还接受相亲？难道你连相亲的概念也不懂吗？"

如果她早说，他也不至于误会，更不会费心去给她安排那样一场相亲。

顾声声却很茫然："什么男朋友？你是说苏幕吗？苏幕是我的朋友，但他不是我男朋友啊。"

谢安南看着顾声声，似乎在思索着什么。

顾声声见他不说话，而她有那么多问题，于是开口就问："那天晚上你看见我了，为什么不打招呼就走，那样很没有礼貌的？"

在顾声声心里，朋友见面就该热烈拥抱快乐高呼，像苏幕看见她一样，但她不能要求谢安南这么热情似火，但也应该打个招呼吧，他却连头都不点，太不给面子了，顾声声很受挫。

谢安南看着她这副兴师问罪的模样，不由得挑了挑眉毛。

那天晚上在酒吧里他其实早就看到她了，他看到她和肖康撞在一起，看见她苦着脸求救无门，也看见她被拉过去，被逼着喝酒。

他不知道顾声声酒精过敏，但他看出她是不愿意的。

她被拉过去的时候，他其实已经站起来了。他走过去的时候忍不住想，这个顾声声状况怎么这么多，如果没有他，她要怎么办？！

这个想法一冒出来立刻把他吓了一跳，他什么时候把自己当成顾声声的护花使者了？

他在原地犹豫了片刻，那杯酒已经递到了顾声声嘴边，玩过酒吧游戏的人都知道，把各种酒混在一起，就叫作十全大补汤，喝下去不醉都得吐一个晚上。

他正准备过去救人，却见苏幕已经出现在顾声声的身边。

他看苏幕把顾声声搂在怀里，顾声声却毫不反抗，而后来看到他们手上戴着的那串一模一样的珠子，让谢安南突然觉得很烦躁。

他无法解释这种烦躁的来源，于是不等顾声声找过来，便转身走人。

然而，他怎么可能跟顾声声交代这些，于是他转移话题："你为什么会去那个地方？据我所知，能被邀请参加开业庆典的，起码都是一些小有成就的人。"

顾声声那一根筋的脑子立刻被谢安南带得转了个弯，是啊，她是个双失青年，能进去全托苏幕的福。

于是她撇撇嘴，老实交代："是苏幕带我进去的。"

谢安南似乎很欣赏她的"坦白从宽"，那天他离开酒吧的时候，老板艾立出来送他，他曾向艾立打听过苏幕。

艾立是个随性的人，曾经在美国的华尔街也是个叱咤风云的人物，只是后来厌倦了，便出来做自己喜欢做的事情，他和谢安南也是老朋友了。见这个对凡事漠不关心的人居然会打听一个人，艾立也不隐瞒，将苏幕的身世背景简单告诉了谢安南。

谢安南听了，缓了缓又问："他和那个女孩子是什么关系？"

艾立眉毛都快挑上了天灵盖，今天太阳打西边出来了，谢安南居然也八卦起来了。他笑着调侃："凡是苏幕带在身边的女人，就算现在不是女朋友，不久后也一定会是，他花心是出了名的，对感情也是毫不在意，这一点可有点像你。"

谢安南狠狠地瞪了艾立一眼。

艾立却不惧："喂，你该不会是想撬人家墙脚吧？"

"滚！"谢安南怒目而视，在艾立的狂笑声中拂袖而去。

如今他看着自己眼前迷迷瞪瞪的顾声声，觉得还是有必要提醒她："顾声声，苏幕不适合你。"

他不想浪费时间，干脆开门见山单刀直入。

"啊？"顾声声不明所以。

谢安南直视着她："据我所知，他在感情上风评并不好，女友走马观花地换，这样的人你最好还是离得远一些。"

顾声声没听出来谢安南是在为她着想，倒是听出来他在数落苏幕的不是。

她立刻正色起来："苏幕不是你说的那种人！"

谢安南挑起眉毛："事实胜于雄辩！"

顾声声看着他，有些急了："没错，他女朋友是换得勤，但是，那是因为他不相信感情。”

顾声声和苏幕一同长大，上的同一所初中和高中，他年少时也有过许多女友，但他总是漠不关心，以至于每次感情都是以失败告终。别人都误解他，但是只有顾声声清楚，他不懂得拒绝向他示好的人，也不懂得去给予对方想要的东西。

他的感情有缺陷。

但是谢安南并不是顾声声，他没和苏幕有过交集，他实事求是地告诫顾声声：“既然你知道他不相信感情，那就保护好你自己，别给他伤害你的机会。”

顾声声终于急了：“谢安南，你为什么总是这样轻易地就给一个人贴上标签？苏幕是我朋友，他不会伤害我，我不许你再诋毁他！”

顾声声此刻信誓旦旦为他人辩护的样子，和她当时与谢安南争论老太太老宅事情的样子别无二致，他甚至怀疑，下一刻，她就要把她手里的保温桶砸过来了。

谢安南冷笑起来，他对与己无关的事情向来漠不关心，他不愿浪费这些时间，他的生命一直都是用来追求更高的成就。如今他第一次花费时间劝诫顾声声，却得到这样的反应。

他气得冷笑不断：“顾声声，我当你是朋友才对你说这些，听不听随你。”

说罢，他丢下手里的空碗，起身就走。

顾声声无措地看着他走远，在原地气呼呼地呆站了半天，才猛然反应过来。

等等，首席刚刚说了什么？他说他当她是朋友？！

顾声声快乐地欢呼了一声，可欢呼过后她又反应过来，她刚刚因为一个朋友得罪了另外一个朋友，而这个朋友是相当小气记仇的。

顾声声又忧愁起来，完蛋了，到嘴的朋友可能要飞掉了。

【4】

因为得罪了谢安南，顾声声这几天过得战战兢兢。

见谢安南愿意喝汤，她就又恢复了每日送汤的日子，熬的都是三人份，谢安南一份、苏幕一份、林棠一份，而她这个负责熬汤的人，一口都没喝上。

她每天午休准时送汤上二十三楼，谢安南没接受，但也没拒绝的意思。顾声声试图坐下来和他谈谈，但他埋头于文件间，眼睛也不抬，只有冷漠的声音轻飘飘地吐出来：“出去！”

好吧，首席果然很小气。

顾声声也不指望这一时半会儿他能原谅她，于是她每天都只是放下汤，然后隔天拿着装满汤的保温桶去换昨天的那个空保温桶，也不敢久待，在谢安南开口赶人前离开。

顾声声郁闷的是，谢安南只赶走了她，却没有连她的汤一起赶走，所以她只能接着送。

周五那天事情出现了转机，顾声声将汤放下，即将走人的那一刻，谢安南突然丢过来一件不明物体，顾声声的反射弧太长，眼睁睁看着那件东西飞过来，然后掉在了脚边。

顾声声低头去捡，这东西她很熟悉，是谢安南的车钥匙。

那边谢安南言简意赅地蹦出两个字：“手疼！”

顾声声难得开了窍，这……是让她下班送他回家的意思吗？

她试探地问：“那……那晚上我等你下班？”

谢安南没有回答，顾声声便当作是默认了。当下抱着保温桶出了谢安南的办公室，中途她还抽空给苏幕打了个电话。

苏幕得知顾声声要重操旧业接送谢安南，差点儿没跳起来：“声声，那个人一定是故意的，他一定有什么不为人知的企图！”

谢安南对顾声声哪可能有不为人知的企图，他那么傲娇，让她接送，算是答应她的求和了吧。还有苏幕和谢安南之间到底有什么误会，为什么都觉得对方不是什么好人？

顾声声对着电话顺了半天的毛，最后干脆告诉苏幕，以后老太太的事情还要仰仗人家，不能得罪谢安南。

苏幕这才委委屈屈地答应下来，并痛心地表示：“声声你过的简直不是人过的日子，居然还要低三下四地讨好老板。你放心，我一定想办法早日解救你于水火之中！”

说罢，他就愤愤然地挂断了电话。

顾声声无语地听着“嘟嘟”的断线音，也只有在她面前，苏幕才会表现得像个长不大的神经病，但他总算是答应了。

晚上八点，顾声声等在了谢安南的车旁。按照她之前的观察，谢安南大约每天都会加班到这个时候，她等了没多久，谢安南便施施然地出现。

他上了车，系了安全带，便闭目养神，一句话也不说。

顾声声吐了吐舌头，保持沉默缓缓地发动车子。

谢安南虽然一路上都闭着眼睛不说话，但气氛却没有那么恐怖了，还挺轻松的，开着车的顾声声甚至忍不住轻声唱起了自己喜欢的歌。

她的声音空灵，唱歌其实是极好听的。

谢安南眉头动了动，却没开口打断她，起码比什么深夜电台好听多了。

等到了谢安南小区停车场，停好了车，顾声声才轻轻地晃了晃谢安南的胳膊：“首席，到了。”

谢安南睁开眼睛，他因为太忙，脑袋里塞了太多东西，很多时候都要靠酒精或安眠药入睡。没想到短短十五分钟的车程，他居然睡着了，是她的声音太让他放松，还是他最近太累了？

他摇了摇头，没有说话就要下车。

顾声声拉住他："那我明天还来接你吗？"

谢安南没有回头，只是轻轻"嗯"了一声。

顾声声忽然松了一口气，突然有了继续说话的勇气："其实那天在小天台我没想要跟你吵架的，你和苏幕都是我的朋友。"

而且她觉得，谢安南这个朋友，很重要。

谢安南已经下了车，站在车门旁回头看了顾声声一眼，伸向车门的手顿在了那里。

沉默了一阵，他忽然开口问："顾声声，你也会像维护苏幕一样维护我吗？"

顾声声其实很清楚，这段时间的相处，让他们之间有了一种默契，他不再厌恶她，会为她着想，也如他所说的，把她当成了朋友。

顾声声见谢安南愿意和她说话，跳下车差点儿在他面前举三根手指发誓："我会！"

谢安南定定地看了她好一会儿，地下停车场此刻没有车进出，安静得很，顾声声被他这样看着，忽然不自在起来，莫名觉得心虚，下意识就想往后退。

恰好这个时候有辆跑车开进来，速度还挺快，谢安南眉头一皱，伸手将顾声声往自己怀里一扯，险险地避开了那辆跑车。

顾声声靠在他怀里，抬头对他笑："你又救了我一次。"

谢安南怔了怔，没有放开她，也没有说话。

似乎过了很久，久到让维持一个姿势的顾声声感到不舒服"我……我脚好像麻了。"

谢安南叹了口气，和顾声声拉开了距离，似是投降："算了，明天见吧。"

顾声声认为这就是和好了，她愉快地和谢安南挥手告别。

只是……为什么首席的背影看起来这样落寞啊……

顾声声在回家的路上想了很多，她觉得像谢安南这样的人，朋友一定很少，嗯，是非常少，毕竟除了她，也不见他有其他朋友了。

同情心泛滥的顾声声决定以后要对谢安南更好一点，于是她隔日起了个大早，炖汤的同时，还亲手给谢安南烤了几个面包当早餐。当然，按照林棠的规矩，被她看见就得分去一半。

顾声声带着营养早餐面包夹火腿和鸡蛋，准时来到谢安南小区里。小区的保安已经认定她是谢安南的女朋友，亲切无比地跟她打了个招呼。

然而顾声声等了半个小时，还不见谢安南的身影。谢安南有十分严格的时间标准，他不喜欢别人迟到，也不允许自己迟到，一定是有什么事发生！

顾声声一咬牙，干脆给谢安南打了个电话。电话隔了许久才被接起，谢安南哑着声音"喂"了一声，顾声声立刻皱起眉头："首席，你生病了？"

电话那边窸窸窣窣地响了一阵，谢安南的声音才传来："抱歉，起晚了，我现在下去。"

顾声声跺脚，声音沙哑成这样，明明就是失声了，都这样了还要去上班，工作狂真可怕！

"不许动！你住几楼几室，我上去找你！"

顾声声难得这样强势，把尚在病中的谢安南唬得一愣一愣的，竟然乖乖地报了楼栋和房门号。

顾声声相当满意，也没有耽搁，提着早餐和汤坐电梯去了谢安南居住的楼层。

谢安南来开门的时候，就看见顾声声站在一地金灿灿的阳光里，忍不住眯了眯眼睛。

他不似平时精神，眼睛里都是血丝，看起来很憔悴，偶尔还会咳一两声。

顾声声可以断定，谢安南绝对是病了。

她放下早餐，伸手就去摸谢安南的额头，她从室外刚进来，手有些冰，贴在谢安南有些烫的额头上，竟然让他觉得很舒服。

“什么时候开始觉得不舒服的？喉咙疼吗？有没有流鼻水、打喷嚏？”顾声声又握住他的手腕把脉。

“你还会看病？”谢安南皱着眉头看她，她到底还隐藏了多少他不知道的技能，他当真是低估了她。

顾声声在谢安南极不情愿的情况下逼着他伸出舌头给她看，最后松了一口气：“放心，就是一点风寒，加上你总是熬夜，肝火太旺，我现在就去给你抓药。”

顾声声的爷爷就是中医，他在世的时候来找他看病的人从屋里排到了大街上，后来顾先生弃医从文，成了为祖国培养花骨朵的园丁。但顾爷爷有心培养，顾先生好歹也学会了三道板斧，看点风寒发热的小病不成问题。而顾声声身为家中独女，自然继承了这三道板斧。

谢安南惊讶于她的隐藏技能，但对自己这点小病并不在意：“只是有点感冒，我家里有药，你等我换件衣服，吃点药就出门。”

顾声声眼明手快地将要转身进房的谢安南拉回来：“吃西药只能解决一时的问题，你这么不要命地工作，下次病起来就没这么简单了。”

她将谢安南按在沙发上坐好：“你乖乖休息一会儿，今天别想着上班了，公司那么多人，你少去一天又不会倒闭。”

谢安南正要皱眉反驳，却被顾声声一个眼神杀了回来：“你在这里等我，不要吃西药，我很快回来。”

不知道是因为自己病了，还是今天的顾声声太过强势，谢安南竟然失去了反驳的力气，由着她去了。

她轻手轻脚地出了门，出门前还再三嘱咐他要等她回来。

他看着门缓缓关上，莫名有一种奇怪的感觉。

第六章:

首席，你有病，我有药

【1】

顾声声没有食言，她回来得很快。

谢安南住的这片小区周围生活十分便利，有超市、有药房，她等待药房抓药的时间里，还去了一趟超市，买了点米、新鲜的蔬菜和瘦肉等食材。

谢安南来给她开门的时候，就看见她提着大包小包，活像逃难似的。

她飞快地冲去了厨房，还不忘提醒谢安南进房休息。

她果然没有猜错，谢安南这种“不食人间烟火”的人，家里没有米缸更没有米，冰箱里只有啤酒和矿泉水，整个厨房和配备齐全的厨房用具，统统都是摆设。

她将买来的食物塞进冰箱里，一边用刚买来的药罐给谢安南熬药，一边给他熬小米粥当早餐。

谢安南躺在房间的床上，小米粥的香气飘进房间，惹得他忽然觉得饿极了，同时空气中又弥漫着一股药味，让他皱了皱眉头。

两种截然不同的味道混在一起，很奇怪，浓重的中药味道甚至盖过了小米粥的香味，但谢安南迷迷糊糊地觉得，这就是大家常说的人间烟火，他在国外长大，从没感受过这样的灶火气息。

他有些明白自己在顾声声出门时涌上心头的那种莫名的感觉是什么，那是他第一次觉得，自己这套房子，有那么一点像个家。

顾声声很快把小米粥煮好，谢安南走近饭桌的时候，就看见一碗清粥，旁边是一碗肉末蒸蛋，上面洒着些许黑芝麻，闻着就觉得香气扑鼻。

以前为了争取时间学习，他总是节省吃饭的时间，工作以后，他吃东西越来越快。如今他饥肠辘辘，面对一碗热气蒸腾的小米粥，不到五分钟就吃干抹净，十分钟内，就将一整锅粥都消灭干净。

顾声声目瞪口呆，谢安南扒着空锅看了一眼，很是失望，看向顾声声的时候甚至还有一丝委屈：“不够，还要！”

……顾声声觉得一定是自己眼花了，首席这是在向她撒娇吗？这不是苏幕才会干的事情吗？

但她还是维持了自己的理智：“不可以再吃了，你还要喝药的。”

谢安南立刻不愿意了：“你是说那一锅味道很奇怪的东西？”

顾声声竖起眉毛：“那是中药！”

谢安南始终对那锅东西存疑，等顾声声捧着碗黑乎乎的药来到他面前时，谢安南忍不住皱着眉头后退了好几步。

这辈子别说喝了，他连见都没见过这种东西。

但顾声声态度强硬：“男子汉大丈夫，连一碗药都喝不下吗？”

稍微有点自尊心的男人都受不了被一个女孩子这样说，谢安南在病中，本来就没有平时理智，当即一咬牙一闭眼，一口就将那碗苦得跟什么似的中药给喝了。

闻起来难闻，但到底也不比一杯苦咖啡苦多少。

顾声声见他乖乖喝完，笑眯眯地从手里的一个小纸袋里掏出一颗橘黄色的东西，飞快地塞进他的嘴巴里。

一丝甜蜜迅速在嘴巴里蔓延，瞬间冲散了中药带来的苦味。

谢安南向来不喜甜食，但此刻却也舍不得吐出来：“这是什么糖？”

顾声声在他身旁坐下：“这不是糖，是蜜饯。我小时候不爱喝中药，奶奶就用这个哄我，刚才在超市隔壁一家零食小铺买的。”

她把装得满满的一袋蜜饯放在他手里，他低头去看，莫名就觉得胸腔里和这个纸袋子装得一样满。

“顾声声，跟我聊聊你和你奶奶。”谢安南心血来潮，竟然第一次想去听一个人的故事，也许是觉得顾声声的奶奶和徐老太太必定有些相似之处，她才会这样义无反顾地去帮助徐老太太。

顾声声歪着头回想，想着想着就笑了：“我奶奶啊，是世上最爱我的一个人。”

顾先生和顾太太以前为生活奔波，没办法照顾孩子，顾声声是跟着住在小乡镇里的奶奶长大的。顾老太太是很传统的女人，她经历过战争，经历过人生带给她的苦难，顾声声从小就觉得，奶奶懂得比谁都多。

顾老太太会在夏天去小镇的布行买布，自己染了喜欢的颜色，给顾声声做衣服，冬天就给顾声声织毛衣，五颜六色款式不一。她熬得一手好汤，能做出堪比大厨的饭菜。在不同的季节，她会带着顾声声去爬山，采草药，摘野果，挖野菜，回来就晒药，做果酱，煮野菜汤。

别的孩子胡闹疯玩的时候，顾老太太就带顾声声去小溪边钓鱼、抓虾，教她听溪水流动的声音，躺在大石头上看天上白云移动，夏日听雨，冬日看雪。

因为顾老太太，顾声声懂得了如何和大自然相处，她的世界比别人的安静惬意，一朵花开都能让她欣喜地观赏大半天。

顾老太太对顾声声没有太多要求，只希望她简单、善良。顾声声也做到了，即使她后来成绩平平，也因为和青春期好动的孩子不同而遭人排斥，但奶奶却会对她说："没事的声声，慢慢来，不要急。"

慢慢来，不要急。

谢安南抬起头看她，程锦耀也对徐老太太说过一样的话，他终于明白过来，这大概就是其中的联系。

顾声声仿佛知道他在想什么，她轻轻地说："谢安南，你知不知道，所有愿意说出这句话的人，都很有耐心。而愿意对你说出这句话，愿意等着你慢慢来的人，一定很爱你。"

室内开着暖气，窗户明明是关着的，但谢安南却感觉这一刻有风拂过，吹得顾声声的额发摆动，她将那几缕乱发捋到耳后，歪着头对着他笑起来。

这一刻，谢安南莫名地体会到什么叫惊心动魄！

他忽然想起初见顾声声那一天，那一天也是他上任的第一天。他召集了整个公司的人开会，会上所有人都聚精会神不敢怠慢，除了顾声声，她的目光始终落在窗外，没有看他一眼。那天景川下了一场大雨，她就坐在窗边，托着腮看着雨水滂沱落下，完全沉浸在自己的世界里。

她在看雨，他在看她，甚至因此一不小心，就将他会上要讲的内容跳过了一个小节。他有片刻的慌乱，断定这个人于己有害，毫不手软地将她开除。

而他从来没有承认过，那样的顾声声让他觉得心惊，因为一开始，他就看出了她的不同之处，她与这个事事求快的世界格格不入，她有着他从没有过的从容，因此格外显眼。

他陷入沉思的时候，顾声声看了他一眼，“咦”了一声，抽了纸巾，挨过来，替他擦去嘴角边刚才喝中药时沾上的一点药渍。

她靠得太近，一股淡淡的沐浴露果香若有似无地散发出来，谢安南的眼神变了变。

顾声声没有理会太多，擦完想要离去，却被谢安南一把抓住了手腕。

呃，首席的目光，怎么有点怪怪的？是她从没见过的眼神，他这样盯着她看，看得她心里莫名其妙地痒了起来。

顾声声思考了片刻，终于领会，首席不会以为她要打他吧？毕竟她有这个前科。

她连忙解释：“我没想干吗，你嘴边有药渍，你和苏幕一样，喝药总喝得嘴边一圈黑色。”

谢安南登时撒开了手：“你也这样照顾过苏幕？”

顾声声来了精神，她和苏幕的故事，说上三天三夜都说不完，她以为谢安南刚刚问过她的奶奶，一定对她身边的人很有兴趣，于是她想都没想就脱口而出：“是啊，苏幕是个药罐子，以前经常生病，他病起来可吓人了，我得不合眼地在他身边看着，有时候还得帮他泡药澡。”

“泡药澡？”谢安南眉头跳了一下，“赤身裸体地泡？”

顾声声不疑有他：“那当然，你洗澡的时候总不能穿着衣服洗吧。”

谢安南的眼神彻底暗下来，室内登时阴风阵阵，但神经大条的顾声声没反应过来，她还在继续说：“而且他这个人嘴还特别挑，又特别娇气，生病了不肯喝粥，要我一口一口地喂……”

“顾声声！”谢安南冷冷地打断她，“我对你们卿卿我我的细节没有任何兴趣。”

卿卿我我？等等！首席你是不是误会了什么？她说的以前是小时候，那时还完全不懂男女有别是个什么东西！

但谢安南不给她解释的机会，他皱着眉头赶她："我要休息了，你走吧！"

顾声声憋了半天，终于憋出了一句话："我说的是小时候，你别误会啊！"

谢安南却猛地站了起来："我说过我没兴趣，你听不懂人话吗？"

他很烦躁，他不知道自己为什么突然生气，他也不想知道，他只知道，他此时此刻非常不想看见顾声声。

顾声声被他突然爆发的脾气吓了一跳，好……好凶！

首席凶起来她不怕都不行，她惊慌失措地找到自己的包，惨兮兮地往门边挪："那我走了……还有一碗翻煎的药我放在厨房了，热一下就能喝，不要空腹喝。我熬的汤在保温桶里，还有早上做的面包，我放在了冰箱……"

说到后面，连顾声声都觉得自己活像一个老妈子一样啰唆。

她红了脸，在谢安南闪烁不定的目光中遁逃。

唉，和首席做朋友真是一件很不容易的事情，她忽然明白过来，什么叫作伴君如伴虎。

【2】

顾声声和林棠促膝长谈了一个晚上，八卦天后林棠兴致勃勃地看着顾声声："你是说，你家首席听到你和苏幕一起洗鸳鸯浴，突然就爹了？"

顾声声纠正她："是洗药浴！"

苏幕小时候体质不好，动不动就发烧生病，顾奶奶用老方子坚持给他泡药浴，泡了整整两年，才让他变得和普通孩子一样。顾奶奶忙起来的时候顾不上，嫡亲孙女顾声声就派上用场了，反正当时年纪都小，没什么男女之防。

林棠才不管这些：“不不不，这不是重点，重点是你家首席近来动不动就发脾气？”

顾声声认真想了想，很严肃地告诉林棠：“也不是最近，他一直都动不动就发脾气……”

还是很不好顺毛的那一种。

林棠了然地点点头，和顾声声做了那么多年朋友，她深深地在顾声声身上体会到什么叫作“当局者迷”，每次有人喜欢顾声声，第一个知道的不是当事人，而是她。

她觉得这种情形很有趣，所以她就看着顾声声懵懵懂懂毫不知情，而追求者头疼脑热焦急上火。但可惜的是，没有一个人，能等到顾声声明白过来，没有一个人能等着她去爱上，就消失无踪或者另觅目标。

所以林棠一直觉得，那些人统统配不上她家天真、可爱、活泼，会做家务、会煲汤的顾声声。这次这个不知道怎么样呢？

林棠摸着下巴狞笑的样子看得顾声声寒毛倒竖，她家的死党她清楚，笑成这样，必定是在憋什么坏主意。

她正想逃之夭夭，却又被林棠一把拉回去。

“声声啊，我觉得你家首席最近一定是心情不好，而且一看见你就生气，这个时候你千万别去惹他，不要给他煲汤，不要给他送药。最重要的是，看到他要假装不认识，坚决不理他就对了。你等着吧，过几天他就自己好了。”

顾声声向来对林棠言听计从，她的好友比她聪明比她理智，而且绝不会害她。

她终于不用挠破头，去想谢安南究竟为什么生气了。

顾声声听从了林棠的建议，断了谢安南的汤水供应，将车钥匙偷偷送回了首席办公室，不再接送他上下班，也忍住了不再对他嘘寒问暖、提醒他要记得煎药吃。

不去做这些事之后，顾声声也没闲着，关于老太太老宅的事情时间越来越紧迫，而她的图纸什么的还有许许多多的地方没弄懂，迫切需要一个专业人士来指导。

顾声声思考了一整夜，终于想通，她身在一个建筑人才聚集的公司里，为什么要舍近求远？她就不信整个公司，没有人愿意解答她的问题。

于是，顾声声第二天就带着小本本，毅然决然地去了公司食堂。

公司食堂是出了名的难吃，所以公司里的人如果不是迫不得已，都不会选择来食堂吃饭。但建筑设计部的人都是出了名的无味觉，食堂就是他们的根据地。

顾声声很顺利地在食堂里找到了大齐，大齐是顾声声刚进公司时认识的，她记得他是个好人，他一定会乐于助人的。

大齐确实是个“好人”，在顾声声开始实习的时候，他就对她示好过，但以顾声声那种神经，迟迟没有反应过来人家大齐是喜欢她，她只记得他是个好人。于是得不到回应的大齐很快偃旗息鼓，两个人就回归到普通同事的关系。

如今顾声声再次出现，让大齐受宠若惊。

她捧着托盘在他身旁坐下：“大齐，我们一起吃饭吧。”

顾声声最近负面新闻不少，但大齐内心里觉得顾声声不像大家说的那种人，她来找他说话，他心里还是很高兴的。

大齐本来就是宅男一枚，不擅于交际，也不怎么会讨好女孩子。听到顾声声要请教他专业上的问题，立刻来了精神，这可是他表现的好机会。

于是，顾声声成功获得了专业人士的帮助，一顿饭下来，小本本上记满了好几页，眼看上班时间快到了，她意犹未尽地和大齐约定：“那我们明天还一起吃饭哦。”

大齐忙不迭地答应，笑得比花还灿烂，这简直是守得云开见月明。

接下来的几天里，大齐和顾声声天天一起吃饭。在大齐打听到顾声声根本没有男朋友的时候，他表现得更加卖力，还将自己记满了笔记的专业书分享给了顾声声。

顾声声这边进展顺利，二十三楼被断了汤水的谢某人开始坐立不安了。

曾几何时，谢安南连老火靓汤是什么都不知道，现在没了汤水，怎么连工作都提不起精神了？他数着日子过得咬牙切齿，顾声声断了他汤水就算了，还把车钥匙丢还给他，这是不打算报恩，连他的手都不想负责的节奏啊！

顾声声那天离开以后，谢安南看着那袋子蜜饯，竟然鬼使神差地把顾声声留下来的中药给喝了，剩下几服中药也让钟点工帮忙煎好，一碗药一颗蜜饯。

等药喝完了，病好了，蜜饯还没吃完，谢安南居然生出一种再找几服中药来喝一喝的冲动。他觉得自己一定是疯了。

他隐约感觉到，自己的症结出自顾声声身上。

他坐在办公室里，阴晴不定的神情让站在一旁汇报工作的秘书Gary打了个哆嗦。

“Gary!”

被突然点名打断的Gary膝盖一软，差点儿没跪下求饶。

但谢安南却没骂Gary，他只是问：“顾声声最近在做什么？”

谢安南一提起这个名字，Gary就知道今天倒霉的不是自己了，他家大BOSS痛恨顾声声是众所周知的，貌似还有小道消息说BOSS故意帮助顾声声相亲，其实是想迂回地打击她让她离开公司。

这一次，恐怕又要动手了吧？！

Gary连忙汇报了顾声声最近的动态：“听说她最近和建筑设计部的大齐走得很近。”

谢安南眉头跳了一下，大齐又是哪位？！

Gary 接着说：“两个人每天一起吃饭，相谈甚欢的样子。”

谢安南咬着牙：“他们在哪里吃饭？”

Gary 颤抖了：“在食堂。”

谢安南丢下手里的笔：“今天不需要帮我准备外卖了，我要去食堂吃饭！”

说罢，他站起身来大步走出了办公室。

哇！BOSS 果然好讨厌那个叫顾声声的女人啊！Gary 在后头目瞪口呆地目送谢安南走远，这才想起：“首席！首席！现在才九点半，还不到吃午饭的时间啊！”

午休时间，顾声声按照惯例，带了小本本和笔，愉快地前往食堂用餐。虽然公司食堂的饭菜是难吃了一点，但她每次请教大齐，都收获颇丰，最近提案的进展都快了些。

然而今天她一到公司食堂，就觉得气氛不太对。

食堂里貌似混进了什么奇怪的东西，平日里和谐欢快的气氛荡然无存，来吃饭的员工个个正襟危坐，表情肃穆，让人有种食堂的菜比平时难吃了一倍不止的感觉。

顾声声环顾了一圈，蓦然发现，坐在食堂正中央、孤独地进餐的人很眼熟。

呃，对食物挑剔如谢安南居然来食堂吃饭了，这简直是公司一大奇观。

顾声声嘴角下意识扬起，刚准备上前去打招呼，然而想起林棠的嘱咐，她又把迈出去的脚收了回来。

首席的心思太难琢磨，她还是听林棠的话保平安好了。

于是她转了个弯，来到平日里和大齐一起吃饭的桌子前坐下。

这几天大齐都会替她打好饭，今天也不例外，只是平日里一直看着顾声声傻笑的大齐今天仿佛拘谨了许多。

能不拘谨吗？他甚至能感觉到“谢大杀手”的目光一直往这里瞄。众所周知，顾声声是谢安南的仇家，曾公然挑战他的权威，如今自己和她同坐一桌吃饭，总不会无辜遭殃吧。

这么想着，无论顾声声和大齐说什么，他都强颜欢笑，答起问题来牛头不对马嘴。

顾声声很善解人意地决定，今天就不探讨专业问题了，毕竟谢安南一尊杀神一样坐在那里，饶是谁都食不知味。

于是，她好心地给大齐讲了个笑话，希望可以缓解气氛。然而笑话还没说完，她自己先笑得眼睛都眯起来，捂着嘴半天喘不过气来。

全程围观的谢安南只觉得心里在冒火，几乎都要从鼻孔中喷薄而出，顾声声居然真的当他是透明的。

等他反应过来的时候，他已经站起来，走到顾声声所坐的桌前，霸道地命令她：“顾声声，到我办公室来一趟！”

此话一出，食堂里所有人的目光都落在了这个角落。

顾声声瞪大了眼睛：“首席，现在是午餐时间……”

谢安南嘴角一抽：“不要让我说第二次，现在，马上！”

说完，他提步就走，转身前还捎带瞪了大齐一眼。大齐虎躯一震，首席，不关我的事啊！首席，我是无辜的！但谢安南明显没看到他哀伤的眼神，他一扭头，大步走出了食堂。

顾声声虽然对谢安南在吃饭时将她拉走感到些许愤怒，但更多的是开心，林棠果然料事如神，首席当真亲自来找她，并且主动跟她说话。

顾声声屁颠屁颠地上了二十三楼，她觉得自己又掌握了一项与谢安南和谐相处的新技能。

【3】

顾声声走进首席办公室的时候，只觉得冷飕飕的，她忍不住问了一句：“是不是暖气坏了？你感冒刚好，小心不能再着凉了。”

说着，她就要强迫他披上外套。

谢安南原本准备兴师问罪，但见她一开口就关心他的身体，他的气莫名就消了大半。

“你和那个大齐……”谢安南抬头看了她一眼，干脆话锋一转，“顾声声，你知不知道公司里禁止谈恋爱？！”

顾声声嘴角抽了抽，公司是什么时候有这种规定了？不，首席跟她说这个干什么？

谢安南见她还是迷迷瞪瞪的样子，知道对她不能拐弯抹角，不然聊到天黑都聊不出个所以然来，于是开门见山地问：“你和那个大齐每天一起吃饭，有什么可以聊的？”

顾声声眨巴着眼睛，忍不住斟酌了一下。如果她告诉他她是在向大齐请教关于建筑学上的问题，不知道会不会又被他认定她是在浪费公司人力资源，可是她并不想骗他。

于是冒着被骂的危险，她老老实实交代：“我就是请教他一些问题，老太太的提案里，我在画图纸的时候，还有很多细节没搞清楚……”

谢安南了然地挑了挑眉毛，不过，他谢安南是个摆设吗？摆着他这样全公司里的智商最高的不来问，她居然跑去问什么张三李四，谢安南觉得自尊心很受挫。

他无奈地开口：“以后有什么问题来问我。”

顾声声难以置信地睁大了眼睛：“可是你不是已经拒绝帮我们了吗？”

谢安南飞快地给自己找了个台阶下："我只负责回答建筑设计方面的问题，不算帮忙。"

顾声声觉得谢安南的逻辑思维是她无法跟上的，但既然他愿意为她解惑，就是再好不过的事情。

顾声声歪着头看他，她果然没看错他，他傲娇冷漠的外表下啊，是一颗火热的心。

谢安南被她看得很不自在，他竟然躲开了和她的目光接触："那从今天起，你就不需要再和大齐一起吃饭了。"

言下之意，是快点恢复他的汤水，只能和他吃饭。

顾声声不乐意了："不行，他帮了我很多，我还得请他吃好吃的答谢他。"

谢安南太阳穴突突地跳："不可以！"

顾声声糊涂了："为什么不可以？"

谢安南也愣了，是啊，为什么不可以？她和别人吃饭谈笑，关他什么事情？他有什么资格说不可以？

他今日的所作所为完全超出了他所能掌控的范围，不对，自从认识顾声声之后，他就时时失控，做出他以前绝不会去做的事情。

但他今天就是想这样做，他就是看不惯顾声声和别的男人同桌吃饭有说有笑，他不允许她身边有别人。

是从什么时候开始的呢？好像在酒吧那天，看到她身边站着一个苏幕，他就莫名地觉得不舒服，甚至出口告诫顾声声离苏幕远一点。

他真的只是把她当成朋友吗？

他不是没谈过恋爱，他也明白爱情里动心的感觉，但他是一个感情淡薄的人，二十多年来，没有人能让他这样大动肝火，除了一个顾声声。

谢安南顿时醒悟过来，他对她动了心。是在他生病的那一天吗？还是在她说要做他朋友的那一天？抑或是她为了老太太出头的那一天？还是更早之前，在他初见她的那一天？

只是他从来不肯承认，他爱上了一个他从前认为绝不可能爱上的人。

他看着顾声声，一动不动，顾声声被他看得浑身不自在，竟然举手投降：“好嘛，你不要那么生气，最多，我换个方式报答大齐好了。”

谢安南靠在椅背上，突然笑了起来：“你去吧。”

首席的心就像是六月的天气说变就变，顾声声觉得，自己如果是待在皇帝身边的小太监，此时此刻恐怕已经死了好几百回了。

但谢安南此刻这样温和，一点杀气也没有，顾声声突然很想坐下来和他说说话。

然而，她刚在办公桌对面坐下，就见谢安南挑了挑眉：“午休时间到了，你不用上班？”

顾声声只觉得这椅子真是硌屁股，她站了起来：“那我先走了。”

“顾声声，”谢安南却叫住她，“我说话算话，你以后有什么问题要问的，我下班后拨给你两个小时。”

顾声声惊喜万分：“你是说真的？”

谢安南看着她欣喜的样子，自己心里突然也很高兴，真是中毒了。

“千真万确。”他说。

此时此刻的首席实在太温柔了，顾声声开心地点点头：“那我们晚上见！我还来接你下班。”

顾声声走后，谢安南靠在椅子上陷入了沉思，他不喜欢拖拖拉拉，既然发现了问题，就必须要解决。他为人果决，摆在面前的只有两条路而已，要么让顾声声彻底离开他的生活，要么……

谢安南想了想这几天没汤水喝的日子，摇了摇头，既然第一条路行不通，那就只有第二条路了——让顾声声到他的身边来。

还在愉悦地准备晚上会面的顾声声，丝毫没有发现，自己的名字已经被写在了某人未来的人生规划之中。

谢安南这天下班的时间比平日早了一个多小时，他下楼找顾声声时，顾声声还以为他要就地给她上课，谁知道他却说："去我家。"

照旧是顾声声开车，谢安南坐在副驾驶座上，翻看她那份提案。这份提案他之前扫过一眼，如今仔细看起来，许多细节上都有问题，他认认真真地看着，不时皱一皱眉头。

顾声声有点忐忑，她这样，算不算走后门啊？

但很快顾声声便发现走后门是要付出代价的，谢安南没有直接回家，而是指挥顾声声将车开到了超市。

顾声声不明所以："首席你要买东西吗？"

谢安南看了她一眼："安南……"

顾声声愣了愣，他又接着说："以后私下里，你可以叫我的名字。"

她也曾经连名带姓地喊过他，可是去掉了姓氏，这个名字喊起来便觉得亲密了许多。她有些激动，谢安南终于接受她了，他终于决定要做她的朋友了。

但她的朋友很快便给顾声声下了命令："去买菜，我还没吃晚饭。"

……

他还是不会表达感情，他其实，是想念她做的菜了。

顾声声连忙下车，却见谢安南也跟着下了车，她有些不敢置信："你也要去？"

谢安南点点头："逛逛超市。"

她家首席不是觉得除工作外的一切事情都是浪费时间、浪费生命的吗？如今居然要和她一起逛超市！这个世界越发玄幻了。

顾声声和谢安南推着小推车一起走在超市里，觉得这个场景很不现实。尤其是谢安南停在零食区域，问她喜欢吃什么的时候。

我肯定是在做梦，顾声声想。

谢安南得不到回答，干脆一路走过去，随手选了一些丢进小推车。顾声声跟在他后头，努力地将一些他看都没看就丢进去的奇怪东西挑出来，包括什么婴儿奶粉、孕妇奶粉……还有老年人专用奶粉……

“首……”

“嗯？”谢安南回过头，手里还抓着一大包看起来是饼干的东西。

顾声声欲哭无泪地提醒：“安……安南，你拿的那袋是狗粮……”

这东西，谁吃啊？！

谢安南：“……”

顾声声和谢安南的超市之行，以数个收银员合力结账告终。谢安南右手有伤，不能提重物，那些东西最后还是保安小哥帮忙拿上去的。

顾声声给了保安小哥一袋零食作为感谢，便立刻钻进厨房做饭。

谢安南坐在客厅的落地灯下看着手里的提案，一抬头，就隐约可以看见顾声声在厨房里忙碌的身影，他忽然觉得饥肠辘辘。

很奇怪，自从认识顾声声之后，以前当胃不存在的人，现在常常觉得饿。

顾声声做饭很熟练，她习惯了做中餐，最后端上桌的是两荤一素一汤。餐桌的两旁摆着两碗白饭，上面洒了几粒黑芝麻。

顾声声知道谢安南用惯了刀叉，以前和他吃饭或者给他带便当也都是准备的叉子或者小勺子，这一次却给了他一双筷子，他拿来拿去都拿不好。

谢安南哪里能想到自己居然能在拿筷子这种小事上遭受挫折，眉头一皱脾气就上来了。

“给我换刀叉。”他盯着顾声声，“为什么要用筷子，我不记得我家里有筷子。”

顾声声把椅子挪了挪，挪到他的身边：“上次就是在你家找不到筷子，刚才在超市我特意买的。”

她让他看自己拿筷子的姿势：“你看，很简单的，这样拿。”

谢安南耐着性子试了试，难得地把肉夹到了面前，手一抖却掉在了桌上。谢安南嘴角一抽，声音恨恨的：“给我换刀叉！”

顾声声解释："中国人都用筷子吃饭的，筷子寓意很好的，你看，筷子必须成双成对才有用。"

她说着就去握谢安南的手，又握着他拿筷子的左手去夹菜："你看，这样就夹得住了……"

她靠得很近，谢安南又闻到那股沐浴露果香的味道，他身边的女人从来都是用香水，不同的牌子，不同的味道，但顾声声来来回回，都是这一种果香的味道，甜甜的，像婴儿。

他的目光落在顾声声搭在他手上的那只手，手里那双筷子突然变得听话起来。

顾声声得意地看着他："你看，我说不难吧。"

他看了她一眼，嘴角扬起一抹若有似无的笑，却没有说话。

吃完饭已经九点，顾声声又捧着自己的小本本，坐在谢安南身旁上课。他果然和她之前请教过的人都不一样，他向来是直指重点，让她这样迟钝的人，也可以很快明白过来。可即便如此，她还是接收得很慢，谢安南仿佛不是单纯地要帮她解决提案上的问题，而是借着这个提案，培养她。

她以前上补习课，给她补习的老师都受不了她，问了一遍不懂再问一遍，老师都要发脾气。而大齐和孔沅，都选择了翻篇这种方式，她听一遍不懂，他们会说这个问题太深奥了，她现在理解不了，以后再说。

可是谢安南不一样，他很严格，顾声声无法理解的时候，他也会皱着眉毛，一副耐心即将用光的模样。

她忽然很怕他觉得自己蠢，也害怕他会对自己破口大骂，但他即便眉头皱得再狠，样子看起来再凶，由始至终都没吼过她一句。

结束的时候已经将近十一点，谢安南破天荒地将她送到小区外的公交车站，手里还提着一袋给她买的零食："声声，明天见。"

他叫她的名字跟她道别，顾声声回过头，就看见谢安南站在昏黄的路灯下对她笑，可能是灯光的缘故，她竟然觉得这一刻的谢安南，很温柔。

温柔得，让她很想去拥抱他。

但顾声声很快遏制了自己这个自杀式的想法，她登上公交车，看着站在原地的谢安南越变越小。

啊，连谢安南都成为她顾声声的朋友了，这个世界上还有什么事情是她办不到的？

她瞬间觉得，未来格外光明。

【4】

顾声声最近过得很顺遂，她的流年不利似乎因为谢安南接受了她这个朋友而就此结束。

她的生活规律得很，熬汤、工作、为谢安南做饭、听谢安南讲课。周末的时候，她去看望徐老太太，谢安南也跟着，想要蹭吃蹭喝的心昭然若揭。

两个人去超市买了些东西给老太太带过去，顾声声发现，带着谢安南逛超市是一件可怕的事情，他看起来是那种清心寡欲的人，却有严重的购物癖，而且还有一种与生俱来的“刷我的卡”的霸气。如果不是她极力阻止，他差点儿就要把整个超市都搬到老太太家里去。

老太太看着那大包小包直摇头：“声声啊，怎么买这么多东西，都够我这个老东西吃一年了？！不行不行，你又不是富婆，快带回去自己吃。”

顾声声连忙解释：“这些都是首……安南买来孝敬您的。”

老太太眉毛一挑，这小子懂事了。她上上下下地打量谢安南，这打扮、这气质，一看就是有钱人，老太太不跟有钱人客气，于是愉快地收下了东西。

谢安南是走到哪里都要带着工作的人，顾声声帮老太太打扫卫生的时候，谢安南就坐在院子里用手提电脑处理工作。

顾声声忙了一个上午，帮老太太打扫完卫生，正准备做饭，就接到苏幕的电话。

苏幕的声音很委屈："顾声声！你不要我了！"

她最近忙着和谢安南研究提案的事情，没太多时间分给苏幕，他因此而耿耿于怀。今天周末，他就去顾声声的公寓里逮人，准备霸占她一天，却被林棠告知她已经出发去老太太家了。

苏幕出了公寓，立刻就打电话控诉来了。

顾声声向来不担心苏幕会寂寞，他走到哪里都能交到朋友，知交遍天下，红颜知己也不少，只是不知道为什么来了景川之后，他就变得有些黏她。

苏幕在电话那头强烈要求："顾声声我告诉你，我今天一定要和你吃饭！不然我就出家当和尚去！"

……

用出家当和尚来威胁她，这种事情也只有苏幕才能做出来。

但她也知道自己最近的确是冷落他了，犹豫了半晌之后，她才说："我在老太太这里吃饭，要不……你也一起来吧？"

苏幕只求能见到顾声声，至于在哪里吃饭、吃的什么，一点都不重要，于是他想都没想就愉快地答应下来。

顾声声将老太太家的地址发给了苏幕，又心虚地看了看埋头工作的谢安南。呃，这两个人，应该可以好好相处的吧……

她带着担忧做好了饭，把饭菜摆上了桌，眼尖的谢安南立刻挑了挑眉毛："怎么放四套碗筷，还有谁要来吗？"

顾声声支支吾吾："那个……还有我一个朋友……"

话音刚落，就见苏幕左顾右盼地从大门口走进来，他一眼看见顾声声，撒欢似的跑过来："顾声声！我可找到你了，这地方太难找了，车子都开不进来。”

他习惯性地给了顾声声一个拥抱，一旁的谢安南立刻沉了脸。

苏幕放开顾声声，一转头看到了谢安南，两个男人面面相觑之后，同时看向顾声声：“他为什么会在这里？！”

顾声声惊得退后两步，开始怀疑自己是不是做了个错误的决定，她赔着笑：“大家都是朋友，一起吃饭嘛……”

苏幕看了看顾声声，忽然又换上一张和蔼亲切的脸：“这样啊，声声的朋友就是我的朋友，久仰久仰。”

谢安南看了看苏幕伸过来的手，皮笑肉不笑地握上去。

老太太出来的时候，就看到这看似和谐却充满火药味的一幕，老人家活得久了，什么没见过，这类似八点档的剧情她可有兴趣了。

她蹭到顾声声身边：“小丫头，男朋友啊？”

顾声声连忙解释：“不是不是，是和我一起长大的好朋友，就是我经常跟您提起的那个苏幕。”

哦，青梅竹马啊！老太太了然地点点头，看向一旁脸色阴沉的谢安南，觉得好玩极了。

午餐是在微妙的气氛中进行的，然而顾声声刚才看两个人握了手，便放了心，以为接下来一定可以和谐相处。

谢安南筷子拿得不好，顾声声记着，就时不时替他夹菜。苏幕登时就不乐意了，他大剌剌地看向顾声声：“声声，我要吃鸡腿。”

顾声声也没做他想，夹了个鸡腿到苏幕碗里。

今天就买了一只鸡，两个鸡腿老太太一个、苏幕一个，谢安南就分不到了。谢安南接收到苏幕的挑衅目光，他伸出筷子，费力地夹了一个鸡翅到顾声声碗里：“那我们吃那对鸡翅。”

顾声声向来心善，看谢安南夹了好久才把鸡翅夹到她碗里，不忍心让他自己夹另一个，连忙夹了放到他碗里。

两个人捧着装有鸡翅的碗，对视着笑了一下。

老太太在一旁“哟”了一声：“好啊，一对鸡翅两个人分，感情好。”

苏幕在一旁把鸡腿当仇人咬，这关感情什么事？！

顾声声做的饭菜向来美味，一顿饭下来，盘子个个清空。谢安南习惯了当大爷，在院子里走路消食，顾声声收拾了碗筷，苏幕就跟在后头，两个人挤在厨房里，有说有笑。

谢安南在外头看着，只觉得苏幕实在是碍眼极了。

老太太一边吃着顾声声给她洗的水果，一边看戏，眼睛笑得都眯成了一条缝。

下午谢安南照旧用电脑处理工作，苏幕则拉着顾声声跟在老太太身边转，吵着要听过去的故事，他左一句奶奶，右一句奶奶，哄得老太太开心极了。

老太太一开心，就要留他们吃晚饭。

顾声声是没有问题的，但是她担心谢安南晚上有事情要处理。苏幕看出顾声声的担忧，笑着说：“你留下来嘛，这位谢先生要去哪里，我送他去就好，回来刚好赶上晚饭。”

谢安南立刻接话：“不需要，我没什么事，可以留下来吃完饭再走。”

晚饭依旧是顾声声做的，清粥小菜吃得几个人食指大动。

苏幕由始至终都赖在顾声声旁边，她忙着洗碗没多余的手吃水果，苏幕就拿着小刀和苹果，在她身旁一小块一小块地喂她。

谢安南干脆将脸撇向一旁，眼不见为净。

吃完饭，老太太送三个人回去，老太太笑意吟吟地嘱咐：“下次三个人再一起来啊。”

顾声声愉快地应好，谢安南却暗自抽了抽嘴角。

三个人一起走出巷子，苏幕拉住了顾声声：“声声，我们好久没去看电影了，最近有你喜欢的科幻片上映，我带你去看。”

一旁的谢安南耳朵竖了起来。

顾声声当真很久没休息了，别说电影了，广告都没时间看。苏幕一提，她竟然有些心动。

此时此刻，谢安南却捂住了自己的右手，“嘶”地倒吸了一口凉气。

顾声声吓了一跳，连忙去看谢安南的手：“怎么又疼了？”

谢安南皱着眉头：“可能没有按时换药。”

顾声声急了，这可是只黄金右手啊：“这种事情怎么可以忘记？！我现在送你过去换药。”

谢安南挑了挑眉，不置可否。

苏幕在一旁看得嘴角抽搐，呵，蹩脚的苦肉计，也只有顾声声才会信。今天一天观察下来，接连的试探，已经让他看得很清楚，谢安南对顾声声怎么可能只是朋友那么简单？只是他家顾声声向来对感情迟钝，恐怕还没察觉出来。

他不急，他看着顾声声，大方地笑了：“那你送谢先生过去，我改天再带你去看。”

顾声声感激苏幕此时的善解人意，连忙带着谢安南上了车，赶往骨科诊所。

苏幕和谢安南的目光碰撞在一起，两个人都没有避开。直到车开远了，苏幕才掏出手机，打了个电话。

“喂，帮我查一个叫谢安南的人。查什么？呵，情史……”

第七章：

为了吃海鲜，让我们私奔吧

【1】

顾声声将谢安南送到了骨科诊所，幸好他们来得及时，诊所周日休息，错过了就要再等一天。

顾声声找车位的时候，谢安南率先进了诊所，白胡子医生看见他，惊讶地挑起了眉毛：“你怎么又来了？不是前两天才换过药吗？”

谢安南却冷着一张脸："给我换药，别乱说话，钱我照付。"

白胡子医生莫名其妙，直到顾声声慌里慌张地跑进来。

"怎么样？这么久没换药，伤势没恶化吧？"

白胡子医生笑了起来，原来如此。他拿了药和纱布："来来来，换个药。"

诊所里人来人往，白胡子医生忘记了顾声声曾经也是他的病人，逮着她就问："小姑娘哪里人啊？和我们小南是什么关系啊？"

顾声声愣了愣，小南？！

谢安南用眼神警告白胡子医生，白胡子医生却笑眯眯地视而不见："哦，我以前在国外当骨科大夫，和这小子父母很熟。"

原来是熟人，难怪谢安南放着大医院不去，手摔伤了却来诊所。

顾声声老老实实交代："他的手……是我砸的……"

白胡子医生瞪大了眼睛，砸了谢安南还能好好站在这里，看来小姑娘非比寻常。

白胡子医生平日里话不多，可是面对于谢安南而言很特别的顾声声，他忍不住开始爆料："这小子从小就闷得要死，别人都出去玩，他却在家里死命读书。后来长大了，听说谈恋爱也是掐着时间谈的……"

谢安南忍不住打断他："我是来换药的！不是来跟你聊天的！"

顾声声却饶有兴致："原来你这么用功，难怪年纪轻轻就成绩斐然。"

"啧。"白胡子医生丝毫不给谢安南面子，"他是三兄弟里最笨的那个，能不用功吗？！"

最笨……的那个。

顾声声震惊了，世界上居然会有人用"笨"这个词来形容谢安南，简直不可思议。

谢安南在一旁听得咬牙切齿："老头！你话太多了！"

白胡子医生眼睛一瞪，用英语回敬了他一句，接着两个人就用英语吵了起来。顾声声自认英语还算过得去，可是在这两个人超快的语速中，她几乎一个词都没听清。

总之，最后她一脸茫然地被谢安南拉出了诊所。

谢安南看起来似乎有些懊恼，抿着嘴不发一言，顾声声想：难道是因为白胡子医生说他笨吗？

她拉住了没头没脑往前冲的谢安南："车没停在这边……"

谢安南顿了顿，雷厉风行地就要往反方向走。

顾声声又拉住他："也没在这边。"

谢安南怒了："顾声声！"

"我懂的！"顾声声却没抱头鼠窜，她笑吟吟地看着谢安南，"我也很讨厌别人说我笨。因为我学东西特别慢，别人都会走路了，我才开始会爬。邻居总是说，我是一个笨孩子。"

谢安南差点儿跳起来，她自己不会辨别是非吗？怎么说什么她就信什么？他从头到脚都是聪明绝顶的样子，究竟哪里笨了？还不是因为，他头上那两个哥哥，都是极其变态的高智商。他父母亲总是以天才的标准来要求他，他如果不努力一点，又怎么能赶上他们为他制定目标的速度？

顾声声见他就要发飙的样子，壮着胆子踮起脚，拍了拍他的头。她其实很害怕，谢安南这个时候就跟她家猫主子没差别，斗胆摸一摸他，也不知道下一秒会不会被挠。

幸运的是，谢安南没有挠她。

高大的男人任由一个娇小的女孩子踮起脚，安慰地摸着自己的头，看起来有些别扭，可是谢安南却很受用，竟然慢慢平静下来。

顾声声收回手，十分感慨："唉，如果我家猫主子也能像你这么乖就好了。"

"顾声声！"谢安南再次暴走，她一定是活腻了！

但顾声声却笑起来，笑得眉眼弯弯，笑得谢安南再次没有了脾气。

最后两个人并肩走到了两条街外，才走到顾声声停车的位置。顾声声发动车子的时候，谢安南再次瞥见了她手腕上的那串佛珠。

他沉吟了一会儿，突然开口问：“声声，你和苏幕一起长大，你有没有想过嫁给他？”

“嫁给他？”顾声声像是听到了什么惊悚的事情，怎么可能，那可是苏幕啊？！

她摇摇头：“我是从来没想过，但是长辈们好像都很希望我们在一起。”

特别是苏家的长辈，初次见面，恨不得就把她绑回家当童养媳，吓得顾先生严阵以待，差点儿没打电话报警。

谢安南循循善诱：“你不希望吗？”

顾声声歪着头想了一会儿：“我和苏幕是很好很好的朋友，我只希望他健健康康、平平安安地过好这辈子。”

谢安南仿佛并不相信，哪个少女不怀春，她从小到大身边有苏幕这么一个优秀的男生，而且她还从未谈过恋爱，难道和苏幕就没有半点关系？

车子在小区停车场停下来，顾声声看了看谢安南，突然开口：“苏幕是个早产儿，体质不好，而且在五岁的时候出过一场车祸。那天苏妈妈想带他去游乐园过生日，可是却出了意外，苏幕活下来了，苏妈妈没了。”

顾声声斟酌着，她从没有将苏幕的秘密告诉过别人，可是眼前的人，她觉得可以信任。

“苏幕从那个时候开始就不说话了，长辈带着他看了很多医生，都说他是自闭症。后来我妈妈就将他带回了我们家，让我们一起跟着我奶奶。”

顾声声像是回忆起什么好笑的事情，她笑着说：“我觉得他不是什么自闭症，单纯就是不想说话，于是我天天和他说话，什么都说。终于有一天，他开口跟我说：‘顾声声你好烦啊。’”

顾声声想起那一年，小小的男孩子托着腮，对她说着不友好的话，可是他的眼里明明没有厌恶。就在那一刻，他们成为朋友，成为生命里互相牵绊的人。往后的日子里，苏幕只和她说话，慢慢地，在顾声声的鼓励下，他也和大人说话，再慢慢地，变成了如今擅长交际、朋友众多的苏幕。

顾声声不懂爱情是什么，可是因为有了苏幕，她知道世上有一个肯定会陪她走完一辈子的朋友是什么感觉。

谢安南听着，忽然有些羡慕，羡慕苏幕能这么早遇到顾声声，羡慕他们之间即便没有爱情，也有足够牢不可破的感情。

他看着顾声声，忽然开口问："顾声声，那么我们呢？"

顾声声没想到会在他口中听到"我们"而不是"我和你"，她半晌才明白过来他问的是什么，她笑着回答："你也是我的好朋友啊！你不要动不动就赶我走，我们的友谊才能天长地久。"

每次都是她可怜兮兮地求和好求原谅，可是他动不动就发脾气赶人，再坚定的心也经不起折腾啊。

谢安南虽然和苏幕不一样，没有从小陪着她长大，可是他总在她最危险最需要帮助的时候出现，他和苏幕无法比较，可是这不代表他不重要。

顾声声很诚实，从不撒谎，她重复了一遍："只要你不赶我走，我就会陪你一辈子的。"

顾声声做着朋友间的承诺，她二十三岁了，可是在感情面前依旧像小孩般懵懂天真，觉得世间总有善意，谢安南对她而言，和苏幕一样，会是陪伴一生的朋友。

谢安南觉得这样也很好，就因为她是这样的人，所以他才可以在还没将他对她的感情捅破之前，听到她的承诺。

他的嘴角漫出了笑意，向她伸出小尾指："顾声声，说话算话。"

顾声声有些呆滞，谢安南平日里都在笑，可那种笑太公式化，笑意永远达不到眼底。当他发自内心笑出来的时候，顾声声竟然觉得呼吸有些困难。

为什么她的朋友，都长得这么好看？！

她又开心又苦恼地伸出小尾指，和谢安南的勾在了一起。

【2】

自从确定了和谢安南的友情之后，顾声声觉得她家冷漠无情的首席突然变得和蔼可亲起来。

但在她请假说要去参加大学同学聚会的时候，他还是想都没想就否决了："这种无聊的聚会纯粹浪费时间，你去做什么？"

顾声声很苦恼，她可是答应了林棠的，于是她只能夸大聚会的好处："很多人去的，而且这一次去的都是精英，能长见识。"

谢安南用怀疑的目光盯着她。

她有些心虚："如果你不信，和我一起去看看呗！反正林棠说了可以带朋友。"

谢安南挑了挑眉，竟然真的翻开行程表看了一眼："既然你这么盛意拳拳，我就去看一眼吧。"

顾声声觉得自己刚刚做了一件搬起石头砸自己脚的事情。有谢安南这个冷面神在，感觉都不能好好玩了。

顾声声就此向林棠哭诉，林棠听完，不嫌事多地建议："这才好玩呢，听说这次聚会规模很大，你得想想，我们学校是出了名的美女多，你们首席还单身吧？你可以借花献佛，到时候给他介绍个女朋友？"

顾声声觉得很有道理，帮人帮到底，第一个给苏幕递情书的女生，也是她帮忙成全的。为朋友两肋插刀，她愿意。

于是，她接受了谢安南会一同去同学聚会的事实。

聚会定在了周五晚上，谢安南那一天恰好被一个紧急会议绊住了，顾声声便将地址留下，自己先赶去和林棠会合。

顾声声觉得奇怪的是，聚会地址明明在盛世堂，为什么林棠要把会合地点定在商场？

看见顾声声气喘吁吁地跑来的时候，林棠忍不住翻了翻白眼，她打量着顾声声：黑框眼镜，灰扑扑的职业套装，一头短发乱糟糟的。

唉，她就知道！

她一把将顾声声拖进她平日里常去的造型沙龙，把顾声声交给了造型师："用最快速度把她给我改头换面了。"

林棠选的专业造型师不是吃素的，短短半个小时，发型加妆容，完美搞定。

林棠出去逛了一会儿，回来的时候手里提着一件白色的小洋裙和一双造型精致的高跟鞋。她一把丢给了顾声声："换上！"

顾声声被按着折腾了半个小时，无语凝噎："只是去参加个聚会啊……"

话音未落，她这才发现林棠今天也是盛装打扮，一袭紫色长裙配上一头波浪长发，妖娆得很。

在林棠的淫威下，她不敢再多话，乖乖地将小洋裙和高跟鞋换上。

顾声声长了一张娃娃脸，小洋裙很适合她，笑起来两个酒窝明显，活脱脱一个精灵模样。

林棠很满意，除了她脸上那副格格不入的黑框眼镜，怎么看怎么碍眼："顾声声，你就不能去配一副隐形眼镜吗？！"

顾声声很忧愁："没时间嘛……"

林棠不管三七二十一，将顾声声脸上的眼镜摘下来。嗯，这下和谐多了。

没了眼镜，顾声声几乎等于半个盲人，她一路都是紧紧挽着林棠的手臂走过来的。等到了聚会地点，她只能看到一堆又一堆的人，却丝毫不能辨别谁是谁。

有熟人过来和她们打招呼，都要顺带夸她一句：“哟，顾声声变漂亮了嘛。”

这个时候林棠总是得意地昂着头，对自己的作品满意得不得了。

这个聚会是林棠让她来的，其实她本人没有收到任何通知，现在她才知道，这个聚会是一个离校很多年的师兄主办的，能受邀请来到这个聚会的，都是历年来精英级别的校友。

她顾声声，一个刚过了实习期就被炒鱿鱼的小职员，连精英的边都够不上。

但既然都来了，那就安心地蹭吃蹭喝好了，她不是精英，但谢安南可是精英中的精英，精英配精英，他要是能在这里遇到真爱，那她也算不枉此行。

她撞了撞林棠的胳膊：“女精英来得多不多？”

林棠看了看自己的好友，笑得意味不明：“多，可多了。你放心吧，你家首席一定可以在这里找到他喜欢的。”

呵呵，他喜欢的，可不就是眼前这个还蒙在鼓里的顾声声吗？给喜欢自己的人介绍女朋友，怎么想都是一场好戏。

林棠牵着顾声声到一旁坐下，就看到肖康挽着一个女人往这边来了。

肖康在酒吧里怎么欺负顾声声的，她可知道得一清二楚。林棠朋友不多，最是护短，欺负顾声声简直就是触了她的逆鳞。她觉得那天苏幕下手实在太轻了，这次她本是拒绝了聚会，听到肖康也在受邀名单上，登时改变了主意，还顺带将顾声声给拖来了。

肖康似乎也注意到顾声声了，他拉着那女人走过来：“顾声声？又是你？”

顾声声眯着眼睛看了半天，没看出来对面的人是谁，声音倒是有点熟悉，但她一时也想不起来，只好用她万能的微笑，对着前方笑了一下：“你好呀，又见面了。”

她今天被精心打扮过，笑起来露出两个酒窝，在水晶灯下甜甜地笑着，看得肖康一阵愣怔，倒是他的女伴看他一副失魂落魄的模样，气不过地在他的手臂上掐了一下。

肖康总算回过神来："这个聚会不是号称只邀请精英的吗？怎么什么阿猫阿狗都放进来？"

顾声声这回听出来了，这语气，她不久前才领教过……眼前这人，是肖康。

顾声声下意识就想逃跑，但林棠一把拉住了她："可不是嘛，这不我就听见有狗在乱吠呢。"

林棠说话向来不留情面，这话说得肖康脸上红一阵白一阵。林棠从前就对这个心胸狭隘因爱成恨的人很不待见，没想到时隔多年他还念念不忘地想着报仇，真是"叔可忍婶不可忍"。

肖康知道林棠不好对付，只好将枪口对准顾声声："怎么，今天没带护花使者？被甩了？"

林棠挡在了顾声声面前："肖先生管得可真宽啊，你自己换女朋友跟换衣服似的，今天这个，好像有点面生啊，新换的吧？"

肖康的女伴脸色一白，气得甩开肖康的胳膊，扭头就走。

肖康追出去几步，回头瞪了一眼顾声声，好在顾声声没戴眼镜，压根看不见。肖康正在原地徘徊，忽然有人拍了拍他的肩膀："怎么在这里也能见到你，这么巧。"

顾声声小腿一软，这声音她一听就认出来了，是孔沅！

为什么孔沅会出现在这里？他明明不是他们学校的人。难道，是某个女精英的男伴？

顾声声想脚底抹油的时候已经来不及了，孔沅已经越过肖康看见了她："咦，顾声声？"

唉，冤家路窄。

肖康也看过来："认识？"

“可不吗？”孔沅盯着顾声声，“我们可是有过一段短暂的感情。”

顾声声险些跌倒，好在林棠稳住了她，又附在她耳边问：“就是那个相亲男？”

顾声声痛不欲生地点了点头。

林棠也为难地皱了皱眉头，本来以为只需要对付一个肖康，谁知道又来了一个孔沅，两个人居然还认识。

肖康对孔沅口中的爆料很感兴趣：“怎么？嫌弃人家不够漂亮？”

孔沅打量着顾声声，今天的她有别于平时，算得上让人眼前一亮。他还摸不清学长谢安南的意图，也不好当着顾声声的面说太多，于是对肖康使了使眼色：“借一步说话。”

顾声声看着他们走远，突然觉得世界太小，她想到没这两个人的地方自由飞翔。但谢安南还没出现，她就这么跑了是不是有点不讲义气？

义气当头的顾声声决定留下来，努力避开孔沅和肖康就好。

顾声声安然无恙地度过了半个小时，直到会场中央走上一个西装革履的中年男人。这个男人大约就是传说中的那个传奇人物，也是举办这次聚会的组织者。

中年男人讲了一席话，连林棠都听得两眼放光，全场掌声雷动，但顾声声最不爱开会，她习惯性地走神，偷偷给谢安南发短信。

中年男人下台以后，主持人上了台，而主持人居然是孔沅。看来孔沅并不是谁的男伴，只是主办人的下属，被叫来协助主持聚会的。

顾声声没参加过这类精英的聚会，不知道竟然还有讲述自己成就的一环。孔沅站在台上点名，被点到的都大大方方地站起来自我介绍：“我是 ×× 届的毕业生，如今在 ×× 公司，担任 ×× 职位。”

就这么一小会儿，顾声声就听到了国际注册会计师、工程师、艺术总监、CEO 等牛哄哄的职位，其中还有不少女强人，就连肖康，靠着家族关系上位，如今也是一个市场总监。

林棠虽然年纪最小，但她专业成绩极好，虽然她后来抛弃了本专业，投身了网游开发。她凭借她从大学时期打网游积累的经验，一毕业就成为一个出色的游戏研发经理，和团队一起研发的一款手游成了炙手可热最赚钱的项目。

顾声声跟着欢快地鼓掌，但林棠却忧心忡忡：“之前没听说过聚会有这样一个环节，他们该不会是想……”

林棠一咬牙：“不好了，声声，你快走。”

顾声声不明所以，但林棠无论让她做什么，向来都是为她好的，于是她想都没想，就听从林棠的话，想从人群中偷偷溜走。

然而她刚刚钻出人群包围圈，就听到不远处的音箱里传出了她的名字：“下一位，我们有请顾声声小姐！”

顾声声呆滞地转过身，她……她只是来蹭吃蹭喝的啊。

顾声声毕业一年才找到工作，一份工作更是实习了半年才通过实习期，更悲惨的是，就在她成为正式员工的第三天，她被炒鱿鱼了。

这经历，说出来就是让人笑话的。林棠快步走到顾声声身边，真的被她猜中了，顾声声的名字根本不在受邀之列，铺垫这么一场戏，就是为了让顾声声在众人面前丢人现眼。现在男人的心胸，真是一个比一个小。

林棠咬牙切齿，她握了握顾声声的手：“声声，没关系的，你什么也不用说，我们这就走。”

孔沅站在台上，一副鼓励她的样子：“据我所知，顾声声小姐是在SQ公司工作吧？”

SQ是个知名的大公司，有了谢安南加入之后更是如日中天，它的名字更是如雷贯耳，听说顾声声在SQ工作，大家都将目光投在她身上。

能在这种公司工作，必定是人才啊。

林棠见如今局面不好控制，如果顾声声真的将实情说出来，一定就遂了孔沅和肖康的愿。顾声声虽然平日里看起来没心没肺，很多不好的事情经历过就忘记，她不去计较不去追责，但并不代表，她在众目睽睽之下被逼着捅自己一刀还不会觉得痛。

林棠心疼自己好友，气愤难当，拉了她就要走。

谁知顾声声却没有动，她笑着看向林棠：“没关系，又不是什么见不得人的事情。”

顾声声面对着黑压压的人群，她没戴眼镜，看不清那些人的表情，这无疑给她增加了一点点勇气，她笑着说：“我之前的确是 SQ 的一名小小室内设计师，但是就在两个月前，我被解雇了，现在……”

“现在，她是我的特别助理。”

一个清朗的男声在背后响起，顾声声回过头来，就看见谢安南从大门口大步走来，他的外套还没来得及脱下，走起来衣摆飘动。

很多年后，顾声声还记得这个场面，就在这一刻，她迷迷糊糊地觉得，自己从此有了庇护。

【3】

谢安南突然出现，让气氛一时凝滞，有人在窃窃私语，讨论这个男人是何方神圣。

孔沅呆愣在台上，似乎无法相信此时此刻发生的事情。倒是主办人站起来大步向谢安南走去，走到近前用力拍了拍他的肩膀：“哈哈哈，谢安南！好久不见啊！没想到还能在这儿见到你。”

谢安南和他握手，两个人不顾场合叙起旧来。在场的并不是个个都认识谢安南，但主办人大家都知道，能让传奇人物这么笑脸相迎的人，绝不会是什么小角色。一时间，大家都将顾声声要自我介绍的事情抛在了脑后。

不知道是谁播放了音乐，人们又三三两两地聚在了一起。谢安南被主办人拉着，一时脱不开身。

林棠两眼发光地看着顾声声："你家首席，帅炸了！"

顾声声眼睛也跟着亮起来："你对他有兴趣呀？"

如果谢安南能和林棠在一起，那简直是"亲上加亲"啊，何况在顾声声眼里，在场的女精英没一个能和林棠相提并论的。

林棠一头黑线地戳了戳顾声声的脑袋："你真是能把死人给气活了！"

顾声声和林棠打闹着，却见孔沅大步向顾声声走来，身后还跟着一个肖康。

"你和谢安南到底什么关系？"孔沅此刻焦急得很，生怕自己之前会错意捅了大娄子，白痴都能看出来，谢安南是特地为顾声声而来的，而且刚才还那样为她解围。

顾声声不疑有他，老实回答："我们是朋友啊。"

孔沅仿佛瞬间泄了气，朋友……那这样说，谢安南介绍顾声声给自己，是真心要撮合他们俩，没想到却被他搞砸了。

孔沅懊恼不已，恰在这时肖康插了一句话："她真是那人的助理？"

孔沅无力回答，他看着顾声声，企图亡羊补牢："声声，之前的一切，都是我的错，你能不能再给我一次机会？"

"不能！"林棠挡在顾声声面前，指着大门口，"哪里凉快哪里待着去。"

顾声声从林棠身后冒出一个脑袋："那个……都是误会，之前的事情就算了，反正，我也不是真心去相亲的。"

顾声声清楚自己在某个程度上利用了孔沅，因此也不想再和他计较。

孔沅知道得到这样的回答已经很难得了，她不追究，对他来说已经是侥幸。他对顾声声笑了笑，没再耽搁，扭头就走。

肖康莫名其妙地看着孔沅战败走掉，恨恨地骂了一句"猪队友"！

场上响起了低沉的音乐，已经有人跟着音乐跳起舞来。

肖康看了顾声声一眼："和我跳支舞？"

他说的是问句，却伸手去拉顾声声。顾声声被他拉得一个趔趄，求助地看向林棠。

林棠皱着眉头向前跨了一步，下意识去撸袖子，却发现今天穿的是吊带长裙，撇头的瞬间，就看见不远处有个黑色身影浑身浴火般疾步走来。

她当机立断退后了一步，眼睁睁看着顾声声被拖走，呵呵，英雄救美这种事情，还是留给某人去表现吧。

顾声声被拉进舞池，肖康便一把搂住了她的腰，把她带到身前，看着眼前迷茫的娃娃脸，他竟然有种如愿以偿的感觉。

"顾声声，我再给你一次机会，和我在一起，我不会亏待你。"

毕竟，她恐怕是他第一个也是唯一一个真心喜欢过的女孩子了。

顾声声却如同听见什么噩耗，把头摇得快断掉，这怎么可以，她又不喜欢他！

肖康冷笑着正要发难，身体却被人用力扯开了去，紧接着就有个恶狠狠的声音在他耳边响起："离她远点！"

谢安南自带杀手气质，身上杀气重重，一个眼神就把肖康吓得魂不附体。他算是看出来了，顾声声身边的人都不好惹，酒吧那个男人顶多打他一顿，但眼前这个，怕是会让他生不如死。

肖康好歹混了两年职场，知道什么时候该服软，只好赔着笑，战战兢兢地转身就走。

谢安南接过顾声声，却不离开舞池。他刚才赶来的时候，就看到她被人逼到了那种地步，普通人都会想一走了之吧，谁知道她这个傻瓜，居然不知道反抗。

至于肖康，他忽然觉得，苏幕上次在酒吧里那杯酒可泼得真对。

他心里想着事，怀里拥着顾声声，音乐低低沉沉，是适合情人间呢喃耳语的时刻。谢安南和顾声声难得处在这样的环境里，他试图好好珍惜，直到顾声声在他脚上踩了一下又一下。

谢安南闷哼一声，突然后悔自己为什么要这么快出现，应该让肖康体会一下顾声声那只穿了高跟鞋的无影脚。

顾声声欲哭无泪，好好的同学聚会为什么要搞得这么高大上啊，还跳舞，她不会啊。在他的脚差点儿被顾声声的高跟鞋踩出个窟窿时，谢安南毅然决然放弃跳舞这个浪漫的体验。

他对顾声声说："去和你的朋友说一声，我们先走了。"

这种说是校友聚会实际就是扩大人际圈的场合，实在不适合顾声声，况且有谢安南在，她还需要什么交际圈？

顾声声被他拉着走到场边，终于可以不关注脚下，担心一个不慎把她家威风凛凛的首席给一脚踩死。她拉住他问："有没有看见合适的？"

谢安南莫名其妙："什么合适的？"

顾声声眨巴着眼睛："女精英啊！"

她可是诚心诚意要帮他结束单身生活的。

"顾声声！"谢安南反应过来，太阳穴直跳，"你一天到晚都在想什么？"

顾声声被谢安南拎到林棠面前的时候是垮着脸的，林棠一看顾声声这样子就猜到了几分，为了避免战火蔓延到自己身上，她迅速表现出对他们提前离去的理解和支持。

最后，谢安南拎着苦巴巴的顾声声走了，林棠看着他们走远，笑着在心里感叹：看来她这个小白兔一样乖巧的好朋友，要被某只"杀手"给吃得骨头都不剩了。

谢安南来时遵照顾声声的嘱咐，没有自己开车来，于是他们只能打车，站在街边等车的时候刚好不远处有一辆公交车到站。

顾声声心血来潮地牵住谢安南的手就往前走："来，带你搭公交车啊。"

顾声声以为像谢安南这样从小在优越环境里长大的孩子，一定没怎么搭过公交车。但其实谢安南独立得早，在国外搭公交车、挤地铁是家常便饭，他并不是她想象中只坐豪车出行的富二代。

但她这样牵着他往前走，他忽然就什么也不想说了。

公交车上的座位没有坐满，顾声声拉着谢安南坐下，又仰着头看公交车的路线图，问他饿不饿，她带他去吃饭。

她絮絮叨叨地讲着某某街的卤猪蹄很好吃，某某巷子的小拉面店里的拉面很正宗，说到最后她眼前一亮："如果可以回港海，我带你去吃海鲜，我们那儿的皮皮虾这么大一只，还有螃蟹、鳜鱼、生蚝……"

谢安南一直看着她，忽然觉得窗外的繁华喧嚣逐渐远去，而夜色很温柔，身边坐着的女孩子美得不像样子，他的心跳一声响过一声，几乎要盖过自己的说话声。

在顾声声诧异地扭过头来看他的时候，他才意识到自己说了什么，他说："那我们就去港海吃海鲜。"

从景川去港海坐飞机只需要一个半小时，现在过去还来得及吃一顿夜宵。

顾声声很久没回家了，这个提议让她动心，她还没来得及思考，那边谢安南已经在打电话："对……两张机票。"

机票很容易就买到了，港海之行好像已经势在必行了。

谢安南拉着她下了公交车，直接打车去了机场，他们是跑着进了安检，顾声声干脆把高跟鞋脱下来，提在手里，被谢安南一路拉着跑，跑上了飞机。

上了飞机，两个人都喘着气。

太疯狂了，顾声声简直不敢相信自己居然真的在毫无准备的情况下就要回港海了，而且回去的理由是去吃海鲜。

顾声声看着谢安南，眼睛亮晶晶的，不知道为什么，虽然很疯狂，可是她觉得好快乐。"我觉得……我们好像在私奔。"她笑着说出这句话。

谢安南愣了愣，也笑起来。他从小就对未来的人生计划周密，十五岁要做什么，二十岁要做出什么成就，把目标定好，然后一一实现，只能提前，不能推迟。

他不是第一次说走就走，却是第一次，为了和一个女孩子一起去吃海鲜说走就走。换作以前，谢安南一定觉得自己疯了，但现在他一点懊恼都没有，只是觉得，很快乐。

难得的快乐。

【4】

飞机抵达港海的时候是晚上十点，顾声声拉着谢安南马不停蹄地赶往港海最繁华的美食街。

港海是个海滨城市，盛产海鲜，美食街里的海鲜都是当天捕捞运来的。

顾声声挑了一家熟悉的大排档，坐下之后无须看菜单就直接点菜："要一份烤生蚝、一份海鲜炒面、白灼虾、蒜蓉粉丝蒸扇贝、炒花蛤，再来一条清蒸多宝鱼。"

点完菜，她就流着口水等上菜，实在是饿坏了，晚上在聚会上只吃了一小块蛋糕。海鲜炒面端上来的时候，顾声声兴冲冲地拿过碗，先给谢安南盛了一碗。

一口下去，她感动得眼泪都要冒出来，久违了，港海的味道啊。

谢安南一边吃一边时不时抬头看她，她吃东西这样香，细嚼慢咽好像在和食物沟通，光看她吃东西就已经很下饭。

他团队里的人吃饭都像他，风卷残云狼吞虎咽，只求不浪费一点时间。而顾声声却截然相反，此刻她拿起一只白灼虾，慢悠悠地剥壳，剥干净了，再伸出手，在酱料碟子里轻轻一蘸。

他突然明白过来，其实她不是磨蹭，只是仔细，她在享受生活的同时，也是在蓄力。

顾声声看到谢安南盯着自己老半天，突然反应过来，谢安南的手还包着纱布，剥虾这种高难度动作他是没法完成的。她有些不好意思，太饿了，光顾着自己吃了。

她讪讪地问："你……你想吃吗？"

他眼睛眨了眨，开口时嗓音突然变得低哑："想吃。"

顾声声想把那只剥好的虾放到谢安南碗里，谁知他却直接站起身来，就着她的手，将她手上剥好的虾，咬在了嘴里。

吃完，看见顾声声还愣愣地看着他，他才挑了挑眉赞叹："好吃。"

顾声声看着他吃得眼睛都眯起来了，如今吃饱喝足，她想起了刚才一直想问却不敢问的问题。

顾声声委屈地撇撇嘴："你今天晚上为什么要撒谎，说我是你的特别助理？"

虽然解了一时的困境，但是如果以后让人知道她在说谎，那时候就不只是丢脸，连人品都有问题了。

谢安南却没将这点事放在心上："我没说谎，你的确是我的特别助理。"

她接送他上下班，给他买早餐、熬汤、做饭，难道还不够特别吗？

顾声声哀伤地看着他："可是你又没给我发薪水。"

谢安南被她噎了一下，忍不住伸出手捏了捏她的鼻子："给你上课，就是报酬。"

顾声声摸了摸自己被捏痛的鼻子，觉得首席大人说得很有道理，这样想来她还是赚了。

等他们把桌上的海鲜吃干抹净之后，已经是深夜，这个时候肯定不能突然回家，顾先生和顾太太会被吓坏的。

谢安南看着一脸担忧的顾声声："不用急，先找个酒店睡一晚上。"

他们所在的地方是市中心，很快找到酒店，谢安南开了两间房，他站在前台的时候看了看顾声声。深夜里和一个男人来酒店，她似乎一点都不紧张害怕，还是说，她对他特别放心？

他带着顾声声上楼，在房门口时，顾声声看着他，鼓起勇气拥抱了他一下："安南，我今天晚上特别开心。"

谢安南愣了愣，想要伸手去抱住那一点温暖的时候，顾声声却像蝴蝶一样飞走了。她俏皮地对他眨眼睛："晚安！明天见。"

谢安南忍不住想，其实她也不是太迟钝，终究也是能感觉到的吧。

这一夜两个人都一夜无梦，天一亮，顾声声就兴奋地去敲谢安南的房门："快起床，我带你回家。"

谢安南睡眼惺忪地来开门，看了看兴奋的顾声声，无奈地问："你就打算这么回家？"

她身上还穿着昨天晚上的小洋裙，外面只套了件大外套，怎么看都不像是回家看父母的样子。

"那怎么办？我也没带衣服过来。"

目前还没有谢安南解决不了的事情，他带着顾声声到隔壁商场，时间太早，开门的商铺寥寥无几，顾声声只能将就在一间专卖运动用品的品牌店里，买了一套运动装。

她从更衣间走出来的时候，就看到谢安南也穿了一套类似的运动装，同个品牌，设计相似，看起来倒有点像情侣装。

但顾声声没多想，她回家心切，拉着谢安南就跳上直达她家的公交车。

港海是个旅游城市，每年来这里旅游度假的人数不胜数，顾声声的家离市中心比较远，公交车一路开到了终点站。

顾声声跳下来，就往一处有围栏有院子的房子跑，那栋房子的设计很独特，是日式风格，大多都是原木结构。门口挂着风铃，还有一块毛笔字题的招牌：慢慢旅舍。

顾先生早年当老师，后来患上了严重的职业病，喉咙和颈椎都不好，实在无法再负荷那样的工作，干脆和顾太太在景区附近开了一家青年旅舍，旅舍靠近大海，景观好，环境也好，生意倒是不错，也不怕冷清。

顾太太正在给院子里的花花草草浇水，顾声声突然出现，吓得亲妈差点儿把水浇到顾声声身上。

顾太太向来是夸张派，只是半年不见顾声声，却好像半辈子不见一样，当即扑上去抱着女儿号啕大哭："声声啊，你可回来了！没有你的日子里，妈妈活生生瘦了两斤啊！"

这动静闹得楼上的旅客纷纷探出头来围观，顾先生更是急匆匆地从房里跑出来，就看到这副场景。顾先生相比顾太太冷静得多，只淡淡地说了一句："回来啦？"

顾太太还在继续哭诉，顾声声习惯了，淡定得很，倒是跟在后头的谢安南，一时间有种想把踏进去的脚给收回来的冲动。

顾太太很快也发现乖女儿身后还跟着一个男人，嗯，长得挺帅。她看看女儿，又看看谢安南，等等，怎么穿着情侣装？！

顾太太一下子警惕起来，拉过顾声声一迭声地问："这是谁？是不是你男朋友？叫什么名字？几岁了？在哪里工作？什么属相？什么星座？怎么认识的？发展到哪一步了？你突然回来，是不是带他来见家长的？"

顾声声听得头都晕了，谢安南没经历过中国父母那一套，突然痛恨自己来得草率，恨不得当场退出去。

但临阵脱逃绝不是他的风格，他干脆大大方方地走到顾太太面前："伯母您好，我是声声的同事，早就听闻港海风景很美，这次声声回家，我特地蹭个免费导游，跟过来看一看。"

顾太太向来对帅哥没有免疫力，而且谢安南如此和蔼可亲，她当场就融化了，一把握住了谢安南的手："欢迎欢迎，进来喝茶嘛。"

倒是顾先生眼尖，瞅着谢安南打量了一阵之后，直接朝顾声声发问："什么时候回来的？怎么不通知我去接你？"

顾声声向来不会说谎，支支吾吾一下子说不出话来，还是谢安南过来解围："这位是伯父吧？是我让声声带着我先逛一逛，她可能顾及我，就忘记通知您了。"

顾先生看了看谢安南，没有为难他："进来吧。"

顾太太需要打理生意，顾先生还要去市区进货，因此暂时放过了谢安南和顾声声，反正中午还要一起吃饭，有的是时间。

顾声声得了自由，却也不去别处，在水龙头边装了水，去给院子里的两棵玉兰树浇水。两棵树离得很近，一棵大一棵小，因为不到开花的季节，显得有些萧条。顾声声却望着那两棵玉兰树，笑得眉眼弯弯："又长高了。"

谢安南跟过去，顾声声就转过头跟他介绍："这棵大一点的树，是我爷爷；这棵小一点的，是我奶奶。"

谢安南在国外，早已经有人提倡环保殡葬，将死者的骨灰埋入花草树木底下，只是没想到那一辈的人，竟然能接受这么先进的思想。

顾声声望着树出神："爷爷的骨灰是奶奶亲手洒下的，那个时候她就吩咐我，她死后啊，一定要把她种在爷爷身边，让他们团聚。"

谢安南突然很羡慕顾声声，她总能遇到这样美好的爱情，相濡以沫如她的爷爷奶奶，至死不渝如徐老太太，所以她才那样相信爱情吧，相信世间有善意，有天荒地老此生不换的感情。

谢安南突然明白自己为什么会被顾声声吸引，因为她身上，有太多太多他没有的东西。

顾声声看着树，谢安南看着她，而在远处算账的顾太太将这一幕收入眼底。呵呵，来看风景？同事？呸！鬼才信。

中午吃饭之前，顾太太非常愉快地打听起谢安南的身世、背景、职业、爱好、属相、星座，谢安南回答了两个问题，干脆不等她继续问了，将剩下的关于自己的信息都抖出来，唯独省略了感情史。

但顾太太早就被他报出来的那些头衔和奖项砸晕了，满意地想这孩子不错嘛，够主动。

了解了情况后，顾太太十分满意，扬言要给谢安南做一顿好吃的，坐在一旁的顾先生面不改色地吩咐顾声声："我最近胃不大好，不能吃大鱼大肉，你去给我煮碗面条。"

顾太太全程不准顾声声插手，除去顾先生那碗面，一桌子菜都是顾太太的杰作。

谢安南期待已久，顾声声做菜这样好吃，她母亲的手艺应当是好上加好，然而他却忘记了，顾声声是跟着奶奶长大的。

那一筷子鱼一进口，饭桌上就陷入了沉默。

顾先生瞟了谢安南一眼，愉快地吃起女儿亲手煮的面条。唉，还是女儿的厨艺好，她都不知道她爹在家过的都是什么日子。

顾声声太清楚顾太太那可怕的厨艺，饭菜表面看起来色香味俱全，但只是看起来而已，吃起来完全不是那么回事！

她同情地看着谢安南硬生生地把那块很腥很难吃的鱼肉吞下去，忍不住截下他伸向另外一盘菜的筷子："你胃也不好，还是别吃这些了，我面煮多了，我去给你盛一碗！"

顾先生一听有人要分一杯羹，连忙站起来去厨房抢面。

顾太太却稳如泰山，依旧坐在那儿，笑眯眯地看着谢安南。饭是她特地做的，她和顾先生之间心有灵犀，这顿饭就算是一个考验，只是没想到女儿这么紧张这个人，他们之间的关系必定非比寻常。

谢安南二十一岁毕业，早入职场，认识许多厉害的角色，没有一点眼力见儿也无法坐到今天的位置。他一早就看出来，虽然顾先生看起来冷面威严，但实际上主事的人，还是面前这位笑得无害的顾太太。

"我们声声是个单纯的女孩子，在景川，还请你多多照看，别让她受什么欺负。"

这话里有话，谢安南自然听出来了。

他笑着点头："我会的。"

顾声声捧着从顾先生手里艰难抢下的面，来到饭桌旁，就见顾太太和谢安南相视而笑，笑得顾声声毛骨悚然。

但谢安南转向她时，又是一派云淡风轻的模样，他从顾声声手里接过面条，又拉着她坐下，把碗里的面条分了一半给她："你也吃。"

顾声声觉得谢安南好像和从前不一样了，他这样看着她的时候，她总有一种奇怪的感觉，像她以前看花看草入了迷，忘记了时间，总有那么一刻，她能体会哲学家说的，瞬间即是永恒。

两个人捧着面对看，看得一旁的顾太太又是欣慰又是心里发酸。

她家什么都慢的女儿也要开始谈恋爱了，年轻真好！顾太太站起来，打算也去找顾先生同吃一碗面求安慰。等到了厨房，她就看到顾先生捧着个空碗，舔得干干净净，锅里更是半滴汤汁都没剩。

她还没吃饭呢！

顾太太一声怒吼之后，顾声声和谢安南就看见顾先生从厨房里冲出来，身后跟着手里拿着锅铲的顾太太："姓顾的你给我站住！"

谢安南："……你不去阻止吗？"

顾声声淡定地低下头吃面："习惯了就好，习惯了就好。"

第八章：

他怎么可以不经同意亲了她第一次，又亲第二次

【1】

顾声声只在家里待了一天，离开港海的时候，顾先生和顾太太准备了大包小包的海产品，一路送到了机场。

顾太太更是摸出手帕来抹眼泪，声泪俱下的样子让路人以为这是要永别的节奏。

谢安南站在顾声声身旁，厚着脸皮耐着性子承受路人的目光，他总算了解，顾先生的冷面威严是如何练出来的了。

回到景川的时候，顾声声竟然生出一种恍如隔世的感觉，明明他们才走了不到两天。

谢安南也有这种感觉，他虽然雷厉风行，但去见顾声声的父母并不在他的计划当中，他需要梳理梳理自己的思绪，便在机场和顾声声分道扬镳，直接回了公司。

顾声声回到家的时候，发现苏幕就坐在自家的沙发上，一脸等着要审问她的样子。

“你去哪里了？手机都不带。”苏幕不知从哪里找来的小台灯，光照在她脸上，“林棠那坏人不肯告诉我，我去老太太那儿，也找不到你。”

顾声声这才想起，她去参加聚会的时候，把自己的手机放在了林棠包里，跟着谢安南走的时候也没带上。

她没有手机依赖症，没了手机也活得自由自在，竟然一时也没发现。

林棠和苏幕两个人总是因为她互相吃醋，相看两生厌，林棠自然不会告诉他顾声声的去向。

顾声声连忙过去给苏幕顺毛：“我回了一趟港海。”

苏幕瞪大了眼睛：“你回家居然不带我！”

“太突然了。”顾声声赔着笑，“下次，下次一定带你一起回去。”

苏幕没说话，半晌才开口：“你和谢安南一起回去的？”

顾声声诚实地点头，将那天发生的所有事情都跟苏幕说了。

苏幕脸上的表情越来越委屈：“哦！你带他去同学聚会不带我去，你偏心！”

顾声声好气又好笑地看着苏幕，他在别人面前明明是成熟稳重的样子，怎么到了她这儿就跟别扭小孩似的？

顾声声好声好气地哄了半天，才用一顿饭和一场电影换回苏幕的原谅。

看完电影回来的路上，苏幕忽然开口问她："声声，你喜欢谢安南吗？"

顾声声毫不犹豫地回答："喜欢啊！"

"那我呢？"苏幕问。

"也喜欢啊！"顾声声笑眯眯的，还伸出手揉了揉苏幕的脸，"接下来是不是要问我喜不喜欢林棠啦？你们都是我的朋友，我都喜欢！"

每说一个字，她揉苏幕脸的力度就加大一些，直到苏幕一张英俊的脸被揉得变形，顾声声觉得好玩极了。

苏幕也不阻止她，他在心里默默叹了口气。果然，和他想的一样，她根本就对爱情这种东西少一根筋，即便是男女之间，也完全不往那个方向想。

她对爱情这么迟钝，他要不要提醒她，谢安南的所作所为不是单纯地因为他们是朋友，而是谢安南不只是想和她成为朋友。

苏幕看着她："声声，你知道爱情里的喜欢是什么感觉吗？"

"知道啊！"顾声声的反应出乎苏幕的预料，她说，"就是想和他到老到死，活着要在一起，死了也要在一起，奶奶告诉我的。"

苏幕按住了自己的太阳穴，果然，她空有理论知识，实际上什么都不知道。

那就这样吧，他不告诉她，就让谢安南去碰壁好了，只有能忍耐她的慢的人，才会发现她的好，才有资格跟她在一起。

而且，他不认为谢安南这种功利的人可以坚持到最后。

顾声声看着苏幕扶额沉默了半天，刚想问问他怎么了，就见他打了鸡血般蹦起来："顾声声，以后如果你结婚，一定要让我做伴娘！"

顾声声一头黑线："苏幕，你是男的！你能记住这个事实吗？"

苏幕不以为意："法律规定男的不可以做伴娘吗？"

顾声声语塞："这……这倒没有。"

苏幕得意扬扬，反正，他抢在林棠面前定下了当顾声声的伴娘。

顾声声想象了一下，苏幕穿着抹胸小礼服，扶着她走向红毯的场景，呃，太惊悚了！不能想，一想就不寒而栗。

当夜，顾声声做了个噩梦，梦见苏幕变成了女人，娇滴滴地对她撒娇，还不住地朝她抛媚眼。

顾声声是被吓醒的，她精神萎靡，甚至忘记了熬汤。但今天公司除了她，大家都是欢欣鼓舞的样子。

过两天全公司会有一次集体旅游，去得不远，就在景川附近一个叫西城的古城。但这些都和顾声声无关，她一个被解雇的人，自然没有收到旅游的通知。

中午，她没去小天台，谢安南干脆下来找人，就看见顾声声一脸哀伤地趴在桌子上。中午大家都去吃饭了，偌大的办公室里只有顾声声一个人。

谢安南走过去，拉了把椅子在她身边坐下："怎么了？连饭也不吃了吗？"

顾声声看了看眼前的罪魁祸首，如果他不是她朋友，她此刻还能找借口讨厌他；如果不是他炒了她鱿鱼，她也不会成为全公司唯一一个去不了集体旅游的人。

她委委屈屈地看着谢安南，哼哼唧唧地说："大家都要去旅游，就我不能去。"

谢安南向来对旅游没什么向往，他去的地方很多，但都是为了工作，只觉得要搭飞机坐车很累，因此他不是很理解顾声声的失落："如果你想去，等找一天我可以带你去。"

顾声声摇摇头，她不喜欢这种被排除在外的感觉，这提醒着她，她很快就要离开 SQ 了。

她没有再理会谢安南，趴在桌子上一言不发，把自己趴成了一尊雕塑。

谢安南没有停留太久，也没有再做无用的安慰，干脆让顾声声静一静，自己回了楼上。

然而顾声声没有萎靡太久，就在下午上班前的十分钟，她突然收到了通知，说集体旅游她也是可以去的，只是人事部在发通知的时候漏发了顾声声的。

顾声声看着这个通知笑得见牙不见眼，她虽然不够聪明，但心里也清楚，以SQ各部门做事小心谨慎的风格，怎么会漏发了自己的通知？这明明是某人特意嘱咐的，满足了她的愿望。

虽然这样做不是很好，但她私心里却觉得，她家首席果然是帅炸了！

公司旅游这天，顾声声一大早到了集合地点，她的书包塞得满满当当，装了自己做的三明治和新鲜榨的果汁，笑眯眯地分给了同车的人吃。

有个刚进公司的男同事还不知道顾声声的“黑历史”，吃了顾声声分发的美味早餐，忽然对这个女孩子生出了强烈的好感。他鼓起勇气坐到她身旁的位置上，开口搭讪：“你好啊，我是新来的，我叫陈智，大家都叫我橙子。”

顾声声向来待人和蔼，立刻笑着回应：“你好呀。”

陈智的勇气又增加了几分：“你做的三明治，很好吃。”

顾声声正想回答，就被从后座冒出头来的Eva打断：“怎么回事啊，还不开车？”

公司包了几辆大巴，按部门划分位置，顾声声和Coco、Eva她们坐在前后座，但车却迟迟未开。

Coco数了数人头：“咦，还有一个空位，还有谁没来？”

正说着，就见车门开了，有人上了车。

看清楚来人是谁的时候，全车都安静了下来，刚才热闹的气氛荡然无存。

车上的人都在想同一个问题：谢安南？！为什么大BOSS会出现在这里？！他确定没有上错车吗？

谢安南今天穿得很休闲，却还是掩盖不了他“杀手”的气质。他一眼扫过去，立刻看到坐在偏后位置的顾声声，顺带把一车子的人看得战战兢兢。

谢安南大步走到顾声声的位置边上，却发现她身边已经坐了个年轻男同事。他皱了皱眉头，毫不客气地开口：“这是我的位置。”

陈智刚进公司，还没见过谢安南，以为他也只是某个部门的员工，见他毫无礼貌，有些来气：“大家都是随便坐的，那儿不是有空位吗？”

谢安南眉头一挑，顾声声知道他“杀人”毫不手软，何况整车人都看着呢，于是连忙站起来，来到另外一个空位，对着旁边的人说：“不好意思，能不能和你换个位置？”

谢安南摆明了要和顾声声坐一起，这个员工可不像陈智，他太知道谢安南的脾性了，二话不说就让出了位置。

谢安南似乎很满意顾声声的做法，也不说什么，跟着顾声声来到空位坐下。等来了谢安南，车子立刻就开动了。

因为谢安南在场，一整辆车都安静得可怕，没有人敢说话，和开会一个样。

顾声声很忧愁，看来谢安南能毁掉一整个愉快的旅游。但他似乎毫无知觉，还不忘提醒顾声声：“我还没吃早餐。”

顾声声连忙掏出三明治和紫菜卷给他，他满意地接过来，惬意地吃了起来。

Coco和Eva一直往顾声声处偷瞄，一脸的震惊和难以置信。“杀手”和顾声声什么时候这么要好了？这还是“杀手”吗？也太……太亲民了吧？！究竟发生了什么？暗藏八卦精魂的女人们都快要按捺不住了！

谢安南吃饱喝足之后，又问顾声声：“西城有想去的地方吗？”

整辆车上只有谢安南的说话声，他也不注意控制音量，全车人都听见了。顾声声有些坐立不安，谢安南平日里不是都很避讳吗？从不让人知道他们的关系，如今怎么这么光明正大了？

问题是她一点都不想光明正大啊！原来和首席做朋友，压力很大的啊！

顾声声最终还是苦着脸回答："公司不是已经有了旅游路线吗？"

谢安南笑了笑："不一定要跟团，我们可以去自己想去的地方。"

车厢里十分安静，每一个人的耳朵都竖着呢，顾声声快哭出来了："不……不好吧。"

她一点都不想搞特殊化啊！

谢安南看着她战战兢兢的样子，忽然觉得有些好笑，他知道在这么多同事面前公开他们之间的关系让她很不自在，但这是迟早的事情，他既然已经做了决定，便不再打算藏着掖着。

他想着，就伸手揉了揉顾声声的头发："先睡一觉吧，下车再说。"

说着，他就把自己的外套脱下来盖在顾声声身上。

顾声声苦兮兮地闭上眼睛，完了完了，回到公司一定被Coco她们逼供至死。如果大家得知她一个反抗谢安南的积极分子最后和敌人成为朋友，她一定会被鄙视的吧。她忧愁地想着想着，居然真的睡了过去。

【2】

"顾声声？"睡梦中，有人拍了拍她的脸。

顾声声睁开眼睛，就看到谢安南的脸靠得极近，她这才发现自己枕着谢安南的肩膀睡着了。

车子已经到了西城，顾声声迷迷糊糊地下了车。一觉醒来，在车上的那些担忧已经被她遗忘到了爪哇国。

西城是个古老的小城，他们的第一站是一条老街，顾声声一下车就眼睛发亮。这里有许多古老的城墙和石牌坊，城里的路面都铺着青石板，也保留了很多年代久远的建筑，不止顾声声，就连谢安南也很意外，这里竟然有这么多古建筑群。

两个人都沉迷在自己的世界中，走着走着竟然走散了。这个季节西城的游人还不少，顾声声一回头，谢安南就不见了。

她踮起脚找人，忽然有人拍了拍她的肩膀，她以为是谢安南，笑着回过头，却发现是刚才在车上认识的陈智。

自由活动时间，陈智刚在街边的小摊买了几块云片糕，正巧就看到左顾右盼的顾声声。他刚入职场，初生牛犊不怕虎，也不管刚才车上每个人都惧怕谢安南，反正他是不怕的。

他将云片糕递给顾声声："你一个人啊？刚才那个是你男朋友吗？"

顾声声有些诧异，公司里居然还有人不认识谢安南，实在是稀有动物啊。她有些呆滞地摇了摇头。

得知那个没礼貌的男人不是顾声声男朋友，陈智笑了起来，见她不接云片糕，干脆抓住她的手塞到她手里："拿着吧，你早上还请我吃了早餐呢。"

顾声声见陈智热情洋溢，也晓得他不是坏人，干脆接过来咬了一口，笑着对他说谢谢。

顾声声不是那种长得特别精致的女孩子，但一张娃娃脸加上酒窝，笑起来也特别可爱，陈智看红了脸。

他指着街的另一边："我刚才从那边过来，见到很多卖小饰品的小摊，很多女孩子都在挑，你应该也有兴趣，我带你去看看吧。"

顾声声有些为难，谢安南丢了还没找回来呢，她总不好跑去购物吧。

她刚想要拒绝，但自来熟的陈智已经拉过她的手臂："来吧，都很好看的。"

顾声声被他拉着走出一步，突然有人半路截住她，又把她拖了回去。顾声声抬头，就看见一脸阴沉的谢安南。

他看着陈智，明明是笑着，眼神里却带着杀气："她对饰品没兴趣，她只喜欢吃！"

说罢，他也不管目瞪口呆的陈智，牵了顾声声的手就走。

顾声声被他拉着走了半条街，才回过神来："你不要对他那么凶，他不是坏人。"

谢安南挑着眉毛回头看她，不是坏人？那小子不知道是不是苍蝇转世，自己才一会儿没看紧，就又看到他在顾声声身边转悠。

他凶巴巴地瞪着顾声声："你再不长点心，被卖了都不知道！"

顾声声现在一点都不怕他，她慢悠悠地吃了一口云片糕："我怎么会被卖掉，不是有你在吗？"

她这句话说得他心里舒坦，但瞥见她手里的云片糕，他眉头又挑起来了："哪儿来的？"

顾声声嗫嚅着应："陈智给的。"

谢安南一把夺过她手里剩下的一丁点云片糕，转身丢进了垃圾桶："你想吃，我给你买。"

说着，他就带着顾声声到小吃摊边，一开口就要十斤，顾声声汗颜，她见识过谢安南购物时的霸气，连忙拦住眉开眼笑的老板，最后只要了一小块。

不让他买东西他还生气，皱着眉头不说话，顾声声讨好地把刚买的云片糕凑到他嘴边："别生气啦，给你咬一口，我试过，很好吃的。"

女孩子软糯的声音劝着他，他忍不住低下头去，就看见顾声声弯弯的眉眼，她伸长了手，要喂他吃一块云片糕。

谢安南心一软，低头就着她的手咬了一口。

就在这个瞬间，他们听见"咔嚓"一声响起，声音离得很近。谢安南不悦地扭过头去，就看到一个红发碧眼的外国女士捧着单反站了起来，她一开口竟然说的是中文："不好意思，你们小情侣在一起太可爱了，我忍不住拍了一张照片。"

顾声声倒是不介意被拍照片，她想解释她和谢安南不是那种关系，一低头，却发现他们从刚才就一直牵着手，好像是谢安南怕她再次走散才拉着她的手走，不知道怎么走着走着，就牵在一起了。

顾声声有些蒙，十指紧扣，为什么看起来，这么暧昧？

谢安南却没发现顾声声的神情变化，他也没和外国友人解释他们的关系，倒是给那位女士留下了邮箱，说希望她给自己发照片。

等外国女士走远了，顾声声才茫然地抬起头来："她说，我们是……"

谢安南有些莫名其妙："是什么？"

顾声声干脆举起他们交握的双手："她说我们是情侣啊。"

以前她和苏幕形影不离的时候，也有人误会过他们的关系，但是苏幕都很不屑地告诉别人："顾声声才不是他女朋友，她可比女朋友重要多了！"

在苏幕心里，有一个原则：流水的女友，铁打的顾声声。

她以为苏幕会解释，谢安南也一定会。但是谢安南挑起的眉毛却忽然柔和下来，他安安静静地看着顾声声，丝毫没有把手放开的打算。

"她没有说错。"

顾声声睁大眼睛看着谢安南，半晌说不出话来。

谢安南看着她傻乎乎的样子，忍不住笑起来："顾声声，难道你一点都不知道，我在追你吗？"

顾声声觉得自己动不了了，身体里所有的血液都在瞬间"轰"地向心脏流去。自己不知道吗？真的一点都不知道吗？

可是在某些时刻，她明明隐隐约约觉得，谢安南和苏幕是不一样的，他对她好的时候，她会觉得世界盈满了光。可是她无法判定，这种不一样，究竟……是什么？

是爱情吗？

还只是对不同的人有不一样的感觉？

她惶恐地摇了摇头，又摇了摇头，突然很想逃避这个问题。

谢安南看着她，忽然低下头，在她的嘴角蜻蜓点水般吻了一下："那现在……知道了吗？"

老街上人来人往，叫卖声阵阵，顾声声站在街尾，脑袋里"轰"的一声，炸出了一片白色。

这是她的……初吻。

她的人生走得这样慢，连正式恋爱牵手都没有过，却跳过了这么多步骤直接到了初吻。她茫然地看着谢安南，好像不认识他似的。

谢安南看着她凝固在脸上的表情，忽然叹了一口气，好像还是吓到了。他没继续说下去，只是拉着她往前走："前面有个香火旺盛的寺庙，我们去看看。"

顾声声被他一路拉着走，走到了前面的青龙庙，里面香客不断，有许多排着队来祈愿的信徒。

谢安南从不信鬼神，却鬼使神差地问顾声声："想不想许个愿？"

受到极大震惊的顾声声呈现一副呆滞状态，她整个人都是蒙的，不知道自己是谁，不知道自己在哪里，更不知道自己在干什么。

也不是没有男生大大咧咧地跑到她面前问一句："喂，顾声声，做我女朋友好不好？"

但她都可以很淡定地摇摇头，然后隔天就忘记那个男生的样子。

喜欢她的人都很没有耐心，曾经有过几个人，都等不及她去慢慢喜欢上，就移情别恋或者消失无踪。

所以爱情究竟是什么样的，她完全没体会过。如今被她认定是朋友的谢安南，居然告诉她，他在追她。可是，他是那样优秀的一个人啊，他怎么……会喜欢她呢？

谢安南等了很久，都没有等到顾声声的回答，叹了口气，干脆把她拉到寺庙角落里的银杏树下。

他已经渐渐发现，顾声声太过懵懂，就算她有感觉，也不懂得去确认，她会得过且过地把那种感情当友情，因为那样最安全，谁都不会受伤。

所以他只能直接告诉她，即便有惊吓，但起码能让她知道，他们之间是不一样的。

但谁知道这孩子居然被吓傻了，谢安南无语。

“顾声声！顾声声！顾声声！”谢安南捧住她的脸喊了她好几次，谁知道她还是没有反应。

谢安南挑了挑眉，摘掉了她的眼镜：“再不说话，我又要吻你了。”

说着作势低下头去，他原本只是想恐吓她，让她有所反应，谁知道靠得近了，看见她眼里自己的倒影，背后是树的枝丫，像是一个荒芜的黑洞，几乎要将他吸进去。

他越靠越近，在瞬间失控，当真吻了下去。

顾声声觉得，她世界里那片白色在慢慢缩小，越缩越小，直到缩成她眼前谢安南颤抖的眼睫毛。

她的心跳好快，让她一瞬间怀疑自己是不是得了心脏病，跳得她呼吸困难，无法动作。

谢安南终于放开她的时候，她脑中那根断掉的反射弧终于接上了。

等等，刚刚发生了什么？他怎么可以不经同意亲了她第一次，还亲第二次？流氓！

她毫无预兆地尖叫了一声，扭头就跑。

谢安南耳膜差点儿被震破，捂着耳朵回过神来的时候，顾声声已经跑没影了。

接下来，顾声声几乎是全程躲着谢安南，剩下的大半天，谁都无暇欣赏风景，全都用来玩躲猫猫了。

西城很小，顾声声在街头见到谢安南，转身就跑到了街尾。在桥上看见谢安南，她差点儿就跳水遁逃。

谢安南不敢逼她太紧，害怕她一个慌张没头没脑地出了什么意外。

只是回程的时候，顾声声就躲不掉了，同一辆车，躲都没地躲。

顾声声上车的时候，一眼就看见了陈智，立刻走过去，求救般地问："我能不能和你一起坐？"

陈智见顾声声主动要求，开心得连连点头。

谢安南找上车来的时候，就看见顾声声鹌鹑一样缩在位置上。她习惯了，在自己不确定的时候，躲进自己的世界里寻求庇护。

她脖子扭向窗外，连看都不敢看他，而陈智坐在她身旁，他怎么看怎么碍眼。

他知道顾声声此时一定不会理他，也不想让全车人看热闹，只好憋屈地走到唯一的空座上坐下。

如果说来的时候全车虽然安静，但还算和谐，那离开时的气氛就很可怕了。首席大人全程阴沉着脸，车上的人大气都不敢出。坐在谢安南隔壁的尤其心酸，努力地往窗边缩，几乎要把自己缩成一片纸。

顾声声一直望着窗外，不敢回头去看，她觉得这天之后，她对谢安南的心态，完全就变了。

【3】

顾声声不敢将在西城发生的事情告诉任何人，这对她来说是个秘密，就连林棠和苏幕，她都不敢说出口。

Coco 和 Eva 每天都逼供她，但顾声声一问三不知，导致最后大家都放弃了询问，全靠脑补。

反正顾声声和谢安南之间必定有点什么不为人知的事情。

顾声声无暇顾及这些，她全部的精力都用来躲避谢安南。她不再接送他上班，也不熬汤了，提案有问题也不敢请教他了，更不敢去请教其他人，硬着头皮自己上网查，啃书。

她连上个厕所，都战战兢兢的，生怕遇到谢安南。

顾声声是彻底慌了，第一次有人这么强硬地表达了对她的感情，她一点缓冲时间都没有，她能怎么办？她也很绝望啊！

但谢安南似乎并不打算放过她，她不去找他，他就每天到她家公寓楼下接她，利用职权让她乃至整个部门都留下来加班。

通常他们部门加班结束的时间都和谢安南下班的时间一致，导致整个部门叫苦连天，这是得罪谁了啊？！

顾声声像只无头苍蝇，都不知道往哪儿逃。

这一天公司开完例会，谢安南在会议的最后居然点名："顾声声，你留下来。"

所有人的目光齐刷刷地落在顾声声身上，顾声声求助无门，在公司他是她的上级，她总不能真的掉头就跑。

她留了下来，一脸苦兮兮的表情，也不敢看他，低着头研究自己的鞋子。

谢安南无奈地揉了揉自己的太阳穴："跟我来。"

顾声声低着头跟着他走，不想一路跟到了停车场。

谢安南却没有让她开车，自己坐上了驾驶座："上来。"

她心里明明叫嚣着要逃跑，却迈不动脚，谢安南一个命令，她就乖乖地钻进了副驾驶座。

顾声声在心里鄙视自己：奴性啊奴性！

谢安南车技很好，单手都能开车，顾声声看他以一个极刁钻的角度停好了车，这才发现自己以前实在是担心太多了。

"下车！"还是那种命令式的口吻，刚刚鄙视完自己骨子里奴性的顾声声，不由自主地跟了上去。

唉，眼看着自己翻不了身啊！

但是谢安南今天耐心得很，无论顾声声磨磨蹭蹭走得多慢，他都不催促，也不伸手拉她，就站在前面等着她。

这样的谢安南，让顾声声怕归怕，却完全生不出什么危机感，也许她潜意识里知道，他是不会伤害她的。

顾声声有很多天没来谢安南家里了，一进门，她就发现有什么不对。比如……从不为客人准备拖鞋的他，居然在玄关放了一双崭新的女士拖鞋，还是粉红色的。

顾声声抬起头的时候，差点儿以为自己进错了房子。

谢安南的房子有些不一样了，他的家顾声声来过许多次，摆设简单得用手指都能数过来，除了必需的生活用品，他房子里找不到任何多余的物品。

但现在他的房子里多了一些装饰品，顾声声说过，墙上挂点画就好了，于是墙上就有了画；她说过种点植物有点生气人会快乐一点，于是阳台多了绿植，客厅里多了一个插满花的花瓶。

还有厨房简直是顾声声这种爱做饭的人的梦想，高级烤箱，应有尽有的厨具和刀具，连碗筷都换了一批。

谢安南站在客厅中央，一间房一间房指给她看："这是你的更衣室，这是我们的卧室，这是书房，还有这间，以后就是儿童房……"

等等！

顾声声"噔噔噔"地后退了好几步，什么叫作我们的卧房，什么叫作儿童房，我胆子小你不要吓我呀！

但谢安南没有停下来的打算，他打开自己的公文包："这是我在国内所有不动产证明，还有我买的股票、投资的项目，都清清楚楚列在这里，另外，这是我的银行卡，这是信用卡，你拿着，上面都写了密码。"

他想，她心里是有他的，否则以她的性格，她早应该逃之夭夭，对他避之不见，可是他找她的时候，她还是跟来了。

她只是不确定，也不敢去确定，既然这样，他就推她一把，帮帮她。

谢安南将一堆东西摊在桌子上，又从口袋里掏出钥匙："这是我的车钥匙，这是房子的钥匙。"

顾声声已经不能用震惊来形容自己的心情了，人生大起大落啊，她这是出现了什么幻觉吧？

她什么都没接，他明明什么都没对自己做，她的身体却忍不住颤抖起来："你在做什么？你别过来啊？！"

谢安南也不恼，他就站在原地看着顾声声："听说在中国结婚需要下聘，这些是我的聘礼，我喜欢你，我想娶你。"

顾声声听到这些腿都软了，如果不是及时扶住了墙，她铁定要摔个四脚朝天。

她没谈过恋爱，完全不知道此情此景该怎么处理，她连自己是否喜欢他都不确定，怎么可能结婚呢？！

顾声声觉得谢安南一定是疯了，还疯得不轻。

她颤颤巍巍地看着他，差点儿就哭出声来："我想回家……"

谢安南眉头一皱，他在跟她说这么重要的事情，他在求婚啊！她居然说她要回家！

忍耐了一天的谢安南忍不住磨牙："顾声声！"

顾声声很想忍住，但实在忍不住了，她"哇"的一声哭了出来，声音提高了不少："我要回家！"

地球太危险了！她要回母星！

顾声声一哭起来就一发不可收拾，谢安南何时见过这种阵势，他认识的女人都是眼高于顶骄傲的人，就算哭也是忍耐着，没人像顾声声，哭起来惊天动地，他竟然一时被她哭蒙了。

他没哄过人，也不知道怎么哄人。

他抓了几张纸巾塞过去，却一把塞进了她的嘴里，顾声声吃了一嘴纸，哭得更凶了。

谢安南手足无措："别哭了！"

但没用，比水龙头坏了还让人头疼，谢安南只能硬着头皮，将抽抽噎噎的顾声声拉到停车场，把软成一摊的顾声声扶上了车。

他一路加速开到了顾声声公寓楼下。

她哭得一抽一抽的样子实在吓人，谢安南不敢让她一个人上去，耐着性子问出了门牌号，总算把顾声声送到了家门口。

来开门的林棠看见自己好友哭得上气不接下气，直接把脸上贴着的面膜都给吓掉了。她将顾声声接过来，警惕地看着谢安南："你对她做什么了？"又抱着顾声声安慰，"你别怕，我们报警！"

谢安南额头上的青筋跳了两下，直接说出了实情："我跟她求婚了……"

林棠把谢安南送走以后，回来对着还在抽噎的顾声声，忍不住一头黑线："顾声声！你哭成这样，就因为他跟你求婚了？！"

顾声声老老实实地点点头。

林棠突然有点同情谢安南，她知道谢安南喜欢顾声声，只是没想到，他的动作也太快了，恋爱关系还没确认，直接就求婚了。跟顾声声这种人谈恋爱，只能慢慢来，而他又是个事事求快的人，一不小心就碰到了钉子，直接把人给吓蒙了。

林棠坐在顾声声面前，叹了口气："声声，你哭成这样子，是因为很讨厌他吗？"

顾声声想了想，摇了摇头。也许就是因为不讨厌，所以如果她拒绝了谢安南，按照他的脾气，他们应该连朋友都没得做了。

后果太严重，她这……完全是被吓的！

林棠太了解顾声声了，她看着顾声声一路走过来，完美地避过了渣男和张三李四，她倒是觉得，谢安南很适合顾声声，他快她慢，正好互补。

可是这孩子一根筋啊，林棠掐上顾声声的脸："我的声声祖宗，你以为友情就一定可以天长地久吗？"

顾声声愣了："不可以吗？你要和我分手吗？"

林棠翻了翻白眼："世界上能陪你终老的人，你觉得会是谁？不会是父母，不会是朋友，因为朋友也会有自己的家，更不会是孩子，他们正年轻，有很多事可以做，没人会陪一个老头老太太整天发呆的。”

唯一会陪你终老的，是你决定要与之相濡以沫度过一生的人。

林棠拍了拍顾声声的头发：“你知道喜欢一个人是什么感觉吗？”

顾声声记得，苏幕也问过她这个问题。林棠却告诉她：“如果喜欢一个人，你会因为他快乐而快乐，你会觉得不能失去他，但最重要的是你自己会知道。”

顾声声仰望着林棠，她觉得此刻的林棠，简直和她奶奶一样温柔，产生了错觉的顾声声八爪鱼一样缠上去：“我今晚要和你睡！”

林棠却嘴角一抽，一把将她撂在沙发上：“顾声声，你也该长大了，晚安！”

顾声声看着林棠走进房间，她摸了摸自己的心口。喜不喜欢谢安南，心真的知道吗？

然而她摸了半天，没摸出来自己喜不喜欢谢安南，倒是摸出自己饿了。

她灰溜溜地爬起来进了厨房。

算了，天大的事情，没有一碗面不能解决的，如果一碗面解决不了，那就两碗！

【4】

顾声声发现，世界上真的有拉面不能解决的事情，比如她和谢安南。

她还是照常去上班，还是下意识躲着谢安南，只是她的躲避好像是多余的，自从那天晚上之后，她就再没见过谢安南了。

距离顾声声离职的时间越来越近，她手上的提案也趋于完善，她终于鼓起勇气，将提案提交了上去。

只要公司愿意改建老太太的老宅，老太太就不用卖房子了，而且她认为，老太太的老宅是历史悠久的文物，只要修葺好了，能成为景川的一个游览景点，公司有了这样一个作品，只会有益无害。

她将提案交上去之后，便空闲下来。苏幕最近不知道在忙什么，谢安南又消失了，林棠的公司开发了新项目，日日加班，顾声声唯一的去处，就只有老太太那里了。

一老一少躺在院子里的躺椅上看星星，顾声声对老太太说了谢安南的事情，老太太却笑眯眯的："哟，我早看出来了，这谢安南很有我们少爷的风范嘛。"

顾声声想起来，当初程锦耀也是用房子做了聘礼。

老太太看着顾声声，很是感慨："声声，你和我年轻的时候太像了，我们什么都不知道，连爱上一个人，都需要很长的时间去接受和适应。可是你比我幸运，你生在了和平年代，不需要因为战争分隔两地，生死不明，既然都这样了，你还在怕什么？"

顾声声愣住了，对啊，他们现在身在这样方便快捷的时代，想要找一个人，只需要打一通电话，去远方，也只需要一趟飞机，为什么人与人之间的距离却远了？

老太太多少年来，都后悔没对程锦耀说清楚，当时她是爱着他的。而她和谢安南离得这样近，为什么她就不能好好面对？

顾声声跳了起来："婆婆！我知道了！我现在就去和他说清楚！"

顾声声豪气万丈地坐公交车来到谢安南公寓楼下，按响了门铃，等到谢安南来开门，她那万丈的豪气登时就蔫了。

看到她，谢安南似乎很是诧异："声声？"

顾声声努力鼓起勇气，说话却还是结结巴巴："我我我……我可以进去吗？"

她憋得脸都红了，谢安南心痒难当，很想掐她一把，但还是忍住了，他至今心有余悸，不敢再随便逗她，怕一逗她她就跑了。

顾声声进了屋子，在沙发上正襟危坐，谢安南破天荒地给她热了一杯牛奶。

顾声声喝了口牛奶，终于开口：“谢谢你喜欢我！”

谢安南怔了怔，硬邦邦地回了句：“不用谢。”

……

顾声声绞着自己的衣角，几乎要把那可怜的衣角给扯破了，才憋出话来：“你很好，和你在一起，虽然一开始你很讨厌，但后面你就不讨厌了。你虽然脾气不好，又傲娇，但是人还是好的……”

她语无伦次，词不达意，但谢安南不发一言，耐心地听她说。

她慢慢就理顺了思路：“我觉得和你在一起很开心，但是我不知道自己喜不喜欢你，更不想现在就讨论结婚的问题……”

“没关系。”谢安南轻轻地开口，“没关系的，顾声声，你可以慢慢来，慢慢弄清你对我的感情，我可以等。”

他这几天彻底明白，是他操之过急了。他本来想用最快的速度将她拉进自己的人生中，娶了她，生孩子，让他从此无后顾之忧，可以安心创造自己的事业。

但谢安南也总算明白过来，她就是个慢性子，做什么都快不了，如果她不能配合他，就换他来配合她好了，她快不了，他就为她慢下来。

顾声声坐在那儿，耳朵嗡嗡作响。

谢安南不知道顾声声从小到大都被人嫌弃，嫌弃她慢，嫌弃她迟钝，所以“慢慢来”这三个字对她来说，比“我爱你”更让人心神动摇。

因为谢安南这句话，顾声声这天晚上成功失眠了。她不住想起谢安南说这句话时的样子，没有了平时的锋利，连眼神都是温和的，顾声声在那一刻，体会到什么叫作怦然心动。

她忍不住想，这是不是就是传说中的喜欢？

第二天，顾声声带着这份悸动和黑眼圈去上班，却遇到更大的惊喜。她的顶头上司居然破天荒地给她安排了工作，要知道，在收到谢安南的解雇信之后，她就成为公司的头号闲杂人等。

经理给她安排工作的时候眼神意味不明，连带着态度都比平时好了许多："楼上接了一个项目，客户要求我们包办室内外的设计，那边最近项目太多，人手紧缺，所以从我们这边调几个人过去，你手上也没项目，就过去帮帮忙吧。"

顾声声离正式离职期只剩下十天了，她万万没想到能在离开前接下一个项目。等她上了二十三楼开会才发现，这个项目竟然是由谢安南直接负责。

她瞬间明白经理的眼神意味着什么，他让她上来，一定是以为她和谢安南有不寻常的关系。

谢安南看到顾声声走进来的瞬间也有些诧异，他问二分部要几个人，怎么派了顾声声过来？但他很快就明白过来，恐怕都是那些自以为精明的人自作主张。

顾声声资历浅，来他亲自带的项目组里，无疑会拖大家后腿，所以组员都有些意见。谢安南带出来的人都有真材实料，所以也傲气，平时也不会靠溜须拍马博取好感，都是以工作为先，因此心里有什么不满，也立刻表现出来。

"二分部没搞错吧？派个已经被解雇的人来？"

"听说还是个刚过实习期的新人，没正式参与过项目，派她来是负责搞笑的吗？"

"我们要求换人！"

会议室里有些躁动，顾声声看了眼在座的人，都是公司里优秀的人才，她果然是因为谢安南才得到来这里的机会的，一不小心就犯了众怒。

她猛地站了起来，掉头就往外走。

"站住！"谢安南的声音猛然响起，"我让你走了吗？"

旁边的组员难以置信地看着他："首席？！新人只会拖后腿。"

谢安南却笑了起来："敢问在座各位哪一个不是从新人做起的？如果新人只会拖后腿，那你们现在也没办法坐在这里了。"

这里的人大部分是谢安南带出来的，当初也是他力排众议启用他们才有了今日，他这话一出，众人登时没有了异议。

顾声声还站在门口，谢安南威严无双地看了她一眼："坐下，开会！"

顾声声倒吸了一口凉气，她家首席，好帅！

她和谢安南在生活中接触得多了，也得到过他给她开小灶的机会，但她没看过他正正经经地工作，看他讲解方案，分配任务，有条有理，逻辑性极强。

而他的团队反应极快，很快就能跟上他的思维，顾声声发现自己处处都跟不上，别说她了，就连和她一同从二分部过来的，平时算是顶尖的设计师，也听得一脑门的汗。

会议结束的时候，顾声声抱着自己的记事本找到谢安南，她开门见山："你把我调走吧。"

谢安南皱了皱眉头："因为我？你没办法和我一起共事？"

顾声声摇摇头，她发现她其实还挺喜欢和他一起共事的，难怪他带出来的团队都这么厉害，随便拎一个出来就能独当一面。喜欢着她的谢安南，是一个比谁都要优秀的人。

她发现自己意识到这一点的时候，有着不可名状的骄傲，可是她太笨了，组员都说得对，她的存在会拖他们的后腿。

于是，她自己请求退出："你们的进度太快了，我跟不上……"

谢安南看着她，半晌才开口："我认识的顾声声，不是一个这么容易放弃的人，她可以为了帮老太太保住老宅，不眠不休地加班，可以跨专业研究建筑设计，现在只不过是跟不上大家的进度，你就要退出？"

顾声声的脸热起来，他说得好有道理，她连反驳的欲望都没有。

但是她确实会拖后腿，谢安南像是看穿她："今天下班了上来找我，出去吧。"

不知道为什么，谢安南让她莫名燃烧起一股斗志，她突然很想在他面前证明自己。

下班的时候，她按时来到二十三楼。

谢安南让她在沙发上坐下，拎了一台手提电脑过来，电脑上都是这次要做的设计类型，图纸、数据、材料、用色标准，都非常清楚地写在上面，还解析了为什么要这样设计，这样设计的好处。

顾声声没看过这么详细的案例，她忍不住回头，想问问是不是谢安南特地为她做的，却见他又回到了座位上埋头画图。

认真工作的谢安南很不一样，顾声声看着看着就入了神。察觉到某人的目光一直锁定在自己身上，谢安南不知道该高兴还是该生气："顾声声？你是来补课还是来看我的？"

顾声声脸热得烫手，她连忙扭过头去，嘴里还念念有词："谁看你了！"

她研究着案例，谢安南埋头工作，两个人都是一投入就忘记时间的人，一抬头时，已经是晚上十一点。

谢安南拿了外套起身："走吧，我送你回去。"

顾声声抬起头来，脸上有着挫败的神情："我这里还没弄懂……"

谢安南挑着眉看她："你请我吃夜宵，我负责给你讲解。"

这是趁火打劫！顾声声想跳起来抗议，但随即想起谢安南这可是在给自己开小灶，她请他吃个夜宵无可厚非。

两个人还是选择了吃牛肉面，谢安南在等拉面上来的期间，打开电脑给顾声声讲解。他的语速有点快，顾声声听得一头雾水。他见她不懂，就放慢速度再讲一遍，顾声声仍旧没听懂……

她有些焦灼，这要是在高三的补习课上，老师就该把她拉出去痛打三百大板了！

她小心翼翼地看着谢安南，恰好面上来了，谢安南将电脑收起来，很自然地拍了拍顾声声的手："没关系，慢慢来。"

顾声声愣了愣，最近谢安南似乎经常对她说这句话，每一次都让她动容。

她吸溜着面，觉得这恩情无以为报，难道像老太太说的，她只能以身相许了？

第九章:

光天化日下，她竟然被逼婚了

【1】

吃完夜宵已经是深夜，顾声声和谢安南并肩走到车边，她习惯性地向谢安南伸出手：“钥匙给我。”

她想要送他回家。

顾声声觉得自己很奇怪，为什么又能这样自然地和谢安南相处了？

当时他告白的时候，她明明哭得死去活来活像他对她做了什么丧尽天良的事情。

谢安南却没有将车钥匙给她：“从今天开始，换我送你回家。”

他走到副驾驶座前，拉开了车门。

顾声声走到车门前，回头看了一眼谢安南，夜色如水，四周寂静无声，她的胸腔里却轰隆隆地响动，她的声音小小的：“谢谢你。”

谢安南挑了挑眉毛，将她耳朵上的红晕尽收眼底。原来古人说的欲速则不达是有一定的道理的，慢慢来的时候，反而收到了奇效。

两个人心思各异，虽然一路沉默，但空气里却有甜味散发开来，让顾声声觉得，和谢安南在一起，其实……很好。

顾声声在 SQ 的最后十天过得有滋有味，很充实，她觉得世界很美好，生活充满了挑战和激情。

就在她离职前的最后一天，她完美地完成了工作任务，让组员们刮目相看。

谢安南却默不作声，不褒不贬，只是默默看着顾声声，嘴角却忍不住上扬。

完成了任务的这一天，顾声声不用再去开小灶，恰好苏幕打电话来，约她一起吃饭。

顾声声去找谢安南，战战兢兢地告诉他她今晚有约。

她做好了谢安南会皱着眉头发脾气的准备，谁知道他只是点点头：“晚上也不用补课了，你去吧，玩得开心点。”

谢安南这么开明大方，没有拍桌子瞪眼睛，让顾声声有些蒙，还有些……失落。

等顾声声走出他的办公室，谢安南才咬着牙抬起头来，谁让他还处在战斗时期，进展这么顺利，不能吓坏她，要忍！一定要忍！

顾声声不知道谢安南心里的纠结，带着一肚子想说的话去见苏幕。

但她一句话还没说，苏幕就先说出了一个惊爆的消息：“声声，我开了个健身房，你不是明天就离开 SQ 了吗？过来帮我吧。”

“你？”顾声声难以置信，“开了个健身房？”

这个消息听起来跟林棠去参加选美一样不科学，但健身房通常会有很多身材姣好的美女进进出出，这个倒是很符合苏幕的性格。

苏幕黑着脸：“喂喂喂，你那是什么表情？不然你以为我这段时间忙什么去了？”

顾声声知道苏幕是个有钱的富二代，只要他肯回港海，随随便便就能当个 CEO 什么的，但他却选择来景川折腾，他知道他想自己创造一番事业，也因为她在这里。

顾声声十分感动，然后拒绝了他。

这几天和谢安南一起工作之后，她还是想继续做这一行。

苏幕无所谓地耸耸肩：“我猜到你会拒绝。怎么样？最近那个谢安南有没有趁火打劫欺负你？”

顾声声犹豫了片刻，还是决定告诉苏幕：“他跟我求婚了。”

苏幕正在喝水，闻言将口里的水喷出了一半，剩下的一半呛着了自己，忍不住咳嗽起来。

苏幕的脸几乎和他面前的黑松露一样黑：“顾声声！你没答应吧？”

顾声声老实地摇了摇头。

苏幕松了一口气，又严肃地看向顾声声：“顾声声，你不可以答应他，这个人不适合你。”

顾声声没想到苏幕反对得那么坚决，她在桌子下对着手指：“可是苏幕，我想谈恋爱了。”

这是她这么多天来第一次正视自己的感情，她也很想像爷爷奶奶那样，在世时相互扶持，死后在一起做一棵树。

她记得爷爷过世的时候，她哭得特别伤心，奶奶却没有哭，奶奶说：“奶奶终有一天会去陪你爷爷的，所以也不需要难过，只要再等几年，我们就又可以在一起。”

奶奶对自己的爱情这样坚定，让年幼的顾声声动容。

顾声声也想有一个人，可以陪她到老到死，如果没那么幸运，她也会像徐老太太那样，一生等一人。毕竟她这样慢的一个人，一生也只够爱一个人。

苏幕看着她，眼里有浮动的情绪："你说你想谈恋爱了？想结婚？生儿育女？"

她点点头，她从来没有宏图大志，她的世界很小，她想要过普通平淡的生活，这样就够了啊。

苏幕沉默了。

他没有告诉顾声声，他在背后调查了谢安南。如他所料，谢安南是一个相当功利的人，和他在一起过的女人，都是对他的学业或者事业有帮助的人。等到对方失去利用价值的时候，两个人就自然而然分开。

苏幕也对感情不上心，有的是漂亮女人能让他一时心动，但却没有一个人让他想要和她过一生。所以推己及人，他不相信谢安南对顾声声是真心的，他不相信谢安南能给顾声声一份纯粹的感情。

顾声声的单纯和她性格有关，也因为这些年来，懂得她的好的人都在有意无意地保护她，如他、如林棠。她是他眼里珍贵的水晶球，所以他不能让谢安南伤害她。

顾声声看着苏幕出神，撇了撇嘴："我其实也不知道自己是不是真的喜欢谢安南，喜欢到要和他过一辈子的地步。"

苏幕伸出手握住顾声声的手："声声，不要急，好的男人能经得住时间的考验，你就等着看他能不能熬得住。"

顾声声觉得苏幕说得很有道理。

她开心地吃了一口冰激凌，却没注意到苏幕眼里闪过一抹决绝：他查出了点东西，这一点关于谢安南的资料，也足够他做出决定，他绝对不能让顾声声和谢安南在一起。

顾声声在SQ的最后一天过得很悠闲，Coco和Eva都很舍不得她，一心想给她办个欢送会，但却碍于要加班不能实现。

顾声声终于按时下班了，在她离职的这一天，经理也答应她，会尽快对她的提案给个答复。

苏幕来接她，她在SQ快一年了，也没有多少东西，苏幕将东西放进后备厢，就看到有个黑色身影急匆匆地跑出了公司的大门。

谢安南是忽然记起顾声声今天离职的，他去十九楼找她的时候她已经走了，想着一路追下来，看看还能不能遇到她。

顾声声回头看见谢安南大步走过来，惊喜得眼睛都亮了，这个公司，除了Coco和Eva，她最舍不得的，其实是他。

苏幕却将顾声声拦在身后："你先上车，我有话和他说。"

顾声声狐疑地看着他："你们两个有什么好聊的？"

苏幕嬉皮笑脸的："怕什么，放心吧，我不会打他的。"

顾声声抱着怀疑的态度上了车，趴在车窗上看他们。

谢安南皱着眉头直视苏幕："你有话要说？"

"你找人调查过我了吧？"苏幕笑得无所畏惧，"如果你知道苏家在港海是做酒店起家的，那你自然也查出来，为什么我会和顾声声一起长大？"

谢安南挑了挑眉，他是查出来了，他喜欢知己知彼，不论是工作上的竞争对手，还是情敌。苏家是酒店业大亨，苏幕的背景的确不一般，他也查出来为什么看起来八竿子打不着的顾声声会和苏家的长孙一起长大。

一查之下，真相连根拔出，他查出那个给他做过黑暗料理的顾太太，其实是苏幕母亲从小一起长大的好友，而她从前的身份也不是什么旅舍的老板娘，而是港海周家的掌上明珠。

顾太太姓周，叫周婧，家里是做房地产生意的，和苏家是世交。因为恋上一无所有的小教师，和家里闹翻，长时间不来往。苏幕母亲去世之后，她心疼故友的儿子，便接了过来，送去和顾声声做伴。

苏幕看着他："所以你知道了声声的背后是偌大一个周家，怎么？很心动吧？"

谢安南皱眉："你误会了，我喜欢的是顾声声，和她背后的家族没有任何关系。"

苏幕嗤笑，鬼才信！

"苏周两家世代交好，声声外公一直想把她嫁给苏家，这几年老人家的意愿是越来越强烈了。谢安南，声声是我在这世界上最重要的人，我不会让她受任何伤害。所以只要声声愿意，我可以娶她，为她收心，一心一意地做个好丈夫。"

对手很强大，可是谢安南毫不畏惧："声声告诉我，她从小到大，不过是将你当朋友。"

但苏慕却反将一军："那你应该也知道，许多白头偕老的人，都是从好朋友开始的。"

谢安南逼视着苏幕，他知道苏幕是认真的，苏幕会为了顾声声做任何事，就像顾声声也会为了他不顾一切一样。经历过大风大浪的谢安南，第一次感觉事情不在自己的控制范围。

两个男人正面交锋，眼神里都是刀光剑影，就连远远坐在车里的顾声声都察觉到火药味。

她坐不住了，打开车门就要溜下来。

苏幕眼角余光瞥到不安分的顾声声，忧愁地皱了皱眉毛，不再理会谢安南，大步走过去，把顾声声抓回去。

"声声啊，你下来做什么？女孩子要矜持，矜持啊懂不懂？"

顾声声瞪着眼睛，一副不相信他的样子，她再不下来，他们就要打起来了吧？

苏幕将她往车里塞，又绕去驾驶室，还不忘俯身给顾声声系好安全带："我跟你说过了吧？能经得住时间考验的，才有资格和你白头偕老。”

谢安南没有跟上去，他看着苏幕对顾声声关怀备至，他喜欢的女孩子在别人身边，似乎也是美好的样子。

顾声声听着苏幕的话，胡乱地点着头，眼睛却不由自主地瞟向窗外。谢安南就站在那里，风吹动着他的衣角，不知为什么顾声声突然觉得他很孤独。

车子开走的时候，她才想起，原来，她忘记和他告别了。

【2】

顾声声离职的时候离春节不远了，苏幕吵着要回港海过年，顾先生和顾太太也频频打电话来询问何时回家，就连她一年难得见一次的外公，也来催促她回家过年。

她只好拖着自己的小皮箱，屁颠屁颠地跟着苏幕回港海。

顾声声回港海，最开心的要数顾先生了，太好了，曙光终于来临，他终于可以不用吃老婆的黑暗料理了。顾太太等来了顾声声和苏幕，却还一个劲地往外头望。

顾声声莫名其妙：“妈，你看什么呢？”

顾太太沉着一张脸“阿南没跟着回来啊？上次不是说他家在国外，这大过年的一个人多冷清啊！”

听顾太太提起谢安南，她立刻红了一张脸，嗫嚅着说不上话来，又想起谢安南在国内确实没有亲戚和朋友，冷冷清清怪可怜的。

但一旁的苏幕很快打断了她的思绪，他平地一声吼：“顾声声！你居然带他回过家！”

顾声声被他吓了一跳，不一会儿就见他哭哭唧唧地抱着顾太太的手撒娇：“干妈，你不是说你最喜欢我吗？你不是说让我当你家女婿的吗？你不能见异思迁始乱终弃啊？”

顾太太早已经对苏幕的撒娇大法无动于衷，木着一张脸，把一米八个头的苏幕拖着往里走。

苏幕还在哀号："干妈！你不疼我了！"

顾声声看着看着就笑出来了，回头看了看院子角落的两棵玉兰树，忍不住想，如果以后她死了，是不是也能和谢安南一起站成一棵树？

刚想到这儿，她自己就先红了脸。咳咳，要矜持！

顾声声回到港海很快就忙起来，临近新年，很多游人都选择来港海过年，旅舍天天爆满，顾声声帮忙打扫、做饭，得空的时候跟着顾先生一起出去买年货。

除夕的时候按照惯例是要去外公家的，顾太太和外公之间属于一见面就吵翻天的类型，外公不喜欢顾先生，倒是挺喜欢顾声声的，因此每年都是顾声声做代表，去看望外公。

苏家和周家世代交好，每年都热热闹闹一起过年。顾声声是由苏幕护送去外公家的，外公家在半山腰，自带豪华花园，顾声声从小就知道自己外公特别有钱，但也并没有什么与有荣焉的感觉，因为顾太太不准她收外公一毛钱，所以顾声声本人还是很穷的。

港海不下雪，但是风很大，苏幕见顾声声冷得瑟瑟发抖，干脆把她捞过来搂在怀里。

大人们看见两个人男才女貌的，都忍不住默契地笑起来。

当年苏家就发现苏幕对顾声声言听计从，大人们让他吃药，他能翻了天，孙猴子一样大闹天宫，连苏老太爷的古董花瓶都敢砸，但只要把顾声声叫来，喝药那就是分分钟的事情。苏幕在顾声声面前就跟绵羊一样温顺，让苏家恨不得把顾声声要过来天天揣苏幕怀里。

除夕的团圆饭照例要拿两个人开玩笑。

"我说声声啊，你到底什么时候从了我们家小幕？我们一人说一百句，都不顶你一句管用。"说话的是苏幕的伯母。

"年纪也差不多了，两个人也都单着，这不苏幕毕业回国，是时候考虑一下终身大事了。”

顾声声淡定从容地微笑着，什么叫年纪差不多了，这句话她从小学起就开始听了，不得不说，大人们真的是好有恒心哪！

每一年都是大人们闹，苏幕和顾声声保持沉默，假装自己什么都没听到。

但今年似乎有些不一样，在苏爸爸问苏幕到底什么时候回来继承家业的时候，他突然开口回答：“先成家后立业你懂不懂？还没成家立什么业呢？”

苏爸爸得到回应了，差点儿激动得老泪纵横：“那……那你想什么时候成家啊？”

苏幕笑意吟吟地看着顾声声：“声声什么时候愿意嫁给我了，就什么时候成家呗。”

此话一出，饭桌上几乎要炸起来。连顾声声沉默寡言的外公都笑起来：“好你个苏幕啊，你总算是开窍了！”

顾声声在饭桌底下掐苏幕的大腿，岂有此理，为了逃避不回来继承家业，居然拿她当挡箭牌，不能忍不能忍，掐死他。

苏幕被掐得面目扭曲红了眼眶，还要跟顾声声嬉皮笑脸：“声声，你能轻点吗？你想谋杀亲夫啊？”

顾声声一声冷笑，把另一只手也伸了过去。

一顿饭下来，苏幕吃得两股战战。

顾声声照例是不留下来过夜的，一群大人没有像往常那样留她，而是欢送他们到门口，让苏幕赶紧带着顾声声小两口去浪漫。

顾声声强颜欢笑，又不能拆穿他。

苏幕送顾声声回家的时候，她终于有机会兴师问罪，苏幕却不以为意：“嫁给我不好吗？我这么英俊潇洒风流倜傥，还穷得只剩下钱了，而且我是世界上唯一不会欺负你只会任你欺负的人。”

这话虽然很有道理，但顾声声在苏幕面前从来不讲道理。

她举起花拳绣腿威胁他："再乱说我揍你。"

"哟！"苏幕假装害怕地抱住头，"大人饶命。"

车子已经停在了顾家门口，两个人在车里打打闹闹，苏幕忽然抓住顾声声的手说："别回家了，我带你去一个地方。"

"去哪里？"她问着，却将头偏过去，看向远处一个无人的角落。

奇怪，为什么觉得有人在看她？

苏幕捏着她的鼻子将她的头扭过来："去了你就知道了。"

苏幕把顾声声带去了海边。

海边停着一艘快艇，苏幕拉着顾声声上了快艇，不远处的海面上漂着一艘白色的船。

苏幕扶着顾声声上了船，她有些诧异："苏幕，你居然还有船？！"

"跟老外学的。"苏幕笑着，"在国外他们有时候会开船出海，我跟着去了几次，觉得挺好玩的。"

船上还没开灯，抬头可以看到天上的星星，顾声声向来喜爱大自然，忍不住开心地笑了起来。

苏幕按了一下开关，船上亮了起来，挂满了暖黄色的呼吸灯，还有粉红色、白色、紫色的气球从几个大箱子里冒出来，缓缓飘向半空。

顾声声惊叹不已，苏幕笑着从船舱里搬出一箱烟花，放在甲板上点燃，烟花"咻"的一声飞向半空，绽放出五颜六色的花朵。

顾声声第一次在海上放烟花，快乐得忘乎所以："苏幕！"

苏幕突然从背后走近她，伸长了手，在她的脖子上戴上一条项链，她不喜欢奢华，所以他买的是水晶项链。

"顾声声，新年快乐。"

今天晚上的惊喜一波接一波，顾声声忍不住伸手抱住了苏幕。

苏幕抱住笑颜如花的顾声声，也很开心，世界上也只有她能够让他这样费尽心思地哄。

他不能让她受伤害，所以如果世界上没有任何一个男人能够让他放心，他就自己来。他可以为了她收心，他也可以为了她做一个勤奋上进的好丈夫。

顾声声的除夕夜有星光和海洋，有烟花和礼物，她本是很开心的，但不知为什么，她在那一夜却梦见了谢安南，梦见他大年夜还在办公室里加班，冷冷清清的一个人，连饭都没有吃。

她猛地醒过来，觉得胸腔里不知怎的有点疼。

过年向来是走亲访友的日子，顾声声和顾太太跟着顾先生一起回了趟爷爷奶奶生活的小镇，拜访了许多老一辈的亲戚。

顾声声站在从小长大的老房子里，奶奶喜欢的藤椅还放在厅里，顾声声搬了一张小板凳，在藤椅边坐下，趴在上面，像她小时候经常趴在奶奶腿上那样。

“奶奶，爷爷不在的时候，你是不是也这样想他？想得饭也吃不好，觉也睡不好，就是觉得不踏实，想到他身边去，给他熬碗汤煮顿饭。奶奶，原来爱上一个人是这个样子的吗？不知不觉地爱上，等反应过来的时候措手不及。”

她笑了起来：“那天他偷偷亲我，我其实不讨厌的，只是吓到了。他说要娶我，他把什么都交给我，要给我当聘礼，可是那个时候我不知道我爱他。”

可是现在她好像知道了，因为想念，连梦里能见到都觉得庆幸。她从来没这样想念过一个人，林棠不在的时候，她会大大方方打电话；苏幕在国外念书，她也不曾这样怅然若失，心里一阵欢喜一阵惆怅。

奶奶没有回答她的问题，因为奶奶不在了。顾声声想：没关系，那她就自己去找答案好了。

【3】

顾声声在大年初六那天回了景川，她带着大包小包的特产，虽然心里挂念着谢安南，但还是想先去看看老太太。

老太太也是一个人过年，虽然她嘴里说着习惯了，但顾声声知道，她还是会在这种家家喜庆的节日里觉得冷清。

顾声声去老宅的时候，第一眼就看见大门口挂着的红灯笼，仔细一看院子里前前后后挂了十几对，对联也换了新的。

顾声声走进院子，就看见院子里放了一个烧烤炉，她日夜牵挂的人正站在烧烤炉前，保持一臂距离，异常严肃地戳着炉子上面几根可怜兮兮的香肠，老太太坐在一边指挥大局："哎哟，煳了啊，快翻面……哎，声声！你怎么回来了？"

老太太看见她开心得不得了，站起来就去拉她，谢安南却愣在原地，也忘记给那可怜的香肠翻面，结结实实烤煳了。

顾声声被老太太拉着坐下："声声啊，你怎么这么快就回来了呀？"

她急着回来的缘由就杵在那儿，让她支支吾吾说不出话来。老太太何等眼色，一下子就明白过来："小谢大年初一晚上就来陪我吃饭了。这几天都是他来陪我，他说你一定放心不下我一个人，所以他替你来了。"

"喏。"老太太努努嘴，"还给我挂了红灯笼，买了个烤炉说要请我吃烧烤，但老太太我至今就没吃过一串不煳的。"

她认识的谢安南高高在上，何时做过这样的事情？她干脆站起来接过他手上的叉子："我来吧。"

有顾声声在，吃这方面绝对不成问题，更何况谢安南那个购物狂，每次买东西都买一堆，光是香肠就能吃一个月。

她刷油刷酱，肉排、鸡翅、香肠、茄子，铺满了烤炉。

折腾了大半天没吃上一块肉的老太太和谢安南像小学生一样乖乖坐在一边，仰望着大厨顾声声化腐朽为神奇。

很快桌上摆满了肉，趁着他们吃肉，顾声声又在谢安南买的那堆食材里挑了一只鸡，去厨房熬鸡汤。

到了厨房，她才发现老太太那台破旧的冰箱也换新的了，不用问也知道是谢安南买的。她家首席，购物的执念可真够深的。

谢安南来的时候，发现老太太过节也不似平常人家大鱼大肉，总是一碗白粥加青菜豆腐。他看不下去，干脆以蹭吃蹭喝为借口，叫了外卖和老太太一起吃，一边吃着，一边一致嫌弃外头的饭菜太咸、太辣、太多味精，通通不如顾声声做得好吃。

吃了五天之后，谢安南干脆买了一个烧烤炉，打算自己动手丰衣足食，谁知道烧烤也是门技术活，动不动就烤煳了，可是顾声声烤的完全不一样，外焦里嫩，谢安南和老太太对视一眼，都觉得心满意足。

只有顾声声做的菜才是最好吃的！

顾声声熬了汤，喂饱了老太太和谢安南，才把特产交给老太太，告诉她这个怎么做好吃，那个拿去熬汤对身体好。

老太太瞥了一眼被冷落一旁的谢安南，笑眯眯的："好了好了，我老太太该去休息消食了，你们两个年轻的聊。"

顾声声明明很想念谢安南，可到了近前，又觉得无话可说。

倒是谢安南先开口："新年过得好吗？"

顾声声老实地点点头，除了想念某人想得坐立不安，其他都挺好的。

谢安南招她到身边坐下，指着一盘烤肉："刚才光给我们烤了，你自己一点也没吃。"

谢安南不说还好，一说她觉得自己饿坏了，她接过烤肉，一边吃一边悄悄瞅他："谢谢你这几天都来陪婆婆。"

谢安南第一次过农历新年，没想到新年里几乎没人工作，他第一次无事可做，就来看望老太太。

他其实在除夕那天突发奇想去了港海，他在旅舍前等，等到了苏幕和顾声声。他看着他们在车里打闹，后来又鬼使神差地跟去海边，离得太远，他只看得到满船的光亮，还有冲上半空绽放的烟火。

他一生中第一次生出怯懦，他对感情向来是顺势而为，他大概不会像苏幕那样，为顾声声准备那么绚丽的烟花。

后来他独自走了，没有打扰他们。

回到景川之后，他就来看老太太，老太太每次都会说起顾声声，谢安南发现自己很乐意听，一点都不会不耐烦。

他只是没想到顾声声会回来得这么早。

顾声声其实只是回来看看他，她隔天又要回去的，不然这么不沾家，又得被顾先生训。

但她不忍心说出来，就这样安安静静地和谢安南坐在院子里，满院的红灯笼，原来不比除夕夜的烟花逊色多少。

她看着灯笼，低头的时候，却看见谢安南盯着两人的影子，原本分离的影子越靠越近，越靠越近。

顾声声心里一动，不知不觉也靠了过去，直到两个影子几乎要重合在一起。

她抬起头，就看见谢安南看着她。

他离得极近，几乎连呼吸都扑在了她脸上，顾声声顿住了，不敢动弹。这个场景太过熟悉，顾声声以为，他下一刻，就要吻上来。

他的手抚上顾声声的脸颊，却没有停留太久，想象中的吻也没有如期而至。

但顾声声紧张得闭上眼睛的那一刻，却听到谢安南说："顾声声，我很想你。"

顾声声那天晚上一个人住在公寓里，终于睡了新年来最安稳的一觉。她想，原来恋爱可以让人这么牵肠挂肚又这么甜蜜，这一趟回来让她更加笃定，她是喜欢谢安南的。

顾声声偷偷摸摸回港海的那一天没有通知任何人，但一下飞机，就看到苏幕抱着一大束红玫瑰站在那儿等她，格外扎眼。

他大步朝她走过来："舍得回来了？没良心的！抛下我就这么跑掉了，要不是我给你打掩护，你现在回家起码断一条腿。"

顾声声被吓得魂不附体，大过年的，顾先生不至于要打断腿这么凶残吧？

顾声声不知道苏幕是怎么知道她去了景川的，他没有把她送回家，而是直接把她带到了风镇。

风镇是顾声声的故乡，也是和苏幕从小一起长大的地方。现在经济发展了，山林被开发，已经没有那么多自然风景了，只有那一条他们小时候一起抓虾的小溪还在。

苏幕带着她沿着溪边散步："我和阿姨说，我想来这里看一看，把你借过来几天，做戏要做全套嘛。"

顾声声很喜欢这里，再来一次也不觉得烦，干脆在溪边找了块大石头坐下，她刚看完谢安南回来，满心的欢喜，看什么都觉得顺眼。

苏幕在一旁看着她，突然开口："顾声声，你还记不记得我们小时候的样子？"

顾声声故作嫌弃地看了他一眼："当然记得啊。"

那个时候苏幕的母亲刚过世，他不肯说话，被诊断为自闭症。顾太太见不得他天天被抱去看医生，一怒之下把人抱走了，塞到了乡下给顾奶奶照顾。

顾奶奶喜欢小孩，而且苏幕长得白白嫩嫩的可爱极了，老人家想都没想就把他留下。奶奶嘱咐顾声声，没事多和苏幕说说话。

顾声声向来最听话了，于是她一有时间就跟苏幕说话，什么都说，包括邻居家阿姨的大猫生了几只小猫，分别有哪几种颜色，包括她刚摘的花有多少片花瓣，汁液浓稠程度如何。

苏幕震惊于顾声声的执着，连心理医生都没她这么能说。可是她说再多，他也不觉得厌烦。

而且她对他向来大度，有什么好吃的，都是第一个给他，即便是那个时候奶奶不让买的冰激凌，难得邻居给她买了一个，她也要屁颠屁颠送来给苏幕。

后来苏幕吃干抹净了，她一口都没吃到。

苏幕从很小的时候就知道，顾声声是世界上最好的人，也是世界上最重要的人。

苏家来找过苏幕，要带他回去，但他死活不肯，哭得死去活来。苏家将他强硬带回去了，对着顾声声会说会笑的小男孩，又开始不发一言。

苏家没办法，又不能把顾声声拐过来，只能又把他送去了顾奶奶那儿。

后来他慢慢长大，却从没有过什么非分之想，顾声声对他来说，是高于爱情和亲情的存在。

他珍惜她胜过一切，所以他什么都可以给她，她想谈恋爱，他就给她浪漫；她想成家，他就娶她，做个好丈夫。即便这不是爱情，可是有什么关系呢？爱情算什么？顾声声比爱情重要多了。

两个人回忆当时年少，可以说一上午，最后他终于开了口：“声声，我爷爷和你外公都想我们在一起，你怎么看？”

顾声声不作他想：“凉拌！”

他们从来有默契，大人们喜欢 YY 是大人们的事情，可他们是一辈子的好朋友啊，结婚和他们半毛钱关系都没有。

可是这次苏幕却说：“我觉得可以！既然老人家这么盛意拳拳，不如我们就顺了他们的意吧。”

【4】

苏幕在风景优美的小溪边被顾声声揍了一顿，当然，是花拳绣腿雷声大雨点小的一顿揍。

回程的路上，苏幕一脸委屈：“我这么优秀这么帅，你不赶紧扑倒我居然还打我，顾声声你太让我伤心了！”

顾声声闭目养神权当蚊子叫。

苏幕把她送到顾家旅舍前，顾声声正准备下车，苏幕却俯身过去，拉住了她："声声，我是你最好的选择。"

他不会辜负她，他会一生对她好，他知道自己无须任何保证，他笃定自己可以做到。他不想这么快表白的，可是在他发现顾声声居然偷偷跑回景川见谢安南的时候，他知道如果自己再不行动就来不及了。

谢安南只会让她伤心，而他能保护她，他可以保护她一辈子。

顾声声以为他还没闹够，举起手作势要打他，却没想到他不闪不避，顾声声的手就落不下去了。

"声声，我是认真的。"说完，他放开了手。

顾声声一脸状况外地下了车，看着苏幕扬长而去。

她在原地站了很久，也没想明白苏幕到底是怎么了，只好一头雾水地进屋去。

谁知道刚踏进大厅，就见顾先生和顾太太两个人严阵以待："顾声声！你摊上大事了！"

顾太太指了指她身后一堆堆贴了大红喜字的东西，沉痛地通知顾声声："苏家派人来下聘了！"

顾声声目瞪口呆："下聘？！"

顾太太再次沉痛地点点头："而你爹居然毫不手软地收下了！"

顾先生无辜地往里头缩，来人是苏幕的父亲，太热情了，他根本招架不住，还没看清楚送来的是什么，那些东西就已经堆在了家里头。

知道真相的顾太太大发雷霆，他才发现，自己把女儿卖了。

在古代，下了聘那就算板上钉钉的定亲了啊，所以苏幕就这么摇身一变，成了她未婚夫了？！

顾声声眼前一黑，差点儿没晕过去。

顾声声在床上躺到了半夜，还是没想明白，这世界究竟怎么了？怎么她认为的好朋友都抢着要娶她，这是闹哪样？！

天还未亮的时候，顾太太冲进了她的房间，开始往她的小皮箱里扔衣服：“女儿啊，我看苏家来势汹汹，他们觊觎你这么多年，这次我们收下了聘礼，苏家肯定不会轻易罢休的，你还是出去避避风头好了。”

……

顾声声无语，苏家又不是豺狼虎豹。

但顾太太很坚决：“走吧，走吧，人总要学着自己长大。你放心，家里的事，有你妈顶着。”

顾声声还是觉得这事不妥，她又没杀人放火，干吗要跑？有什么事，大家坐下来面对面说清楚就好了呀。

顾太太明显受电视剧毒害极深，觉得逃婚是一件轰轰烈烈的事情，女人一辈子不逃一次婚简直对不起自己：“想当年，如果我不逃婚嫁给你爸，哪里来的你？！”

顾声声忍不住纠正她：“妈，你和我爸，那是私奔！你又没有婚约在身……”

“我不管！”顾太太柳眉倒竖，“趁着天没亮，我赶紧把你送机场去。”

于是拗不过顾太太的顾声声被迫鬼鬼祟祟地离开了家。

顾太太给她留了一张银行卡，在机场洒泪拥别，然后就走了。顾声声独自在机场徘徊，不知道要去哪里，她脑子里突然闪过一棵银杏树和一座香火旺盛的寺庙。

就去那儿吧！

谢安南打来电话的时候，已经是顾声声离家的第二天。

这两天里她遵守顾太太的嘱咐，谁的电话都不要接，谁知道一开机，就看到谢安南的电话打了进来，她犹豫了一会儿，还是接了。

“你在哪里？”不知道为什么，电话那头的人听起来很上火的样子。

谢安南不上火都难，那天她突然回景川，让他开心了一夜，谁知道隔天他再去老太太家，就找不到人了，公寓也没人。他想了想，干脆追到了港海，然而顾太太却哭哭唧唧地告诉他："我们声声逃婚去了，我们也不知道她去了哪里。唉，这个孩子，怎么就这么不懂事呢？"

逃婚？逃婚！

谢安南坐不住了，不间断地打她的电话，打了半天，终于打通了。

这头的顾声声泪流满面，顾太太是她生母吗？明明是顾太太让她走的啊，不带这么坑娃的啊！

谢安南未得到回答，又问了一遍："你现在究竟在哪里？"

"我……"顾声声不知道为什么还没答话脸就先红了，"我在西城……"

那个你跟我告白的西城。

谢安南在电话那头沉默了一会儿，才说："你在那儿等着，不要乱跑，我来找你。"

谢安南出现的时候已经是晚上，他风尘仆仆的样子，让顾声声觉得，这真的有点像私奔了。

他见不到她的时候明明那样生气，恨不得把人吊起来打一顿才好，但见到她站在他面前傻笑，他就顿时没了脾气。

算了，跟顾声声哪里能用一般人的标准去衡量。

顾声声不知道要在西城躲多久，干脆在一个客栈租了间月租房。谢安南来得很不巧，西城那天迎来了几个旅游团，客栈一下子都住满了，他无处可去，顾声声也不知道哪里来的勇气，开口道："要不，你……你就在我房间里打个地铺吧。"

谢安南挑了挑眉毛，一点客气客气的意思都没有："好啊！"

顾声声住的客栈在河边，坐在阳台可以看见月光照在河面上，河岸边有改成餐厅的大船，也有一些载旅客游河的小舟。

顾声声很喜欢这里，来了几天都看不厌。

谢安南坐在旁边，也觉得顾声声怎么看都看不厌，她身上穿了套白色薄衫，有点像汉服，趴在铺满竹子装饰的阳台上，外面的月光衬着，倒真有几分古代女子的感觉。

谢安南不想打破这种氛围，谁知道好奇心还是打败了他，他开口问："你是什么时候有了婚约？为什么我从来没听你提起过？"

顾声声很尴尬地看了一眼谢安南，要怎么告诉他，是她家顾先生不小心收了人家的聘礼，然后自己被戏精顾太太给赶出来的。

最后，她决定还是言简意赅地回答："呃，就几天前定下的。"

谢安南嘴角一抽："谁是你未婚夫？苏幕？"

顾声声刚弱弱地点了点头，就听谢安南问："那你为什么逃婚？你应该很开心才对，你不是很喜欢苏幕吗？"

顾声声有些焦灼了："我是很喜欢苏幕，可是，不是爱情那种喜欢。"

谢安南看着她的眼睛："你知道爱情是什么样的吗？"

顾声声眨巴着眼睛，她好像是知道的，可是她要怎么告诉他呢？

谢安南靠近了些，循循善诱："那你对我的喜欢，现在有爱情的成分了吗？"

他的眼里映着月光，亮得不像话，顾声声被那光照得心慌气短，忍不住想逃，她猛地站起来："太晚了，我先睡了，你也早点休息吧。"

她飞快地钻进被窝里，用力闭上眼睛平复自己过快的心跳，却听到阳台上的人，发出了一声若有似无的叹息。

第十章:

有她在的世界里，总有光

1

顾声声不知道自己是什么时候睡着的，醒来的时候，谢安南已经不在了。

她梳洗后刚下楼，就看到谢安南站在前台，和他对面的美女相谈甚欢。

他转身看到顾声声下楼，淡淡地打了声招呼：“醒了？”

那美女也看了顾声声一眼，对着谢安南笑了笑：“记着你还欠我一顿饭哦。”

说罢，她就越过谢安南走出去了。

顾声声因为他那句毫无波澜的话莫名有些失落，看到他对着别的女人言笑晏晏的样子，她心里的失落又莫名烧成了一小簇怒火。

“你们刚才在聊什么？！”顾声声心里藏不住事，心里生着气，说话的语气自然就冲了一些。

谢安南诧异地挑了挑眉毛，但还是耐心地解释：“她的朋友退了一间房，本来有人要订，我说服她让给了我。”

顾声声“哦”了一声，美女和美女朋友的房间，一定是相邻的吧？一想到谢安南今晚要睡美女隔壁的房间，她怎么就这么不舒服呢？

谢安南没理会她别扭的表情：“走吧，上次来匆匆忙忙就走了，这次我们可以好好看看。”

西城虽然不大，但很适合慢慢逛，看看水，看看建筑，都是好的。

谢安南边走边买东西，一路给顾声声买了一堆吃的，她被食物治愈，本来已经将早上见到的那美女抛在脑后了，谁知道在乘竹筏游河的时候，又遇到了那美女。

美女笑眯眯地看着谢安南：“这可巧了，又遇到你。”

谢安南礼貌地点点头：“真巧。”

巧你个头！顾声声恨恨地咬了一口手里的云片糕。

美女说：“你们也是乘竹筏游河的吧？我问了价格，一个人和几个人的价格是一样的，我一个人坐太不划算，要不我们一起吧，费用平摊？”

谢安南笑了笑：“那就一起吧，平摊什么的就算了，当我报答你让房之恩。”

美女笑着给了谢安南一个飞吻：“你可真是好人。”

顾声声在一旁看得怒火中烧，差点没把自己的手指也当云片糕咬了。

三个人上了竹筏，美女欣赏的却不是风景，而是谢安南。

“你们两个……看起来不像是情侣啊，手都不牵一下？是兄妹吧？”

顾声声看向谢安南，谢安南却没回答，只是笑了笑。

竹筏的边沿向来容易漫水，美女便向谢安南身边靠了靠，近得都快挨在一起了：“哎哟，我的鞋子都湿了，这竹筏还是蛮危险的，掉下去就糟了，我不会游泳。”

撑竹筏的师傅笑着打趣：“美女，你好好站着不要扭来扭去，掉不了的。”

美女脸上白了白，却不好发作。顾声声忍不住，撇开脸笑出了声。

游河的终点恰好是他们上次去过的寺庙，顾声声一下子又兴奋起来。

然而美女的声音很快驱散了顾声声的兴奋：“我正好要求一支姻缘签，我总觉得，我这一次旅行会有艳遇。”

竹筏到了终点，顾声声气呼呼地率先踩着台阶就上去了。

她站在岸上回头看，美女还攀着谢安南的手：“这摇得太厉害了。”

谢安南说：“我先上去在上面接你吧。”

说着，他踩上了台阶，又回过头伸出了手，美女开心地拉着他的手，一步就跨了上去，两个人挤在两阶台阶上，看起来就像是抱在了一起。

顾声声也不知道哪里来的火气，火山爆发般吼了一句：“谢安南！”

谢安南被这平地一声吼惊吓到，瞬间松开了手，他一撒手，一直赖着他的美女顿时失去了重心，尖叫着往后倒，直接掉进了河里。

水挺深的，美女也的确不会游泳，在水里挣扎着尖叫，狼狈极了。谢安南想也没想，一下就扎进了水里。

好在是在岸边落的水，水流也不急，人一下子就捞起来了。

美女躺在岸上，一会喊“冷”，一会喊“脚抽筋好痛”。顾声声站在一旁，活像做错事的小孩似的不敢吭声。

美女揪着谢安南的衣服："能不能麻烦你送我回客栈？我好冷。"

谢安南点点头："能走吗？"

美女摇摇头："要麻烦你抱我了。"

谢安南便真的俯身将那美女打横抱起，离开时终于记起顾声声，回头朝她说道："你在这儿等我，不要乱跑！"

顾声声看着谢安南抱着美女，找到了旅游观光坐的电瓶车，两个人坐在车里，一下子就消失在顾声声的视线里。

顾声声在岸边站了很久，最后干脆转过身，独自向寺庙走去。

她不确定谢安南还会不会回来，他其实没那么喜欢她吧，当着她的面和别的女人卿卿我我，那她不在的时候还得了？

顾声声第一次体会这种感觉，只觉得难受极了，五脏六腑都挤在一起，挤得她发疼，可是又毫无办法。

也许他不会回来了，美女在怀，顾声声虽然没谈过恋爱，但也不是没看过言情剧。她也知道孤男寡女干柴烈火会发生什么，谢安南是不是干柴她不知道，可是那个美女，看起来就像是冬天里的一把火！

她越想越远，不一会儿就觉得谢安南应该在这里遇见了真爱，回到景川就要结婚生子，越想越难过。

谢安南找过来的时候，就看见顾声声坐在银杏树下，像个受了极大委屈的孩子。

他在岸边没看见她，差点急坏了，因此一开口语气也急了些："不是让你在原地等我吗？"

顾声声想大声反驳"鬼才知道你什么时候回来"，然而一抬头，就看见谢安南换了衣服，她呆呆地看着他身上的白色毛衣："你……你换了衣服？"

难道……

谢安南有些好笑："大小姐，现在是冬天，落了水不换衣服是要得肺炎的。”

虽然是这个道理没错，但顾声声突然就难过得不能自抑，她一个没忍住，就哭了出来。

谢安南目瞪口呆：“顾声声？！”

顾声声推了他一把：“你走开，你不是好人！”

他刚刚才英勇救人，怎么就不是好人了？谢安南看着她，终于笑了起来：“我只是把她送回去，交给了客栈的老板娘，什么都没有做，只是换了身衣服，就立刻过来找你了。”

顾声声不听：“关我什么事！”

谢安南却笑得更开心：“顾声声，你这种表现，叫作吃醋……”

他平时的确不会做这种事，和陌生女人打情骂俏，也不会让张三李四来打扰他和顾声声。可是早上顾声声下楼时，他恰巧就捕捉到了她的不高兴，他忍不住想试一试，试一试她是不是真的会为他吃醋。

看到顾声声哭成个泪人，他终于可以确定，她是在乎他的，这种在乎，和对苏幕的在乎，不一样。

顾声声看到他志得意满的样子就来气，她狡辩：“我才没有吃醋。”

谢安南无奈，是不是女孩都要等那一句话，他不顾她的花拳绣腿，捧住了她的脸：“那我再问你一次，顾声声，我喜欢你，跟我在一起好不好？”

顾声声愣了半天，等等，事情为什么会这样发展？他们不是在吵架吗？

谢安南笑了：“你反应真慢，以后你不回答，我都当你是答应了。”

说完，他不待顾声声反应，不管不顾地吻了下去。

寺庙的香客来来往往，顾声声站在银杏树下，听着心跳一声高过一声，感觉世界瞬间远去，她的睫毛轻轻颤了颤，慢慢闭上了眼。

【2】

后来顾声声回想起那一天的时光，觉得一切都慢得不可思议，许多细节都可以记得一清二楚，包括谢安南是如何牵着她的手走过老街，他笑的时候阳光落在了哪里，他喊她名字的时候是用什么样的声调。

原来谈恋爱就是这样，每一分每一秒，幸福得让人快晕过去。

后来他们经过一个打银铺，可以DIY饰品，顾声声好奇地张望，谢安南就干脆牵着她的手进去，跟老板买了一个银镯子所需的材料。

他的手虽然已经大好，但顾声声还是很担心："还是不要了，看好你的黄金右手，再伤了我可不负责啊！"

谢安南捏了捏她的鼻子："那我就赖着你一辈子。"

于是那一天两个人在打银铺里耗了一个下午，谢安南竭尽全力，做出了一个似圆似扁，造型奇特的……手镯。

打银铺老板瞄了一眼："呵呵，小伙子很有创造力啊，这手镯很抽象，很后现代啊！"

谢安南抽搐着嘴角把手镯揣进了口袋里。

顾声声忙不迭地跟了上去要抢，谢安南不让："有说是给你打的吗？"

两个人打打闹闹回了客栈，又撞见早上落水的美女，美女看见谢安南就两眼发光，目光却落在了两个人十指紧扣的手上。

"你们？"

谢安南笑了笑："早上还不是情侣，但现在是了。"

说完，他拉着顾声声越过目瞪口呆的美女，径直回了房间。

进了房间顾声声却不让他走了，她别扭地抱着他的手不肯放，却不敢告诉他，她实在不想他睡在那个美女的隔壁，总觉得……嗯，很危险。

谢安南不知道她在想什么，只以为她是舍不得他，于是逗她："你再不放手，我今晚就留下来和你一起睡了。"

顾声声毫不犹豫地回道："你留下来吧。"

反正他昨晚也在这里睡的。

谢安南却笑得意味不明："那我就不打地铺了……"

说完这句，他成功地看着顾声声红着脸放开了手。他家的顾声声，真的好玩极了，吓吓就怕了。

谢安南不打算再逗她，开了门就要走，然而门刚刚拉开，就有人揪住了他的衣服。

他回头，就看见脸红成麻辣小龙虾的顾声声，她揪着他的衣服，又慢慢顺着衣服揪住了他的手："那……那你还是留下来吧。"

她飞快地说完，立刻放开他，跑到小阳台上坐着。

她的影子在月光下孤孤单单的，他忽然就舍不得走了。他走过去，揉乱了她的头发："不走了，我先去洗澡。"

顾声声红着脸看他走进浴室，想起什么似的，抓起他丢在床上的外套，翻出来一个丑兮兮的银手镯，戴在自己手上，尺寸刚刚好。

谢安南洗完澡出来，就看见顾声声坐在床上，捧着自己的手傻乎乎地笑。

他一眼看到她手腕上那个失败品，想要过去抢，谁知道顾声声敏捷得很，一下子把手藏到了背后。

谢安南哄她："这个太丑了，我以后会送你漂亮的。"

顾声声摇摇头："不要，我就要这个，是你亲手打的定情信物。"

"定情信物"四个字让谢安南心里暖起来，他还来不及说什么，顾声声已经抓起换洗的衣服跳起来，跑进了浴室洗澡。

洗完出来的时候，谢安南正在阳台上看月光，顾声声紧张兮兮地钻进被子里。

谢安南听到动静，转身走近。

顾声声感觉床的另一边陷了下去，有人隔着被子轻轻拥住了她，谢安南的鼻息越来越近，他在她额头上印下一个浅浅的吻：“我今天很开心，晚安，顾声声。”

说完，他抵着她的额头躺在了她的身旁，再无别的动作。

顾声声一夜无梦，醒来的时候，谢安南就躺在身边，不知看了她多久。

“原来你睡着的样子是这样的。”

他把她掉下来的头发拨好，顾声声觉得自己都快不认识眼前这个人了，她做梦都没想到，能看到这样毫无戒备温柔缱绻的谢安南。

因为早上第一眼就看见自己喜欢的人，所以顾声声一整天心情都特别好。他们也不打算在西城待下去了，拉着顾声声的小皮箱，买了机票赶回港海。

顾声声有点害怕，她最不想做的事情，就是伤苏幕的心。

但谢安南的态度很坚决，当断则断，既然他们的关系已经确定下来，那就只能快刀斩乱麻，把情敌有多远赶多远。

谢安南带着顾声声回慢慢旅舍时，顾太太活像看见了新大陆：“老顾！你快来看！你女儿逃婚逃出艳遇来了！”

顾声声吓得想把手从谢安南手里抽出来，却被他握得更紧。

顾先生跑出来的时候，就看见女儿望天望地望树，就是不敢看他，而她的手被人紧紧牵着。

“你们……你们在一起了？”

谢安南立刻抢答：“伯父，我和声声昨天一整天，包括昨天晚上，都一直在一起。”

顾声声猛地扭过头来，等等！好好的提昨天晚上做什么？顾先生顽固得不得了，把男女之防看得比什么都重，但他们之间什么都没发生啊！

“你……你们！”顾先生果然急红了脸，“你”了半天之后，终于咬牙切齿地问出话来，“你们打算什么时候结婚？！”

顾声声目瞪口呆，这种发展速度她接受不来。

谢安南却很淡定：“我已经准备好了，只要声声点头，随时可以。”

顾太太欢呼了一声：“啊！我要抱孙子了！”

顾声声扶额，谁说她心大的，都是遗传了她家顾太太的。

顾先生冷哼一声，招了眉开眼笑的顾太太进去，又指了指谢安南：“你！一个人进来！我们有话要问你！”

顾声声企图跟上去，却被顾先生一眼瞪得停下脚步。

于是她只好在外头等，徘徊不定的时候，忽然有人叫了她一声，声音轻轻的，像是怕惊动她。

她回过头，就看见靠着大门站着的苏幕，也不知道他站了多久了。

苏幕站得足够久了，他来等顾声声，却怕顾先生说他们出损招逼他嫁女儿，于是就在外头等。所以他看见了谢安南牵着顾声声走进旅舍，也听见谢安南对顾先生说，他们已经在一起了。

顾声声站在院子里，看着苏幕，张了张嘴，却不知道说什么。

她不能失去他，可是她又不能拿虚无的爱情去留住他。

苏幕太了解顾声声了，她一皱眉他就知道她在想什么，于是他叹了口气：“没关系的，声声，我不要紧的。”

他只是一心一意想让她远离谢安南，却没想到已经太迟。他回来得太晚，她已经爱上了谢安南，他再怎么阻止都于事无补。而且，那个人，似乎比他想象中的要在乎顾声声。

除夕那一天，其实他看见谢安南了。他见过太多为爱情神伤的人，而那个时候谢安南即便离得那么远，他却还是可以感觉得到谢安南的却步是因为顾声声。

他大可以勇往直前，不择手段，可是，他好像并没有。

他可以在景川就留下顾声声，可是，他还是放她回来了。

其实苏幕不想赌，可是顾声声的逃婚行为让苏幕发现，他即便想保护她，方法却总是错误的。与其让她懵懵懂懂过一辈子，不如就让她遵循自己的心意去爱一场，起码，她可以学着长大。

“我给不了你想要的爱情。”苏幕叹了口气，因为他对她的不是爱情，是一种他自己也说不清楚的感情，他过去掐了掐她的脸，“如果和他在一起你觉得很好，那就去吧。”

他看见了，看见被谢安南牵着时，她笑得那样开心、那么纯粹，好像小时候看见了一朵花开的过程，而她已经很久没这样开心过了。

就是那个时候，他决定，放手。

“顾声声，反正我一直在，这辈子应该也不会结婚，我永远都会在你身后，你只要回过头，就能看到我。”他一直笑着，说着让她忽然觉得心酸的话，“你是我在这世上最重要的人。”

顾声声心里的酸涩漫上了鼻腔，没忍住，一下子哭得稀里哗啦。

苏幕抱着她：“行了行了，看你感动得。”

顾声声毫不客气地将眼泪鼻涕蹭他一身，他对她也很重要啊，把他从一个不爱说话的小屁孩，变成一个人见人爱的优质男，她容易吗？

所以，以后她的人生他也一定要参与。

“苏幕，你还会回景川吗？”顾声声闷闷地问。

“嗯……不回去了吧，免得碍着某人的眼。”他要留在港海，继承他父亲的事业，学着做一个好男人，以后万一她又回到一个人的生活，他还可以像他自己承诺的那样，给她依靠。

这明明不是什么生离死别，可是顾声声却越哭越凶。最后，苏幕捧着她的脸替她抹掉乱七八糟的眼泪：“好了，我走了，你好好的，有人对你不好，随时告诉我，我替你揍他。”

说罢，他抬起头看了看屋檐下，那里杵着一个听到顾声声哭声后冲出来的谢安南。苏幕递给他一个男人间才懂的眼神，那是警告，也是托付。

如果你对顾声声不好，我绝对不会放过你，所以，你就好好对她吧，照顾好她，别让她难过，别让她受伤。

苏幕拍了拍顾声声的脑袋，没再停留，转身离开了旅舍。

顾声声哭了好久，哭得眼睛都模糊了，她使劲揉了揉眼睛，想要进屋洗把脸，就看见谢安南杵在那儿，也不知道站了多久。

她慢吞吞地挪过去，就被谢安南一把拥进了怀里："顾声声，我和你爸妈说好了，以后你就是我的了，所以，以后你的手只能我牵，也只能被我抱！"

顾声声撇着嘴抗议："可是苏幕……"

"苏幕也不行！"他恶狠狠地在她嘴巴上亲了一下，"我剁了他！"

……

顾声声想起林棠说过，一个真正爱你的男人和你在一起之后，就会变成长不大的幼稚鬼，没有例外。

果然，谢安南幼稚起来连她都怕啊。

她想得出神，而谢安南还在试图撬开她三根手指让她保证。

顾声声无可奈何又有满满的欢喜，她靠过去抱住他。

幼稚就幼稚吧，她的男人，她认了。

【3】

顾声声回到景川之后，就打算重新找工作。

谢安南和她一起吃饭的时候，突然丢过来一张招聘启事。SQ要招聘了，而且招聘的还是她原来那个职位。

他一副满不在乎的样子："你去试试吧。"

顾声声无语凝噎，她一个被解雇了的员工，再去应聘，人家收吗？

谢安南皱着眉头："公司又没有规定不能吃回头草……"

好嘛，她成回头草了！顾声声气哼哼地提醒他："可如果我成功再进入 SQ 怎么办？你不是说过员工之间不能谈恋爱吗？”

谢安南挑了挑眉毛，很自然地填平自己挖下的坑：“没关系，我是合伙人，不算员工。”

顾声声败了，和谢安南争论，是不明智的。

于是她干脆开始准备面试的材料，如果说一年前她是误打误撞应聘成功的，那这一次她要靠实力说话！

顾声声开始埋头准备，她几乎把战场都搬到了谢安南家里，熬了汤，做了饭，等谢安南回来吃饭。然后两个人一个看书，一个加班，相当和谐。

谢安南本身也不喜欢风花雪月，与其逛街、看电影、吃饭，还不如两个人安安静静待在一起。他忙完了，一抬头就能看见她，况且外面的饭哪里有顾声声做得好吃？！

谢安南最近变得和蔼可亲，准时下班，让员工们感受到春天般的温暖，大家都在讨论，“杀手”转性了！

但这个八卦很快就被有心人挖出了真相，据说是因为公司的合伙人新接了一个项目，这个项目直接由合作方的总监薛澄来公司监督，而这个薛澄听说和谢安南分分合合多次，是他始终忘不掉的一个女人。

旧日情人要来公司做同事了，难怪首席这么春风满面。

得知薛澄要来上班的那一天，谢安南只是淡淡地说了一句“知道了”，之后便正常上下班，回家之后也没有对顾声声提起。

距离面试还有三天的时候，顾声声接到电话，老太太的提案被否决了。

经理在电话里说得不清不楚，只说最后讨论的结果是被否决了，顾声声再问，他便推说自己有事要忙，挂断了电话。

顾声声在家里呆坐了半天，决定还是要去讨个说法，即使是提案被否决，她也要知道是为什么。

顾声声去 SQ 的时候，谢安南正好出去了。她也没打算去找谢安南，这个提案他一开始就表明他不会插手，按正常程序走，如果能摆在最高领导层面前，也要投票决定。但目前看来，这份提案根本就是还没送上去就被否决了。

顾声声回公司，Coco 和 Eva 都很惊喜，然而顾声声急着要讨说法，没来得及和她们叙旧。问清楚经理是在楼上开会，她便急急忙忙地上了楼。

她被拦在了会议室门口，顾声声为这份提案花了太多心血，此刻她是极其气愤的，也不管合不合规矩，礼不礼貌，趴在玻璃墙上猛拍玻璃。

经理很快看到她，急急忙忙走出来："顾声声！你怎么来了？！"

顾声声看着经理："我要知道我的提案究竟哪里有问题？为什么否决？你知不知道一个老人家把这宅子看得比她的命还重要？！"

她越说越大声，气得经理直跳脚，他看了看会议室，又看了看顾声声，神色严厉起来："顾声声，我告诉你，你不要来这里闹！"

虽然顾声声和谢安南的关系在 SQ 一直扑朔迷离，但倘若他们真的有什么关系，谢安南又怎么会真的就这样让她轻易离职了。何况怎么看，都是会议室里那个薛澄才像是正宫娘娘。

经理干脆把话挑明了："顾声声，我跟你直说吧，你提案里那块地的开发商，现在找到我们公司合作，要开发成商业区，对方都派人过来了！所以你不要闹了，没人会通过你那个提案的！否决提案的人，就是房地产公司派过来的薛澄薛总监！"

顾声声知道经理做不了主，再和他说下去也无意义，她干脆喊起来："薛总监？！我要见薛总监！"

经理吓得面无人色，连忙拦着她："顾声声，你真的疯了！你再这样别怪我不给你面子！"

说着，经理就要把她推出去，顾声声挣扎的时候，忽然听到一个女人的声音响起："是谁喊着要找我？"

顾声声抬起头，就先看见一身红艳艳的连衣裙，对方身材姣好，面容精致，大波浪的长发风情万种，看起来更像一个公关经理。

她走到顾声声面前："你要找我？你最好有重要的事情，我的时间就是金钱，不会为无关紧要的人浪费时间。"

她说话的语气这样骄傲，让顾声声忍不住想起初见时的谢安南。

但顾声声没有多想，她试图跟薛澄说清楚："是那个提案……"

经理插了话："就是您刚来时否决的那个提案，我们合作的那块地……"

"哦……"薛澄了然地点点头，"果然是浪费我的时间。"

说罢，她转身就要走。

顾声声眉头一皱，冲上去挡住了薛澄的去路："那份提案究竟有什么问题？"

薛澄冷笑："真是纠缠不清，我告诉你，你这个提案摆明了和我们的计划对着干，我们要在这块地皮上开发商业区，你却要搞什么文物景点，你有脑子吗？"

顾声声张了张嘴，却立刻被薛澄抢先说道："何况据我所知，你是室内设计部的吧？我怎么不知道SQ分工这么不分明？一个室内设计师还能在建筑设计的事情上插一脚？！"

经理连忙上去安抚薛澄："总监您不要生气，这个员工其实已经被我们谢首席解雇了，是她赖着不肯走，总是搞事情。"

"还是被解雇的员工？"薛澄的怒火非但没有平息，反而更加生气，"那你居然让她站在这里跟我说话？！"

经理去拉顾声声，她却不肯走，她试图说服薛澄："麻烦你，能不能再了解一下，这座宅子很重要，它关系到一个老人的生死。"

薛澄想到什么似的挑起了眉毛："那块地我们一直没能收回来，难道和你有关系？我不妨告诉你，周围的房子已经拆得差不多了，危房鉴定也已经在进行，那块地，我们要定了！"

顾声声第一次愤怒，是大金链去威胁老太太搬迁的时候，第二次便是现在，她在薛澄脸上看到了和大金链一样的不屑和轻视。

她恶狠狠地瞪着薛澄，气得胸腔里的气血都在翻涌，可是她不能哭。

薛澄看了旁边的经理一眼：“还不撵走？！”

经理唯唯诺诺，和几个男同事联手将顾声声拖进了电梯。

公司里向来是八卦先行，顾声声大闹会议室的事情很快尽人皆知，顾声声被丢出公司大门的时候，Coco 跟 Eva 使了个眼色，也偷偷摸摸跟了下来。

她俩拦住了顾声声，拉着她在附近的咖啡店坐下：“声声，你没事吧？”

Coco 和 Eva 都知道顾声声打算到 SQ 重新面试，都很期待再和她成为同事，可是这么一闹，简直是平白给自己添了一块巨大的绊脚石。

Coco 担忧地看着顾声声：“你谁不好得罪啊？偏偏得罪薛澄，整个公司谁不知道，她和谢安南的关系非比寻常。”

听到谢安南的名字，顾声声总算打起一点精神：“什么关系？”

Coco 压低声音告诉她：“那个薛澄，是谢安南以前的女朋友，听说到现在还不清不楚的，薛澄就是因为谢安南在 SQ，才把这个大项目交给 SQ 来做。”

顾声声愣住了，谢安南的女朋友？她自己的情史一片空白，竟然就自然而然地认为谢安南和她是一样的。

可是谢安南现在有她了啊，怎么会和薛澄不明不白的？

Coco 摇了摇愣住的顾声声：“喂，你和首席，究竟……”

顾声声摇摇头，Coco 见她不想说，也就不问了。顾声声以前坐在她俩旁边，她们知道她为那份提案究竟付出了多少心血。而且一开始她简直就像是一张白纸，一点点地学，一点点地努力，现在希望被打破，她一定很难过。

顾声声没在公司附近久待，她去看了老太太，老太太见到她还很高兴，拉着她说东说西。

顾声声因为薛澄的话留了个心眼：“婆婆，最近有什么陌生人来过吗？”

老太太惊讶地看着顾声声：“你怎么知道有人来过了？前阵子来了些人，在我房子外面看了半天，又摸又量的，不过你放心，之前你不是给我的门加固过了吗？我就把门锁上，死活不出去，后来他们也就走了。”

顾声声心凉了一半，他们果然已经来过了，那份危房鉴定书一定已经在路上了吧。

顾声声不敢对老太太透露太多，免得老人家担惊受怕。她从老宅出来，立刻联系报社登寻人启事，找那个老太太等了一辈子的人。

老太太不是没有寻过人，但程锦耀仿佛人间蒸发，寻人启事登了无数则，遍寻不见。

顾声声把大大小小的报馆都跑遍了，又跑了电视台。回到谢安南公寓后，她又打开电脑，在各大网络平台说明老太太的故事，恳求网友们帮忙找人。

如果房子注定要被拆，那么起码，在拆掉之前，让老太太能见到程锦耀。

这是顾声声此时此刻唯一的念想。

【4】

谢安南回来的时候，就看见顾声声守在电脑前，眼睛盯着屏幕一眨不眨，平日里应该摆着饭菜的餐桌上空空荡荡的。

顾声声上SQ讨说法的时候谢安南不在，他回公司之后便听说顾声声和薛澄因为老宅提案起了冲突。

薛澄到公司后，他为了避嫌，将这件事情交给了其他组去负责，所以他从头到尾不知道薛澄带过来的项目是什么。他亲自去询问了那个收了顾声声提案的经理，确定了那份提案的确没有按正常程序交上去。那个经理在房地产公司有熟人，得知那块地的项目要换设计公司，很有可能交给 SQ 来做，于是就自作主张把提案压了下来，之后更当作讨好的工具直接交给了薛澄。

他在了解这些事情的时候，薛澄似乎听到风声，也来到楼下："谢安南，好久不见啊。"

薛澄来公司之后他一直避开她，这是他们第一次正式见面。

但谢安南却只是对薛澄点了点头，便径直离去，他心里记挂着顾声声，干脆提前下班回家。

"声声？"他在身后环住她。

她迟钝地转过来："安南，我的提案被否决了……"

"我知道！"他的语气轻柔，像在哄一个孩子，"没关系，我们另外想办法，我们劝劝老太太。"

顾声声猛地摇头，没用的！谁都没她了解老太太，她知道老太太有多么倔强，就算死，老太太也不会离开那个宅子的。

谢安南叹了口气，将她抱得更紧。

顾声声在他怀里蹭了蹭："我已经在网上发布了寻人启事，所有我能用的平台我都用了，希望来得及。"

谢安南赞赏地看着她："你做得对，这的确是目前最好的办法。至于那块地，我会想办法。"

顾声声眨着眼睛看他："可是……"

他明明说过，做这样的事情毫无利益可言，她所做的都是自欺欺人的傻事。

谢安南笑着揉乱她的头发："那是以前，现在就算是为了你，我也要去做这样一件事。"

顾声声心里软成一片，他对她这样好，可是她却又想到薛澄，她忍不住问："谢安南，你是不是……谈过很多次恋爱？"

他不打算隐瞒她，于是大大方方承认："很多次，但都无疾而终。"

他从前只追求利益，恋人之间是不是真的有爱情，根本不重要。

顾声声揪紧了他的衣领："可是薛澄……"

薛澄的确是他谈得最久的一个，他读大学时便认识她，两人分分合合。她和他太像，两个人都是步履不停的人，脚步飞快，希望自己比别人快一点到达终点。他曾经觉得薛澄是最适合自己的人，她不会和他谈感情，不会问他爱不爱她，她会在他需要她时出现，在他不需要时离去，他们可以互相利用，只谈利益。

如果没有遇到顾声声，也许他最后会和薛澄在一起，过着冷血无情只求达到目的的人生。

可是，谁叫他遇到顾声声了呢？

他把她抱在怀里："顾声声，你相信我吗？过去的都过去了，我的现在、以后，都只有你。你不是说过，你的一生只够爱一个人吗？那你就吃点亏，拿你的一生来换我的余生，好不好？"

顾声声的心跳得这样快，她从来没有像此时此刻这样坚定，也许就是这样的坚定，让老太太能够终其一生都在等待一个人。

顾声声笑着仰起头，第一次主动亲吻谢安南，她无措且用力，只想要把一切都交付给他。

窗外的夜色这样清明，顾声声在闭上眼睛前告诉自己，会好起来的，一切都会好起来的。

顾声声按照之前的计划，参加了 SQ 的招聘，她很顺利地通过了笔试、初试和复试，一路来到了最后一轮面试。

顾声声信心满满地走入会议室，就看到正中央赫然坐着薛澄。

顾声声当场怔住，薛澄也似乎有些惊讶，但她很快恢复了冷静："没想到被解雇了的员工还能再进 SQ，公司的制度真是奇怪。"

顾声声没有说话，薛澄继续说："很奇怪我为什么会在这里？因为我要来挑我们组里的新人，可是我觉得，你不会入选。"

人事部经理看了看薛澄，很是为难，目前看来，顾声声的各项成绩是所有人里面最好的。

“你公报私仇？”顾声声盯着她，那天喘不上气的感觉再次出现。

“这怎么叫公报私仇呢？这叫公事公办。”薛澄笑着，然后从人事部经理手里拿过顾声声的履历，翘着兰花指，用马克笔画了一个巨大的叉，“出去吧，下一个。”

薛澄摆明了要用自己的职权打压她，而顾声声除了忍气吞声地接受，竟然没有丝毫办法。

她转身离去的时候，仿佛听见薛澄冷哼了一声：“不自量力。”

顾声声选择将这件事情隐瞒下来，在谢安南询问她面试情况的时候，她只是含混不清地说：“让我回来等通知。”

她的确没有力量和薛澄斗，和薛澄背后整个房地产公司斗，她只能将自己的精力放在寻找程锦耀的事情上。她每天都泡在网上，一旦有点消息就紧追不舍，虽然那些消息很多都是错的、假的，有些甚至是为了骗钱而来的。

谢安南发现顾声声变得魂不守舍，以前她做菜一丝不苟，但是现在她竟然会走神，有时放多了辣椒，有时放多了盐，甚至有一次错放了洗衣粉。

谢安南不知道顾声声是怎么把洗衣粉带进厨房的，他只知道她把汤端上来的时候，汤里满是气泡，而她还浑然不知。

谢安南叹了口气，为自己的生命感到忧心。

顾声声也知道自己状态很不好，她大肆寻找程锦耀，却毫无进展。她每天废寝忘食，连自己的生日都忘记了。

这天约好了在谢安南家见面，自从他们确定关系之后，为了方便顾声声过来，他直接给了她备用钥匙。

谢安南提着生日蛋糕回来的时候，顾声声还一脸懵懂地问他：“蛋糕店打折促销吗？”

谢安南拆了蛋糕，插了蜡烛，最后把顾声声拉到桌前，递给她一个信封："顾声声，生日快乐。"

顾声声拿着信封边拆边问："这是什么？你总不会送我钱这么俗气吧？虽然我没有工作，也很穷，但我也是有骨气的……"

谢安南听着她碎碎念，只觉得她可爱极了，忍不住抱过来亲了一口："是你的录取通知书。"

"录取通知书？"顾声声呆呆地看着谢安南，"不可能，他们不可能录取我的。"

顾声声的确没有成功得到她面试的那个职位，她拆开信封，先是看到底下谢安南龙飞凤舞的签名，紧接着就看到她的职位：首席特别助理。

谢安南挑挑眉："总算弄假成真了啊，顾声声。"

顾声声想起那一次同学聚会，她面临当众出糗的危险，是谢安南及时出现，告诉全世界她是他的特别助理。

如今，他真的给了她这个职位。

他抱着她："公司的职位有公司的一套流程，我插不了手，但是我自己要的人，我还是可以做主的。顾声声，想不想跟着我一起做老太太那个项目？"

顾声声眼睛慢慢亮起来，她用力地点着头，这份生日礼物不能更美好了。

她用力地在谢安南脸颊上亲了一口："谢安南，我爱你！"

这是她第一次开口说爱，却无比笃定，义无反顾。

谢安南愣了愣，俯身吻上她的嘴角："顾声声，我也爱你！"

这也是他第一次说爱，他觉得有她在的世界里，总有光。

第十一章：

她没有等到他，没有如愿

【1】

顾声声跟着谢安南来公司上班的那一天，整个 SQ 掀起滔天巨浪，所有之前觉得谢安南和顾声声没有关系的人都跌破了眼镜，SQ 的八卦故事跌宕起伏，峰回路转，真的是越来越精彩了。

薛澄应当是受到最大冲击的那个，从她掌权以来，还没有谁被她打压过还能翻身的。

她直接去了谢安南办公室。

顾声声身为谢安南的特别助理，如今直接在二十三楼工作，谢安南干脆在自己的办公室里多摆了一张办公桌让顾声声使用。

薛澄冲进来的时候没有看见顾声声，直接冲到了谢安南面前："谢安南，你怎么回事？顾声声不是你亲手解雇的吗？你怎么又把她招进来？"

谢安南抬眼看她："我招我觉得合适的人才进来，有什么问题？"

薛澄冷笑："人才？"

谢安南对她的冷笑视而不见："你能把她从面试名单里剔除出去，我就能把她招进来，各凭本事罢了。"

"我看不出那个女人有哪一点优秀，不过是个三流货色！难不成公司里传闻你和她有关系，是真的？"

谢安南冷下脸来："她是我的特别助理，更是我的女朋友，麻烦你嘴巴放干净点。"

"女朋友？！"薛澄难以置信地看着他，"谢安南！你的品位什么时候这么让人难以捉摸了？！"

"出去！"谢安南不愿和她多说，干脆下了逐客令。

薛澄气恼地一转身，就看到角落里抱着文件夹的顾声声，她瞪着顾声声，冷哼了一声，风风火火地走掉了。

顾声声早已经料到，她这一次以这样的身份重回 SQ 会掀起滔天巨浪。但如果谢安南要参与老区重建的设计方案，那就一定会涉及老太太的老宅，没有谁比她更清楚老太太老宅的结构，她的加入很重要。

薛澄毕竟是房地产公司派来的人，顾声声很担忧，直觉薛澄一定会横加阻挠。但谢安南却出奇地淡定："放心吧，有我在，她掀不起什么风浪。"

时间很紧迫，顾声声只想一秒掰成两秒用，第一次痛恨自己动作太慢，但好在她有个有效率高质量的男朋友。

谢安南的想法是让老太太的宅子能尽量融入周边建筑，但是一块地被一所平房占据，不能平地起高楼，开发商要损失多少其实也可想而知。他能做的只是将这个损失降到最低，并且将其他地方的收益提高。

顾声声提供了自己所能提供的资料之后，就有些帮不上忙了。论改建和设计她其实完全是门外汉，当时为了老太太跨专业做提案，其实也只是学了点皮毛，那个提案如果不是她后来找了专业人士帮忙，根本不能做得那样好。

虽然工作章程没有明确规定她这个特别助理应该做什么，但她总不能无所事事，顾声声便重操旧业，熬汤做饭。

每天清晨，顾声声便早早出门买菜，回到家就钻进厨房忙碌个不停，谢安南睡醒的时候，饭桌上已经摆满了丰盛的早餐。

谢安南挑了挑眉，自从老太太的事情出了问题之后，顾声声已经很久没一心扑在做饭这件事情上了。

但他很快发现顾声声是另有目的的，吃饭的时候，她目光炯炯，一直给他夹吃的，还不断地给他洗脑："多吃点，身体是革命的本钱。"

身体好了，才能为老太太的老宅而奋斗。

谢安南的嘴里被塞了一个肉包子，他觉得自己有点像即将被运往屠宰场的猪。

顾声声又忙起来，忙着给谢安南补身体，忙着在网上找保留历史建筑的类似案例，又忙着找失踪多年的程锦耀。

她最近往老太太家跑得多，想把关于程锦耀的所有细节记下来，老太太乐于和她说这些，最后干脆大笔一挥，给顾声声画了张程锦耀的画像。

自然，那张画像最后也没能用上，老太太估计是走后现代主义风格的，那画太抽象了。

谢安南在公司忙着和薛澄明争暗斗，薛澄这个人记仇得很，被他将了一军，她便处处阻挠。谢安南和合伙人争取了很久，最后以辞职威胁，才得到参与这个项目的机会。

谢安南还记得那天，合伙人看着他诧异的表情："深谙利益之道的谢安南，居然会做这种毫不利己的事情？改建一所小小的老宅，能对你的名声有什么帮助？毫无收益！"

但谢安南坚持己见。

最后合伙人无奈，便提出让谢安南和另外一组公平竞争，如果谢安南的设计方案能打败另外一组，得到合作方的认可，那他也无话可说。

另外一组人以薛澄马首是瞻，薛澄和谢安南曾经是同学，能力不差。况且她太了解她老板要的是什么，老板看中那片区域，就是为了赚钱，所以什么赚钱她建什么，力求利益最大化。

两个人交手，一时间连谢安南也倍感压力。

周末，顾声声从老太太的老宅里出来，就接到一个电话，电话里的人说，他有一个邻居就叫程锦耀，年龄也相符。

地点在景川附近的一个小县城里，顾声声挂断电话立刻就准备往那儿赶，才刚出巷子口，就听到有人在喊她的名字。

"顾声声！"

她顺着声音传来的方向望过去，就看见一段时间不见的苏幕。

顾声声不管三七二十一，抓了人就走："遇到你太好了，跟我去个地方。"

顾声声近段时间寻找程锦耀碰到过很多奇奇怪怪的人，有时候甚至会遇到一些骗子，谢安南不让她单独去见那些人，然而谢安南又那么忙，总不能给她雇个保镖吧？她只好偷偷去见，如今遇到个现成的护花使者，不抓白不抓。

苏幕一路上一直在抗议："你不能这样对我，我刚失恋好不好？你怎么就忍心差遣我做事？更何况我是来看老太太的！"

小县城距景川并不是很远，顾声声一路听着苏幕不满地碎碎念，突然就觉得很安心。曾几何时，她为了谢安南离他而去之后，她以为他们再也回不到以前那样了。可是真好，苏幕还是以前的苏幕，他一点都没有变。

苏幕很受不了顾声声这副泪光盈盈的样子："喂！我陪你去还不行吗？你别哭啊！"

顾声声一只手握成拳头挥过去，一只手去揉眼睛："哪只眼睛看见我哭了？"

苏幕任由她的花拳绣腿落在身上，其实他也很怕，他很怕在他逼着她嫁给自己之后，顾声声对他再也不能像从前一样毫无顾忌。他放她一个人跟着谢安南来景川，虽然时时知道她的消息，知道她事业上受挫，被公司里的小人欺负，但他也不敢来找她。

这次来是因为出差，他忍不住就把车开到了她公司楼下，又忍不住跟了她一路。在老太太家的巷子口等了半天，老太太周围的房子已经在拆了，这片区域很快会成为废墟，苏幕知道顾声声在奔波些什么，所以她要他跟她走的时候，他其实毫无怨言。

只是，他总要做点什么，才能让她相信自己还是以前的苏幕。

因为谢安南，因为逃婚而产生的那一点点嫌隙此时已经彻底消除干净，苏幕陪着顾声声去到那个小县城，找到了那个打电话的人。

打电话的是一个农妇，看起来不像是骗子，她带着他们来到一间老房子里，指了指里面一个老大爷："喏，这个就是你们要找的程锦耀。"

顾声声看着屋里的老大爷，虽然年迈，但精神奕奕，身体还很健硕。

顾声声喜不自胜，跑上前去："程爷爷，你还记得徐慧芳吗？"

老大爷莫名其妙地看着顾声声，半天才反问道："徐慧芳是谁啊？"

顾声声一开始以为老爷爷只是年纪大了，可能记忆力减退，但是她再多问几句，却发现眼前的老大爷能清楚地说出他的籍贯、生平经历。而在他漫长的一生中，的确不是什么大户人家的少爷，也不认识一个叫徐慧芳的女人。

回景川的路上，顾声声很失落。

苏幕哄她："如果那个老大爷有那么容易找，婆婆也不至于等到现在了。"

顾声声看向苏幕："你觉得他还会记得徐慧芳吗？谢安南不相信，他说过，战争年代从一个地方到另外一个地方不容易，这个人很有可能已经和别的女人成家立业，也很有可能已经……"

顾声声不敢说下去，怕这件事成为真的。苏幕皱了皱眉头："他真的这样说？"

苏幕调查过谢安南，所以他很清楚谢安南过去是怎样的一个人。他来景川的时候思虑再三，不知道隐瞒顾声声，是对她好还是害了她？

如今听到谢安南的观点，让苏幕突然改变了想法。

虽然谢安南分析得没有错，的确有这个可能，但这也提醒了苏幕，谢安南的本质就是这样一个人，他会先选择对自己来说最安全的选项，之后就会考虑利益。

苏幕决定将他的调查结果告诉顾声声，他如今不能保护她，但希望她能保护她自己。

"声声，谢安南有没有跟你提起过他的过去？"

顾声声点点头："他都跟我说清楚了，包括……包括薛澄。"

苏幕叹了口气："那你知不知道，有个女人在和他分手过后选择了轻生，虽然最后抢救过来了，但是谢安南由始至终没有去看过她一眼。"

顾声声愣了愣："为什么……"为什么谢安南会这么绝情？为什么这件事他从来没有对她提起？

苏幕抿了抿嘴："因为那个女人对他已经没有利用价值。"

"声声，我告诉你这些，不是要故意挑拨你和他之间的感情，我之前跟你求婚，是因为我了解到了这些，一厢情愿地想保护你，但是我太理想化了。"苏幕拍了拍顾声声的脑袋，"如今你和他在一起，你可以相信他，但我希望你能有所保留，保护好你自己。”

顾声声呼出一口气，拍开苏幕的手：“我知道啦！我一个小虾米，能对谢安南有什么利用价值啊？”

所以他应该是除了真的喜欢她，还是喜欢她。

苏幕笑了笑，没有再说话。

希望吧，希望一切如你所愿，无风无浪。

【2】

临近吃晚饭的时候，顾声声接到谢安南的电话，他的声音有些烦躁“今晚不回去吃饭了，你好好吃饭，不用等我回去，早点休息。”

谢安南这两个周末都一直在加班，陀螺般转，顾声声心疼得不得了，刚要问问是否需要给他送饭，那边已经挂断了电话。

顾声声收起手机，就看到苏幕趴在方向盘上哀怨地看着她：“你一定要回去做饭给那货吃吗？我难得来一次景川耶，我不管，我也要一起去！”

顾声声又好气又好笑地看着他，大方地拍拍他的肩膀：“那好吧，刚巧谢安南今天要加班，那我就让你请我吃饭好了。”

苏幕立刻又开心起来，仔细想想，好像又被坑了。

但被坑的苏幕还是乐颠颠地带着顾声声去景川最昂贵的西餐厅，他对她向来是有求必应，她吵着要吃最贵的，他就真的带她来吃最贵的。

苏幕和顾声声在窗边坐定，顾声声看着菜单两眼发光，刚要抬头问问苏幕要不要点法式蜗牛，就看到不远处的桌子坐着两个熟悉的身影。

谢安南……和薛澄。

薛澄坐得离谢安南极近，手臂挨着手臂，薛澄笑得风情万种，说话时几乎是凑到了谢安南耳边，而谢安南座位的角度刚好背对着他们，她看不清楚他的表情。

苏幕顺着顾声声呆滞的目光看过去，就看到这样的一幕，他咳了咳：“可能人有相似……”

说出口才发现这个借口拙劣极了，可他没碰到过这种情景，他表示很没经验。

顾声声一刻也坐不住了，怎么可能人有相似，谢安南的后脑勺她之前认错了那么多次，现在他化成灰她都能认出来。

顾声声眼里冒着两团火，看得苏幕瑟缩了一下：“恋爱中的女人果然惹不得惹不得……”

他正想安抚顾声声，就看到那边两个人站了起来，似乎打算要离开。薛澄朝这边扫了扫，一眼便看见了顾声声，她昂着头，挽住了谢安南的手臂。

顾声声的怒火终于从眼睛里蹿上了天灵盖！

放、开、我、的、男、人！

谢安南走了两步就看到那边在冒火的顾声声，他皱了皱眉，又看见顾声声身边在给她顺毛的苏幕。

他抽出被薛澄抱住的手，大步走到他们面前，却看也不看顾声声，只是指着苏幕：“你跟我出来。”

苏幕被谢安南叫到饭店走廊“决斗”的时候，薛澄施施然地坐在了苏幕的位置上：“真巧……”

顾声声抿着嘴不说话，她第一次谈恋爱，第一次撞见自己男朋友和他的前任女友一起吃饭，而他不久前还告诉她他要加班，这怎么看都像一场蓄谋已久的出轨！

顾声声很纠结，恨不得上网咨询一下。

顾声声不说话，薛澄仿佛一拳打在了海绵上，她冷哼了一声：“气度这么小，怎么做谢安南的女人？他现在做的设计方案，最后还不是要我帮忙定夺，他请我吃顿饭讨个人情，你这都看不透？”

顾声声愣了愣，是为了老太太的项目？她在心里咬牙切齿，没错，她是希望谢安南在这件事上倾尽全力，可是她没有让他出卖色相啊！

薛澄打量着顾声声："我和他到底在一起这么多年了，我也不希望他恨我，但是……我觉得你和他不可能长久，你这种小女生，可能就是有个新鲜劲。我和他分分合合那么多次，他最后还是要回到我身边的。"

"而且……"薛澄看着顾声声，笑得志得意满，"你知道谢安南和我最亲密的时候，是什么样子吗……"

顾声声望着自己面前那杯水，她从小到大都没心没肺的，她也不是没有见过心怀恶意的人，但很快就会被她抛在脑后。但不知怎的，自从遇见了爱情这东西，她的气量就越来越小，眼里容不下一粒沙子。

她在薛澄起身的时候，手终于碰到了那杯水，端起来，用力地泼过去。

薛澄已经站起来了，那水没能泼在她脸上，悉数洒落在她那件低胸连衣裙上。顾声声看着那块湿漉漉的地方，突然笑起来："不好意思，第一次没经验，下次我会泼得准一点。"

谢安南和苏幕从外面回来，就看到顾声声拿着一个空水杯，而薛澄上半身湿了一大块。

"我们声声终于突破了自己！"

谢安南瞪了一眼眉开眼笑的苏幕后，大步走过去，抽了桌上的餐布递给薛澄："抱歉。"

满脸怒容的薛澄看见谢安南却立刻换了一副表情："没关系，我又不是泼妇，你以为我会对她怎么样？看来你也没空送我了，那就明天见了，安南。"

她亲昵地叫着谢安南的名字，经过苏幕时，又对着苏幕笑了笑："帅哥，这种高级的地方，别把没教养的小姑娘带进来好吗？"

苏幕却皱着眉撇开头："大姐，身材不好就别穿成这样出来了，丢人现眼啊。”

薛澄的嘴角抽了抽，却不好发作，踩着高跟鞋“咔嗒咔嗒”地走了。

苏幕溜到顾声声对面坐下：“好了，坏人走了，吃饭吃饭。”

谢安南站在桌旁，居高临下地看着顾声声，一点要坐下的意思都没有。顾声声第一次拿水泼人，感觉自己做了坏事，正瑟缩成一团，低着头。

苏幕在一边打哈哈：“声声不是想吃肉吗？给你叫个牛排好不好？”

“顾声声，”谢安南终于开口，“起来，跟我回家。”

顾声声可怜巴巴地瞥了苏幕一眼，苏幕叹了口气：“谢安南，请你不要用这种语气跟她说话！”

谢安南却还是看着她：“你要我说第二遍吗？”

自从顾声声和谢安南确认关系之后，他就很少对她这么严肃这么凶了。她咬着唇站起来，也不想让苏幕担心，强颜欢笑地说了一声：“嗯，我们回家。”

谢安南转身就走，顾声声想要去牵他的手，却落了个空，只能苦巴巴地跟在他后头……为什么她突然感觉谢安南又变回了从前那个“杀手”了，好害怕。

苏幕站着目送顾声声走远，她选择的爱情，他不能一直在中间插一脚，就像刚刚谢安南跟他说：“我和声声无论怎么样那是我们两个人的事情，冷暖自知，你是朋友，就请你一直待在朋友的位置上。”

苏幕叹了口气，唉，做朋友什么的，真是无聊死了。

这边顾声声上了车，眼睁睁地看着谢安南狂踩油门。他今天这么狂暴，让顾声声很是颤抖，即使害怕，也闭着眼睛大气都不敢出。

车子到了楼下，谢安南径直下了车，在电梯里时不发一言，气压低得可怕。

等到了家中，顾声声突然收到苏幕的短信：“声声宝贝啊，做人呢……要先发制人啊。”

顾声声在一片沉默中斟酌了好久，终于明白苏幕的意思。她在谢安南面前坐下，鼓起勇气兴师问罪：“你在发什么脾气？你骗我说你要加班，却跑去和前任吃饭，我还没跟你算账！”

谢安南挑起眉毛，他是听错了吗？她居然要和自己算账。

谢安南额头上的青筋一下一下地跳着，他低估了薛澄，她如今手段了得，他在公司处处被掣肘。她今天还从他的组里撬了他几个得力助手，这导致他方案的进度一下子慢下来，他不得已去和她谈判。谁知道她却要挟他要一起吃饭才谈，又有谁知道，居然叫他撞见了顾声声和苏幕。

他谢安南谁都不怕，唯独最忌惮苏幕，就因为这个人对顾声声这样重要，他侥幸抢到了她，却不能保证苏幕不会杀一个回马枪。

他一下子事业和爱情看似双双受挫，烦躁得连话都说不出口，顾声声居然还要和他算账！

谢安南猛地站起来，顾声声一下子抱住头：“你别过来！”

她以为他要打她？他怎么可能打她？！谢安南觉得自己快疯了。焦灼间，就看到顾声声手里捏着的手机闪烁不停，他一眼就看到屏幕上苏幕的名字。

他从她手里抽出手机，就看到苏幕新发来的短信：“千万不要对他客气，罚他跪键盘，罚他洗厕所……”

谢安南嘴角抽了抽，深吸几口气后才冷静下来：“苏幕来找你，为什么不告诉我？”

顾声声委屈地撇撇嘴，为什么最后被兴师问罪的人成了她，苏幕你害死人了。

“他来出差，我急着去找程锦耀就拉上了他，而且我本来想在电话里告诉你的，你急着和你的前任去吃饭，连一句话都没时间听我说就挂断了。”

和苏幕说的一样，谢安南将手机还给她：“声声，看见你和他在一起，我很生气。”

顾声声皱着鼻子：“你和薛澄在一起，我也很生气。”

“声声！”谢安南在她身边坐下，“我和薛澄在一起，是因为公事。而我希望你知道，如果你有了另一半，无论你之前有关系再好的异性朋友，都要保持一定的距离。”

他不可以轻易拥抱你、牵你的手，因为那都是我的权利。

“可是，苏幕是我很好很好的朋友。”顾声声还在坚持，他不是普通的朋友，他做的一切都是为了保护她。

她很想跟谢安南解释，也希望他能明白，但谢安南却只是轻轻笑了一声，摇了摇头：“算了。”

算了，是什么意思？！

他站起来，往房间走去，忽然又顿住了脚步：“声声，无论苏幕是你多好的朋友，但在我眼里，他首先是一个男人。”

她会为他吃醋，他以为她会明白他也无法忍受她和别人过分亲密，可是顾声声向来固执，他早已经领教过，他没有力气让她改变，只能慢慢来了。

谢安南说完就进了房间，关上了门。

顾声声一夜辗转，却无法找到解决办法，第二天醒来的时候，谢安南已经走了，在她给他做早餐之前就走了。

顾声声有些惶恐，她想：她和谢安南，可能迎来了传说中的冷战。

【3】

谢安南似乎要让她了解，他吃起醋来很可怕，后果很严重，连续好几天，都是早出晚归。即便是在办公室，除了必要的工作事宜，他几乎不和她说一句话。

顾声声只好去找她人生中的最强大脑林棠求助，林棠本来对顾声声现在几乎日日不归家很有意见，林棠的伙食因此降低了不止一点点。

但要在苏幕和谢安南之间选一个，她还是毫不犹豫地选择了谢安南：“顾声声啊，爱情里是容不得一粒沙子的，何况苏幕哪里是沙子，他简直就是一块陨石，会严重影响恋人关系的和谐稳定！”

一顿饭吃下来，苏幕在林棠口中成为一个万恶不赦丧尽天良的花花公子，得出结论就是远离苏幕，珍爱谢安南。

林棠刚结束一个项目，现在悠闲得很，吃完饭，乐颠颠地要送顾声声回公司。两个人打打闹闹地来到公司楼下，林棠眉头一皱：“哎，我怎么好像看到之前那个和你相亲的男人了啊？”

顾声声踮起脚去看，却什么也看不到：“你看错了吧，他总不会跳槽到 SQ 上班吧？”

林棠斜着眼睛看她：“如果他真的到 SQ 上班，我看你还是赶紧辞职吧，有个前任够你受的。”

“如果世界这么小，那我会及时回母星去的。”顾声声笑眯眯地看了林棠一眼，与她告别后，就上班去了。

她刚出电梯，就看见薛澄和一个人站在电梯口，相谈甚欢。而和薛澄站在一起的那个人，让她差点跌破了眼镜，孔沅？！真让林棠说中了……

薛澄似乎是要出去，轻飘飘地看了顾声声一眼，便用力擦过她的肩膀进了电梯。

孔沅却没跟进去，站在那儿笑眯眯地和顾声声打招呼:“嗨，顾声声，我们又见面了。我刚来上班，以后多多指教。”

顾声声看着他，说话都有些结结巴巴了：“你……你和薛澄认识？”

孔沅挑了挑眉：“能不认识吗？我学姐，我这次来 SQ 上班，多亏了她提携。”

顾声声勉强笑了笑，天涯何处不相逢啊！世界居然这么小，她可能真的应该回母星去了。她看了孔沅一眼：“那……那你好好加油，祝你工作顺利，我先去上班了。”

她脚还没踏出去，却被孔沅揪了回来：“你急什么，我还要跟你说个更劲爆的消息呢。”

孔沅眼睛里闪着不怀好意的光芒，让顾声声有些忌惮，她觉得他要说的肯定不是什么好话，于是她摆摆手：“不用了，我对你说的消息没兴趣。”

说完她就要走，谁知道孔沅不依不饶，拦住了她的去路：“谢安南谢大首席，听说现在是你男朋友？那你知不知道？他也是我学长？”

顾声声愣了愣，孔沅认识谢安南？

孔沅挑衅地看着顾声声：“当初我和你相亲，也是谢安南学长一手促成的，是他亲自来找的我。你是不是很奇怪我为什么和你好了那么久，却突然间翻脸不认人？”

孔沅摆弄着自己的腕表，笑容里都是嘲讽：“真是抱歉，我也不想做那种坏人，可是我学长要我做的事情，我哪里敢说不？虽然心里不愿意，可是他在这一行的地位你又不是不知道，我不敢违背啊。”

顾声声皱着眉头看他：“你胡说！他为什么要做这种无聊的事情？”

“无聊？”孔沅挑了挑眉，“顾声声你还不知道我们谢大首席有多记仇吗？他解雇了你，你却死活赖在SQ不走，公然挑战他的权威，你太碍眼了。我在公司楼下一闹，还以为能把你逼走，谁知道你还挺坚强。”

顾声声才不相信孔沅的鬼话：“既然这样，那他又为什么要阻止别人议论我？他应该推波助澜才对啊！”

孔沅耸耸肩：“BOSS 的心思又哪里是你和我能猜到的，也许他后来发现了你的利用价值，决定要留在身边了。你看，你现在不是成为他的女朋友了吗？”

顾声声越发觉得孔沅是在挑拨离间，她扭头就要走，没想到孔沅还是拦着她。

“你别急啊，我们难得聊会儿天。”孔沅叹了口气，“顾声声，因为你我可是倒霉透了，做得不好，谢学长一个不开心，到处打压我。如果不是遇到我学姐，我可能还要继续当个无业游民。”

顾声声向来强大的耐性几乎要被孔沅耗尽了：“那你到底想要怎么样？”

孔沅赔着笑：“既然你们现在都是这种关系了，你多在他面前说我几句好话，就行了。”

顾声声翻了个白眼，别说她现在和谢安南在冷战中，就算他们还是和和美美你侬我侬，顾声声在他面前说别的男人的好话，这可是推人进坟墓的节奏。

她没再理会孔沅，甩开了他拉着自己的手，大步往前走，走得远了，还能听到孔沅的声音：“我说的都是真的，你好自为之吧。”

顾声声一路回到首席办公室，就看见谢安南在埋头画图，顾声声不去看，也知道是老太太项目的图纸。他一直在跟隔壁组赶进度，这几天早出晚归，顾声声虽然在和他冷战，可是谁让她是一个心软的人，更何况他在办公室里坐着，还无辜被诋毁。

顾声声决定偷偷溜出去给他带一份下午茶。

刚刚走到楼下，她就又撞见了薛澄，薛澄站在柱子边打电话，没有注意到她。顾声声走得近了，就听见薛澄的声音：“反正鉴定书到了就必须赶紧动手，你知不知道因为那个老太婆我们亏了多少钱？不论如何，今天一定要给我搞定这件事！”

顾声声从薛澄背后走过去，脑子里嗡嗡作响，鉴定书？老太婆？难道是老太太的项目，他们已经拿到了危房鉴定书？！

顾声声什么都顾不得了，她立刻就跑出公司，拦了辆计程车往老太太家里赶。

老区已经在开始拆迁，到处灰尘漫天，计程车司机不愿意进去，顾声声只好下了车，没命地往里头跑。

她有好几日没来了，这里的房子已经被拆得差不多了，只有以老太太宅子为中心的那一片还在。老巷子里的房子横七竖八连在一起，牵一发而动全身，随便拆一间，都有可能会产生多米诺骨牌效应，老太太还住在那儿，他们应该还不敢动手。

顾声声没想到事情发生得这么快，她还没找到程锦耀，谢安南的方案也还没出来，可是来不及了。

等她气喘吁吁地跑到老太太宅子门口时，就看见好几个戴着安全帽的工作人员站在老太太家门口，还有上次来过的大金链也在那儿大呼小叫：“老太婆，你这是危房！你老命不要了？”

为了安全起见，之前顾声声特地找人来加固过老宅的门，此时把门关上，别人也没办法轻易就闯进去。

她冲了过去，拦在老宅前面：“你们要干什么？”

大金链认得顾声声，冷哼一声：“又是你！这破事够多。”

有个看起来文质彬彬的工作人员站了出来：“这位小姐，老太太住的房子已经被鉴定为危房，是不可以住人的，别说现在周围在施工，过阵子台风一来，这房子万一支撑不住，也很危险的。”

顾声声看着那个工作人员：“台风来了我们可以暂时将老太太移送到安全的地方，房子破陋的地方可以修葺，而且我们已经在赶最新的设计方案，这房子不能拆。”

大金链走上前来：“跟她废什么话啊？”

他指挥他的手下搬梯子：“把老太婆给我弄出来！”

顾声声彻底豁出去了：“你们谁敢动！”

没人听她的，已经有人架起了梯子，顾声声过去使劲摇晃，将那个人摇了下来。

老宅内的老太太似乎听到了顾声声的声音，她仿佛等到了救星，苍老的声音隔着大门传出来：“声声！声声！你来了！”

“婆婆你别怕！不要出来！”她说着，掏出手机拨通了谢安南的电话，可是电话响了两声，便被掐断。

顾声声霎时觉得很绝望，那头老太太还在喊她："声声，你跟他们说，我不搬的！我死都不搬的！他们敢进来，我就跟他们同归于尽！"

几个工作人员面面相觑："这老太太有点固执，还是等她冷静下来再做一下她的思想工作。"

大金链却很不耐烦："你们知不知道，老子给她做过多少思想工作了？没有用！赶紧先把人弄出来。"

顾声声还想去阻拦，却被大金链抓住，大金链恶狠狠地警告她："不要多管闲事了，这件事情势在必行！"

顾声声挣扎着："你们虽然有危房鉴定书，但房子和地的产权都在老太太手上，老太太还没有签同意书！你们是不可以拆的！"

已经有人爬到了院子里，顾声声听见老太太砸东西的声音："你们走开，不要逼老太婆跟你们拼命，我要等他！我要等他，我怎么能搬呢？！"

大金链指挥着："管他能不能拆，先把老太婆弄出来再说！最多先拆了，赔钱就是，她还能拿我们怎么样？到时候不卖也得卖！"

顾声声急了，一口咬在大金链的手腕上。

她冲到门前，却见门开了，几个年轻的壮汉架着老太太走出来，老太太挣扎得头发都乱了，脸上老泪纵横，顾声声心里像被碾过，疼得说不出话来。

她冲过去，对着那几个年轻的壮汉拳打脚踢，却都被挡了回来，最后她干脆一把抱住了老太太："婆婆，没事的，声声在这里，我陪你。"

老太太的声音颤悠悠的，她看了看顾声声，拍了拍年轻女孩的手，这个女孩为了她这个老太婆，尽心尽力。她没有子孙儿女，顾声声，是她最亲的人。

她说："声声，婆婆不怕，婆婆没有等到程锦耀，可是等到你，也知足了。他们如果非要我的房子，那我就把我这条老命也给他们吧。"

【4】

顾声声的反抗拖延了片刻的时间，她趁着这个空当给谢安南发了一条 SOS 的信息，她希望他能看懂。

顾声声和大金链一行人僵持着，那个文质彬彬的男人走过去问大金链：“现在怎么办？”

大金链不知给谁打了电话，挂断电话后一脸急躁：“把挖机开进来，从最外围开始拆！这房子在拆迁中倒了也算意外，只要不死人，尽管赔钱！”

顾声声愣了，看来他们今天是势在必行。

她抱着老太太坐在门前，老太太靠在她怀里，似乎已经很累了。她看着顾声声，突然开口说话：“声声啊，你知不知道，你很像我年轻的时候，可是啊，你比我勇敢多了。我被家里人欺负打骂，都是忍气吞声，不敢反抗的。”

老太太轻轻握着她的手：“好在我遇到了锦耀，他给了我一个名字，我就还给他我这一辈子。”

远处机器推房子的声音已经响起，轰隆隆的，虽然隔得远，却格外刺耳。顾声声知道她们现在有多危险，只好哄着老太太：“婆婆，我已经在找程爷爷了，现在网络这么发达，找一个人不难的……”

老太太却摇摇头：“我虽然一直都不说，但是这么多年了，他应该已经死了，不然他怎么会不来找我呢？声声，如果他死了，我唯一剩下的，就是他给我的这座宅子了，我一定要保住的。”

顾声声点头：“好好，我们一起保住它。”

老太太似乎放心地笑了笑，但是眉头又皱了起来，似乎很痛苦的样子。

顾声声大惊失色："婆婆，你怎么了？哪里不舒服？"

老太太捂着心脏的部位，似乎极为难受。

正在这时，大金链他们趁着她们说着话松懈下来，几个壮汉冲过来拉开她们，要将她们拖离老宅。

顾声声疯了般声嘶力竭地喊："放开她！不要碰她！她很不舒服！"

那个文质彬彬的工作人员连忙上去查看，眉头一皱："老太太好像发病了。"

顾声声急了，冲着大金链他们吼："快！快叫救护车啊！"

大金链愣了愣，似乎也立刻明白过来可能会闹出人命来，立刻掏出手机叫救护车。

顾声声甩开抓着她的那几个人，连滚带爬地冲到老太太身边："婆婆……你要坚持住，没事的，没事的，救护车很快就到。"

可是老太太已经没有力气回答她了，老太太皱着眉头，似乎越来越痛苦。

顾声声慌极了，她这辈子从来没有这样慌张过，在她被拖进小巷子里差点被强暴的时候，她都没有这样绝望过。她冲着大金链他们吼："救护车呢！你们快催啊！"

工作人员提醒她："已经叫了，可是外面的路都是沙砾，车子要开进来需要一点时间。"

不，不行！老太太等不及了。

"我的手机呢？！我的手机呢？！"她在地上摸索着，寻找刚才因为挣扎而掉落的手机。

她给谢安南打电话，终于通了："安南！安南！"

她尖声叫着，电话那头的人心里一揪，竟然有了种痛彻心扉的感觉："声声，声声你不要怕，我过来了！你等着我，我过来了！"

顾声声点着头："你快来，婆婆她很难受，你来帮我，帮我送她去医院。"

挂断电话之后，顾声声就抱着老太太，一声一声地叫她："婆婆，婆婆，你一定要坚持住，程锦耀来找你了……他来找你了……"

她这辈子第一次说谎，说得这样逼真，她将老太太放平在地上，跪在老太太身侧，不断重复："徐慧芳，徐慧芳！程锦耀来了，程锦耀来找你了，你要等他，一定要等他！"

她说来说去只重复着这么一句话，但是程锦耀的名字仿佛真的有奇效，老太太慢慢地睁开眼睛，茫然地看着她。

谢安南是和救护车同时到达的，外面的挖机已经停下来了，一群人围着老太太。

谢安南一走近，就看见顾声声狼狈地跪在老太太身边，脸上都是泪痕，已经麻木得没任何表情了。

救护人员飞快地跑过来，几个人将老太太抬上担架，就在那一刻，顾声声仿佛看见老太太对着她笑了一下，然后老太太握住她的手，慢慢地松开，垂了下去。

顾声声怔在了原地。

谢安南冲上去抱住她："走，我们跟着去医院。"

顾声声却不动，没有人知道她刚才看到了什么，就在老太太对着她笑的那一刻，她看到老太太离开了她。

她看了看谢安南，不发一言，在一群人震惊的目光中转身，一步一步走向老宅。

她盘腿坐在院子里，状若癫狂地看着门外的人笑："我守不住老太太，可是我答应要替她守住这个房子的，你们想拆，好啊，除非我死了。"

谢安南看着席地而坐的顾声声，连开口叫她的名字都不忍心。

他没见过这样的顾声声，绝望、麻木，似乎离他很远很远。

他走到她身旁，却不知道该说什么，他开会时的伶俐口才在此刻完全派不上用场："声声，不要这样……婆婆需要你，我们去医院，好不好？”

他好像只会说这一句话了，可是顾声声仰着头看他：“安南啊，她不在了，我不去医院，我要留在这里。”

她太固执了，谢安南只觉有一股气堵在了胸口。

门外的人似乎越来越多，有房地产公司的人、SQ 的人，似乎连薛澄也来了。他们看她的目光简直一模一样，似乎都将她当成了失去理智的疯子。

可是他们不知道，她清醒得很，她从没有一刻像此时这样清醒过。

她看向谢安南：“为什么掐断我的电话？”

谢安南愣了愣，似乎没想到她会突然问这个问题：“声声，当时我在开会。”

顾声声摇了摇头：“不！不对，你在撒谎。危房鉴定书下来了，你也知道对不对？你为什么不告诉我？因为你阻止不了了，所以就不让我阻止吗？你放弃了婆婆，谢安南。”

她的目光这样冷，冷得他胆战心惊。

她接着说：“你这几天不和我说话，其实不是单纯地和我冷战。你挂断我的电话，也只是不敢和我说话，你怕我问你项目的进展，你就不得不告诉我鉴定书的事情。”

她看着他：“我说得对不对啊？谢安南？”

谢安南从小到大，都不曾这样恐慌过，他不认识眼前的顾声声了。她这样聪明、睿智，她看穿了他，也看穿了他做的一切。他曾痛恨过顾声声的迷糊和不懂事，可是如今，他宁可她一直迷糊、一直不懂事，也不愿意像今天这样看着她残忍地长大。

顾声声闭上眼睛:“谢安南,你走吧,这个房子,请你不要再进来了。”

谢安南没有走，他像雕塑一样站在她身旁，目光茫然地望着前方。

中途有人来通知，老太太在送去医院的路上，已经确定不治身亡了，是突发性心脏病，老人家年纪大了，又受了刺激，身体几乎是瞬间就垮了。

那人说话的时候，顾声声就在旁边，谢安南甚至不确定她有没有听到，因为她表现得十分冷静，她没有哭喊、没有悲伤，她只是静静地看着前方，仿佛要站成这宅子里的一棵树。

她不动，他就一直陪着她。

偶尔她的身体会摇晃一下，但又很快勉力坐好，他想去扶她，可是终究伸不出手。

很快林棠和苏幕得到了消息，也赶了过来。

林棠那样坚强的一个人，看到坐在地上面无表情的顾声声时，瞬间就红了眼眶。她扑过去抱着顾声声："声声，声声。"

可是她除了喊顾声声的名字，一句安慰的话都说不出来，她枉称顾声声的最强大脑，此时此刻，她没有一点让顾声声振作的办法。

苏幕站在一旁，手握成了拳头，浑身都在颤抖，可是脸上还是笑着的："顾声声，你怎么回事？"

他仿佛看到了年少时的自己，因为失去了极重要的人，便再也不想开口说话了。他学着她从前的样子，在她身旁蹲下，拍拍她的头发，不断地跟她说话。

谢安南就在一旁看着，没有阻止，也没有说话。

院子里只剩下苏幕的声音，他一刻不停不住地说，他看了看暗下来的天："声声，天黑了，老太太最怕黑了，我们给她点一盏灯好不好？"

顾声声终于动了动，她歪着头看着苏幕，竟然点了点头："点灯，点灯……"

她爬起来就要去找灯，但她坐得太久了，腿都是麻的，勉力站起来的时候，却连最后一丝光亮也消失。

她晕倒了，倒在了谢安南怀里。

第十二章:

再见了，谢安南

【1】

顾声声是在医院醒来的，医生说她有低血糖，她不肯吃东西，就给她开了吊瓶。

她三番四次想要起来，想去老宅，却被苏幕按下。似乎知道自己走不了了，她干脆就在床上躺着，她从头到尾只对苏幕说过一句话：“苏幕，去给老太太点盏灯吧，好不好？”

苏幕握着她的手哄：“已经点了，你好好休息。”

谢安南没有在她身旁，没有人知道他去了哪里。

顾声声也没有问，她在医院睡了一个晚上，在隔天清晨，摇醒了趴在床边睡着的林棠：“林棠，帮我买份早餐吧，我想出院。”

顾声声想清楚了，她不能让老太太去得这样憋屈。老太太明明应该长命百岁，她还没等到程锦耀，她怎么可以就这么走了？

这件事情必须有人付出代价，而她首先想到的，是薛澄和她身后的房地产公司。

顾声声去看了老太太最后一眼，为老太太办理了必要的手续，之后便打算去SQ找薛澄，无论用什么方式，她都必须为老太太讨一个公道！

然而她没有想到，她的悲伤耽搁了太久，等到恢复过来的时候，已经有人先下手了。

林棠将那份报纸掼在桌子上，嘴里不断地喊着岂有此理。

顾声声捡起来看了一眼，就看到今日最大版面的那篇新闻：老太太不愿搬迁猝死危房中，事出有因，港海房地产大亨恐成最大赢家。

顾声声颤抖地看下去，就看到了一个精彩绝伦的故事。

顾声声不知道为什么这件事情会忽然和她远在港海的外公扯上关系，但按照那篇报道的说法，她是她外公派来打击薛澄背后那个房地产公司的，因为她的外公已经有意来景川发展，所以用这种方式来打压景川的地产巨头。

他派了顾声声过来，让顾声声迷惑老太太，给老太太洗脑，让老太太拒绝搬迁，说服她留在老宅。

至于顾声声大张旗鼓要寻找的程锦耀，是她放出来的烟幕弹，老太太一个老人家不懂得上网，根本不知道这件事情，所以什么感人至深的爱情故事，什么老太太为了等一个男人才守着老宅，都是子虚乌有，是顾声声编造出来的。

报道说，顾声声为了自己的利益，欺瞒老太太，导致老太太死守老宅，在无人的旧区突发心脏病，来不及抢救而死。

顾声声放下报纸，突然就笑出声来，这么可笑的谎言，他们究竟是怎么编造出来的？

林棠在她对面坐下：“声声，他们动手了，这是他们的公关，他们一定知道你要替老太太讨公道，所以先发制人，倒打一耙，把老太太的死赖在你的头上。”

何止呢？

顾声声在心里冷笑，这件事牵扯到了她无辜的外公，到底是她外公要插手景川的地产生意，还是他们看上了港海这个旅游城市，想要分一杯羹？

撇清了关系，还打击了她和她外公，真是一箭双雕。

她站起来：“我要去找薛澄。”

苏幕这时从外面回来，一眼就看见了桌上的报纸：“你们知道了？”

他看了看顾声声和林棠：“现在我们的形势很被动，要谋定而后动，他们不止在报纸上登了这篇报道，网络上几乎所有平台都在讨论这件事。声声当时大张旗鼓找程锦耀，现在很多不知情的人也都跳出来说你是假意找人，通知了你有老人的消息你都毫不在乎。声声，他们制造了舆论……”

顾声声不相信，翻出了手提电脑，打开后连接了网络。那些她平日里用来寻找程锦耀的社交账号，多出了许多未读消息，她一打开，扑面而来的都是声讨她的留言。

顾声声急了，她不能让薛澄他们这么轻易地污蔑她。

她在几个较大的社交平台上发声明澄清，她将事情的真相诉诸文字，可是一发出去，却遭到几乎所有人的声讨，所有人都觉得她在作秀，没有人愿意相信她。

林棠抢过电脑，刷了一遍之后摇了摇头：“他们买了水军，声声，他们是铁了心要把这屎盆子扣在你头上了。你现在说什么都没有用，只会让人觉得你在狡辩。”

“那我能怎么办？”顾声声无助地看着林棠，“我什么都不能做吗？”

林棠抿了抿嘴，没有说话。

大家心里都清楚，顾声声势单力薄，要在这场战役里突出重围，太难了。

顾声声站了起来：“我不能坐以待毙，我要去找薛澄。”

林棠和苏幕阻止不了她，老太太的死对她打击太大，她现在浑身是刺，只想将罪魁祸首刺个满身窟窿。

她从医院出来，却遇上老太太的几个外甥。

顾声声认得他们，本想上去说一声节哀顺变，谁知道老太太的几个外甥却指着她叫起来：“顾声声！就是她，假惺惺对我们姨婆好，原来都是有阴谋的！”

顾声声愣了，他们一定是看了那篇报道。

她想解释，但他们早已经一哄而上，拉着她骂。苏幕红了眼，冲上来将顾声声护在身后，揪住了其中一个人的衣领，恶狠狠地警告他们：“敢再碰她一下，我让你下半辈子站不起来！”

林棠还算比较理智，指着他们说：“你们再敢动手，我立刻报警！”

“姨婆生前明明可以卖掉房子颐享天年，都是让你给害了！”其中一个外甥指着顾声声，“没想到她死后你还要霸占她的房子！”

顾声声眉头一皱，仿佛醒了过来：“你在说什么？”

那人回答：“薛总监都告诉我们了，姨婆留下了遗嘱，把房子和地契都留给了你！”

又有人接口：“我们才是老太太的亲人，这房子和地按理应该归我们，你凭什么占为己有？！”

顾声声登时明白过来，原来是薛澄，原来都是薛澄搞的鬼。

老太太的那几个外甥都是无业游民，平时打些散工，得过且过，也没读过书，太容易被人煽动，而且她不用细想，也知道薛澄向他们承诺了什么。

薛澄向他们承诺了钱，只要得到房子的继承权，再卖出去，钱就到手了。他们才不在乎房子拆不拆，他们才不在乎老太太的心愿。

那几个人还在叫嚣，林棠听不得那些人狗嘴里吐不出象牙，已经气得要报警。

顾声声却在这时按住了林棠的手，站了出来。

“你们有什么资格继承婆婆的房子？”她冷冷地看着那几个外甥，“你们照顾过婆婆吗？你们去老宅，是因为我叫你们去的，我给了你们工钱，婆婆给了你们住的地方，在这之前，你们去看过婆婆吗？亲人，说出来不觉得可笑吗？”

她像个蛰伏已久终于觉醒的女王，在这天之前，苏幕和林棠压根就没想过，他们迷迷糊糊天真善良的顾声声，能用这样的气势、这样的表情说出这样的话。

“回去告诉你们薛总监，房子和地在我名下一天，我都不会卖给他们，即便那地成了空地，即便那地方废弃一万年，我都不会卖出去！”

她一字一句地说完，便越过他们，拦了计程车，直奔 SQ。

老太太的外甥说老太太留了遗嘱，可是她不知道，也没有拿到那份遗嘱，薛澄会叫人来闹，证明她也没有拿到。

顾声声心里已经和明镜一样，知道那份遗嘱，在谢安南手里。

【2】

顾声声来到 SQ 楼下，不出意外地被拦住了，她的名字早已经上了黑名单，即使她此时此刻还挂着首席特别助理的名头，却已经失去了进出 SQ 的资格。

几个保安拦着她，她也不后退：“我要见谢安南。”

没有人说话，但围观的人越来越多，顾声声听见很多窃窃私语，她能猜到此时此刻看过那篇报道的人会怎么看她，可是她不怕，她也不能怕，如果连她都不管，那老太太的房子就真的没了。

苏幕和林棠一直站在她的左右，大概是了解到她的决心，他们没有再劝她一句。

她等了很久，没有等到谢安南，却等来了薛澄的助理。

那助理对顾声声还保持着基本的礼貌：“顾小姐，薛总监请你到会议室说话。”

顾声声抿了抿嘴，不管见谁，总之能进SQ，她就有机会见到谢安南。她要问问他为什么要这样做？为什么要藏起老太太的遗嘱？！这样做对他究竟有什么好处？

她举步就跟着助理走，苏幕和林棠要跟上去，却被助理和保安拦在了外头：“薛总监说只请顾小姐一个人，闲杂人等就不需要跟来了。”

林棠听见这句话肺都要气炸了：“你说谁是闲杂人等？声声，你不要跟着她去，那个女人不简单！她一肚子坏水！”

顾声声回头看了林棠一眼，就那一眼，让林棠接下来的话再也说不出口。

她当妹妹一样保护的顾声声，怎么会被人欺负成这个样子？顾声声连看向她的眼神，都只剩下麻木了。顾声声现在谁的话都听不进去了，她不见到谢安南是不会罢休的。

向来女王似的林棠突然间有了无能为力的感觉，不敢再看顾声声。

顾声声摆摆手，对着苏幕说：“等我出来。”

苏幕点点头，他和顾声声自小就有这种默契，所以他知道她现在很痛，所以他知道她现在要去做的事情任何人都阻拦不了。

薛澄在会议室里等着顾声声，看到她走进来，登时笑了起来：“真巧啊，第一次见面是在这里，现在啊，又是在这个会议室里。”

顾声声没有力气和她废话，开门见山地问她：“谢安南呢？”

“啧啧啧，”薛澄坐在椅子上跷起二郎腿，“怎么了？他躲着你，不肯见你？这情景怎么似曾相识？哦，对了，以前他对那些不需要了的人，都是这样处理的。”

顾声声忽然觉得，当初她在餐厅泼薛澄的那一杯水还是太客气了。

她看着薛澄，继续重复那句话：“我要见谢安南。”

薛澄扬着嘴角看她：“你怎么这么蠢？我提醒过你，你还拎不清？谢安南出了名的利益当先，他不做无利益的事情，他和你在一起一定有利可图，只是我之前没猜到，你这么不起眼，背后居然还有港海的周氏为你撑腰，你可藏得真深啊。”

顾声声木然地看着她：“我不会继承我外公半毛钱的财产，我身上没有你想象的有那么多利益可图。”

薛澄“哟”了一声：“不然我怎么说你拎不清？谢安南是做什么的？你外公又是做什么的？娶了你，再怎么也可以扯上一点关系吧？”

虽然谢安南私自藏起了老太太的遗嘱，但顾声声打从心底里不愿相信：“谢安南没有你说得那么不堪。”

“这可不是不堪啊，小朋友。”薛澄笑着说，“不择手段，是我们为人的准则，否则他明明选择了借孔沅的手把你赶出公司，之后怎么会突然改变主意，又开始追你？还不是因为那个时候他突然知道了，你背后有你外公这个地产大亨。”

顾声声的手颤抖起来，她说的这一切似乎都有理可寻，谢安南的确是在孔沅之后，突然对她改变了态度，一点一点地朝她靠近。

而当她对他提起她的家人，提起她那富甲一方的外公时，谢安南一点惊讶的神情都没有，仿佛他一早就知道。当时她不以为意，可现在想来，为什么背脊阵阵发凉？

可薛澄似乎还觉得她知道得不够彻底，她在办公桌上摊开一张建筑设计图：“至于徐慧芳的宅子，你以为他真的是要帮你？他假装设计新方案，和我针锋相对不过是为了麻痹你。而且关于拿了危房鉴定书之后再拆迁的事情，他是知道的，可是他没告诉你，你觉得是为什么？”

顾声声的目光落在那张设计图上，设计图上设计的明显是一个商业区，她太熟悉那片区域，以至于看一眼就能确定，这就是老区重建的设计图，而设计图的下方，是谢安南的亲笔签名。

薛澄的声音还在持续响起：“顾声声，现在的你对他已经没有一点利用价值，他不会去见你的，无论你做什么。”

顾声声莫名想起那一天，她和苏幕的一段对话。

“那你知不知道，有个女人在和他分手过后选择了轻生，虽然最后抢救过来了，但是谢安南由始至终没有去看过她一眼。”

“为什么……”

“因为那个女人对他已经没有利用价值。”

如果，如果这才是真正的谢安南，那他为什么把老太太的遗嘱藏起来就能解释得通，只要不把遗嘱拿出来，房子自然就会判给她的亲属，也就是那几个外甥。那么到时候，他们就能轻易买下那块地，再也没有人能阻碍他们赚钱了。

原来谢安南从来就没有想过帮助老太太，他向来是那样冷血无情利益当先的人，在她认识他的第一天，他就是这样的人了。

他一直没有变，是她理所当然地以为他变了。

她怎么会看不清呢？

顾声声没有再停留，她转过身，步履蹒跚地离开了会议室。她在按电梯的时候，看了看那些按键，然后停在了“23”的按键上，她还需要去找谢安南吗？

她没能犹豫太久，因为很快有两个保安跟了进来，利索地帮她按了一楼。

电梯门关上的时候，顾声声还能看见薛澄脸上的笑容，是的，薛澄赢了，而顾声声努力了这么久，最后一败涂地。

顾声声从SQ出来后，便一言不发。

苏幕和林棠看她的样子，不用问，就知道她没讨到好。苏幕去牵她的手：“声声，无论发生什么，你记住，我永远在，你不是一个人。”

顾声声歪着头看他，你看，苏幕才是真正对她好的人。苏幕说得对啊，他才是她顾声声最好的选择，谢安南会伤害她的。

可是当时她不懂，也不听，现在成功落了一身伤痕累累。

她不知道哪里来的心情，竟然还能和苏幕开玩笑：“怎么办，你还要娶我吗？苏幕？”

苏幕毫不犹豫地回答：“我娶你！”

顾声声忽然觉得绝望，苏幕这么好这么好，可是她偏偏心里还装着一个谢安南。

她对苏幕说：“送我去找谢安南吧。”

已经是深夜了，她走进小区，让苏幕和林棠等在楼下，她一个人上了楼。

她站在门外，看不出里面是否有人，她是知道门的密码的，她经常来，来给他做饭、给他熬汤，来赖着他，像猫一样。

但是她不敢去按，她忽然很害怕见到他。

于是她站在门口，抬头看了看门口的摄像头，开始说话：“谢安南，其实你说得对，你一开始就说得很对，也许程锦耀当年一离开景川就忘记了徐慧芳，也许他早就在外面结婚生子，而这里有没有人在等他，一点都不重要。就像我对你而言，一点都不重要。”

她轻轻笑了一下：“我怎么会以为我有那些利益重要呢，谢安南？现在你明白过来我和我外公的关系，明白过来我并不会继承他一点点的遗产，我对你失去了利用价值，你要放弃我了吗？”

她没有得到任何回答，她把耳朵贴在门上，门后那样安静，听不到任何的声音。

她笑自己傻，却忍不住继续说："我好累啊谢安南，婆婆不在了，我也终于明白，靠我的力量，已经守不住婆婆的房子了。我也不能从你手里要回那份遗嘱了，对吧？那我就走好了。

"再见了，谢安南。"

【3】

谢安南回到景川的时候，发现报纸和各大网络社交平台上关于老太太的事情似乎已经翻了页。

他回了 SQ，薛澄正在为那块地的事情气急败坏，老太太的遗嘱没有找到，本来应该顺理成章地由老太太那几个外甥继承，但当他们去申请继承遗产的时候，却发现那座房子和地，都已经易主了。

主人的名字，是谢安南。

谢安南在二十三楼等薛澄，她很快找上来，连眼睛都是红的："你什么意思？"

谢安南掀起眼皮看她："我的意思就是那房子、那块地，不卖，你们也动不了。"

谢安南太清楚薛澄处理问题的方式有多毒辣，在老太太去世之后，他立刻带着遗嘱到处走访，他这些年积累的人脉和资源几乎被用尽，才换来了一线生机。

他急着解决问题，却不知道遗嘱的事情是怎么泄露的。

遗嘱是老太太交给他的，就在春节的时候，那时候顾声声不在，老太太当着他的面，在他震惊的目光中，一笔一画地写下了遗嘱。

老太太笑着说："就这几个字，我跑了老远的路，请公园里那些老头教我，可算学会了。"

她没读过书，不识字，程锦耀教过她，她也仅仅学会写自己和他的名字而已。她将写好的遗嘱交给谢安南："一开始我是想留给声声那个丫头的，可是她太善良了，像我，呵呵，她守不住啊，可是你不一样，老太太知道，你够狠。”

谢安南不肯答应：“婆婆，你还好好的，不需要做这种事情。”

“声声傻。”老太太把遗嘱推了过去，“老太太也傻，可是我都这把岁数了，怎么会看不清楚，要守住这个房子，难！要等回程锦耀，更难！声声帮了我这么多，这个房子，就当作我给她的嫁妆。”

谢安南短促地笑了一下：“婆婆，你这么相信我，你知道我是什么人吗？”

“老太婆看得很清楚，你啊，一开始一定是坏透了。”她笑着，“可是有哪个人遇到我们声声，还舍得一直坏下去呢？就你看她那眼神，我知道错不了。你爱她。”

谢安南终究还是收下了那份遗嘱，老太太说得对，顾声声势单力薄，她守不住，可是如果是他的话，还有一点胜算。

所以，他在薛澄有所动作之前，去了港海找顾声声的外公，却没想到薛澄竟然把这件事情牵扯到了顾声声的外公。最终，他放弃了周家的帮助，利用自己这些年来积累的人脉和资源，做了许多努力，总算得到了转机。

他看着薛澄：“我找过你老板了，我也给他看了新的设计方案，你跟了史峰这么久，不知道他最爱伪善吗？我半威胁半利诱，再加上我身后有大量的支持者，他没有理由不答应。”

“他答应了？”薛澄不可置信。

“他答应了，薛澄，我守住了那块地，也守住了那个房子。那块地，将会设计成复古景区，酒楼、房子，都会设计成旧时代的建筑。你要知道，现在人们怀旧情绪这样重，这样的商业区，才更具吸引力。”

“所以你名下那座时代感那么强的老宅，就可以名正言顺地留存了，对吗？既然你想保住那房子，为什么要同意拆迁，拿了鉴定书却还不告诉顾声声？为什么要给我商业区设计图？”

“老太太要守住的是她的爱情，不是那座房子，先破后立，我拆了房子，会还给她一座和当年一模一样的。至于那份设计图，是我为了拖住你。”这是谢安南对老太太的理解，没有人真正理解老太太，包括顾声声，可是谢安南他懂了。

他最大的错，就是低估了老太太的烈和顾声声的执着。他不能告诉她们他的打算，这样会让薛澄有时间想对策。

他也不知道薛澄这样着急，一拿到鉴定书就急着撵人。

顾声声打电话给他的那一天，他的确在开会，手机设置成静音放在桌上，他在讲解那个假的设计图时，薛澄看到了，是她按掉的。

他赶过去的时候，一切都已经来不及了。

过后他只能和薛澄赛跑，和时间赛跑，他到处奔走，即便知道顾声声面临着什么样的舆论，即便他知道如果他不回来解释，她一定会误会他。

可是他更相信，如果他做到了，顾声声会原谅他。

他看向薛澄：“我只想问你一个问题，你是怎么知道遗嘱的事情的？”

“我其实不能确定，徐慧芳的外甥找不到那座房子的房产证和地契，却找到了一些关于遗产公证的资料，我们只能就此推断，她立了遗嘱。”

谢安南终于了然，这不奇怪，老太太一开始就想把房子留给顾声声，只是后来他的出现让她改变了主意。

“你可以走了，薛澄。”他再无疑问，她自然也不需要留下来，“滚出SQ。”

明白了一切的薛澄节节后退：“谢安南，你变了。”

他是变了，就像老太太对他说的那样，因为他爱上了顾声声，所以一切都变了。

薛澄看着他，嘴唇颤抖：“你爱她？”

谢安南点点头：“我爱她。”

“怎么可能？她凭什么？”

“她不凭什么。”他就是爱她，从他见她的第一眼开始，没有缘由，没有退路，像命定的一样。

他不愿意再和薛澄废话下去，得知她对顾声声的所作所为之后，他只让她滚出SQ，已经是他最大的宽容。

“可是我爱你！”薛澄终于承认，这些年来和他分了又合，费尽心机来到SQ，用各种方式打压顾声声，是因为她原来爱他，所以无法忍受他爱上了别人。

他们明明一样的唯利是图，一样求快。

谢安南没有解释，因为他自己也解释不了，他不再和薛澄废话，如果她始终赖着不走，那他走。

他还有那么重要的事情要去做，他要去找她，找他的顾声声。

可是顾声声似乎消失了，他去了她以前的公寓，林棠倚在门上冷冷地看他：“我不知道她去了哪里，她只留下了字条，我也在找她。”

谢安南转身离去的时候，林棠叫住了他：“如果你不爱她，就这样放过她吧。”

谢安南没有回答，他又去了港海，顾太太不像以前那样大大咧咧笑得像个明媚少女了。她看着谢安南，两鬓不知道什么时候有了灰白色。

顾先生坐在一旁，不发一言。

顾太太说：“声声回过港海，她说她想出去走走，散散心，等想通了，放下了，她就会回来，至于去哪里，她没有说。”

谢安南礼貌地告退，经过院子时，看到那两棵玉兰树郁郁葱葱的，玉兰花开满枝头，是扑鼻的香味。

他没有直接回景川，而是选择去找苏幕。

他在前台报了自己的名字，不一会儿，苏幕就气势汹汹地冲了下来，直接给了他一拳。

苏幕的情绪大约是这些人中最激动的，因为谢安南伤害了顾声声，伤害了他在这个世界上最重要的人，他没有理由原谅谢安南。

谢安南没有还手："我想知道声声去了哪里。"

苏幕冷笑着："我最后悔的是亲手把她交到你的手上。别说我不知道她去了哪里，就算我知道，我也不会告诉你。"

谢安南在港海找了一天一夜，最后买了机票，去了西城。

西城的风光依旧，也有不少美女朝他抛媚眼，和他搭讪。谢安南闷闷地想：顾声声，又有人来勾搭我了，你怎么不跳出来吃我的醋了？

他走遍了整个西城，可是这里没有顾声声。

他去了那个香火旺盛的寺庙，来了这么多回了，他还是不知道，这里供奉的是什么神佛。

他是一个没有宗教信仰的人，他唯一的信仰就是快。

他在寺庙里站了很久，终于跪在一地尘埃里，他知道自己要求什么，也许从今往后，他要求的也只有这一样了。

他想求回一个人，他的顾声声。

谢安南终究还是回了景川，他没有去上班，独自坐在家中借酒浇愁，醉了可以睡着，睡着了，就可以梦见顾声声。

那段监控视频，是他喝醉酒无意间乱按到的。

监控画面上出现顾声声的身影时，他红着眼扑到电视机前，他看着顾声声举起手，却没有按密码，他看着她仰起头，对着摄像头说话。

后来他将这段视频反反复复看了几千次，他终于弄清楚顾声声在说什么。

她说："那我走好了，再见了，谢安南。"

原来她已经对他说了再见。

尾声：
我们回家

谢安南依旧过着苦行僧般的生活，他的生活围绕着那个正在重建的老区，围绕着那座被拆掉重建的房子，他自己画设计图，自己到现场监工，每一分每一寸，都要做到精准无误。

只是他不喝汤了，再好的汤，都喝不出那个味道，干脆就不喝了。

他还在等顾声声，他想她总要回来的，他有一整个余生可以等。

复古景区在第二年落成，等到景川迎来第一场雪的时候，谢安南从SQ辞职了。

他以为顾声声会看到他做的一切，看到了她就会回来，可她没有。

于是他辞职了，他向来果断，如果她不回来，那他就去找她。他的确有一整个余生，但他不要像老太太那样死等，他要去找她，无论走到天涯海角，他一定要找到她。

谢安南走遍了很多很多地方，从国外到国内，最初他喜欢去一些风景漂亮的地方，他觉得顾声声一定会喜欢看风景。

可是风景很美，却没有顾声声。

后来他到处旅行，就干脆挑冷门的地方走。再后来，知道他到处奔走的林棠似乎动了恻隐之心，她告诉他："别到处乱跑了，顾声声不在国外。那地方那么偏僻，你不用找了，她如果想回来，就会回来。"

她没有告诉他顾声声在哪里，却又透露了顾声声的信息。

既然确定了她在国内，谢安南就在国内找，他专门往偏僻的山区走，把自己弄得满脸胡楂，头发蓬乱，一件冲锋衣仿佛能穿一辈子，从前西装革履发型精致的翩翩贵公子形象不复存在。

谢安南找到顾声声，是因为一个意外。

他在一个小县城里遇到一个到城里来购物的老婆婆，老婆婆买了许多东西，走起路来脚步蹒跚。那老婆婆长得有点像徐老太太，谢安南看着不忍心，就主动上前帮忙，为她扛了那一袋物品。老婆婆的家在大山里，一路没遇到回家的驴车，谢安南就干脆跟着老婆婆翻山越岭，一路将她护送到她住的那个小村庄里。

老婆婆觉得谢安南心善，操着一口方言让他留下来吃饭。老婆婆笑起来没有牙齿，谢安南知道她也听不懂普通话，比画着说不用了，他还有事，要去找人。

老婆婆却还是拉着他，指着间土坯房，让他留下来吃饭。

谢安南还在比画着，就听见一个熟悉的声音响起："阿婆说感谢你帮她拿东西，让你留下来吃饭呢！"

甜甜糯糯的普通话，像穿越了时光，姗姗来迟。

谢安南怔在原地，土坯房里走出了一个女孩子，穿着极简单廉价的运动套装，还是那一头微微卷曲的短发，只是她晒黑了，原先粉粉嫩嫩的白色皮肤，变成了小麦色，像是镀了一层蜜。

那女孩子走上来对他笑：“你是外地过来旅游的吧？我叫顾声声，是这个小村子的老师。”

谢安南没想到自己能再见到顾声声，他又欣喜又慌乱，一开口却是一句地地道道的美式英语。

他以为自己会说“我好想你”，说出来的却是“你好”。

顾声声愣了愣：“原来还是外国游客呢。”

他这两年改变有点大，因为长期在路上漂泊，从前那些追求精致的小习惯通通不见了。一个月前又在路上生了场病，持续的高烧险些要了他半条命，扁桃体严重发炎导致声带受损，如今声音沙哑得像是换了一个人。

她没认出他来，他竟然一点都不惊讶。

他仿佛松了一口气。

顾声声的英语水平普通交流没有问题，她告诉谢安南，她也是因缘巧合下来到这里的。村子里的劳动力都去外面打工了，只剩下老人和小孩，小孩子都很可爱，她教他们说了一句普通话，他们就一直缠着她要她继续教。

村子里有一个支教的教师，那个教师说，如果不介意，可以留下来当几天老师。

她就干脆留下来，从几天到几个月，再到整整一年。现在她几乎已经可以听懂这里的方言了。

谢安南总是听她说，自己却很少说话，他怕自己说多了就会穿帮。

顾声声建议道：“要不你也留几天吧，还能教小孩英文呢，他们居然也有外教了，多洋气啊。”

谢安南毫不犹豫地答应下来。

他在小村里安顿了下来，每天和顾声声一起上课，他教英文，她教中文。

这里没有网络没有电视，寄一封信要翻越两座山去城镇的邮局，像从前的日子，很慢很慢。日子过得很苦，可是她和他很快乐。这里没有太多利益纷争，她可以埋头做自己喜欢做的事情。他看着这样的顾声声，太美好，像从前一样，所以他不敢惊动，就只好一直以外国友人的身份留下来。

谢安南没有闲着，他修葺了破破烂烂的校舍和村里老人的房屋，顾声声就在一边帮忙。

有时候她会盯着他看，看上很久很久。

谢安南总是心虚："你在看什么？"

顾声声摇摇头："有时候我觉得，你很像我认识的一个人，可是吧，他那么注意形象的人，不会留长头发和络腮胡的，嗯……声音也不像……他的声音好听多了……"

最后一句话声音很小，而且说的是中文，但谢安南却听进了耳里。

她终究是在乎他的，即使他的外貌、习惯、声音通通改变，即便他有意地伪装和隐藏着自己，总是戴着茶色墨镜不与她对视，他自认为伪装得很好，但她还是察觉了异样。

谢安南想：也许，自己的身份瞒不了多久了。当她认出他来，究竟会做出什么样的反应？

但他没想到这一天来得这样快，就在隔日，谢安南找了一些木材，想给村子里唯一一间教室加固，顾声声在一旁替他选材料："阿毛，这块行不行啊？"

阿毛是顾声声给他起的昵称，因为他毛发旺盛，几乎把脸遮住了。谢安南看了眼那块奇形怪状的木材，抽着嘴角摇了摇头。

他告诉她需要石头，她就风风火火跑去老远的地方，不知道从哪里找了一块大石头，挪着运过来。

"阿毛，这块可以了吧？"

谢安南一抬头，就看见顾声声脚下一绊，整个人连着石头一起滚了出去，他大惊失色，放下手中的锯刀飞快地冲出去。

“顾声声！”他冲到她面前，就见她躺在地上，但好在毫发无损。

顾声声看着那张脸，忽然开口：“你叫我什么？”

谢安南愣了愣，知道瞒不住了。

顾声声很快跳起来：“谢安南？！”

谢安南不敢回答，顾声声一把掀掉他几乎从不取下的墨镜，又伸手用力地揪了揪他的胡子，没揪掉，是真的，不是易容。

她跳着脚喊：“你变态啊！”

谢安南万万没有想到，在他找到顾声声之后，在她认出他的真实身份之后，她对他说的第一句话居然是——“你变态啊！”

那一天晚上谢安南辗转难眠，第二天起了个大早，借来了一把菜刀，冒着生命危险，把自己脸上的胡子全剃了。

他在小学的操场上找到顾声声，她坐在那儿出神，不知道在想什么。

他走过去，喊她的名字。

顾声声转过头来，瞪了他一眼，却一下愣住了。

之前他一直留着胡子，胡子被剃掉之后，顾声声才发现，他瘦得厉害，原来丰满好看的脸颊不知是不是因为长途跋涉，竟然有些凹陷。他太瘦了，显得眼睛更大，却没有从前的华彩，更多的是疲惫。

其实她走了不到半年，就和林棠和苏幕联系了。关于谢安南的消息，她每一个月能得到一次，他们的沟通方式是信，从两座山外的邮局寄出。

顾声声不让他们告诉谢安南自己的下落，她也许是怕了，一朝被蛇咬，十年怕井绳。谈恋爱不容易，可能不适合她这种一根筋的人。

可是她没想到谢安南会到处找她，她终究还是心软了，林棠提出透露点信息的时候，她没有拒绝。

从那天开始，她就在等，等他来找她。

她其实很多时候都觉得阿毛就是谢安南，尽管他变化太大，处处不像从前的谢安南，可是她和他在一起的感觉，实在太让她起疑了。

可是她不敢认，她想：就算阿毛真的是谢安南，他不和她相认，那就这样吧。不相认，或许更好，他们可以更加和谐地相处，仿佛什么都没有发生过。

然而即便她做好了种种心理准备，在确定面前的人真的是他的那一刻，她的心跳之快还是超出了她的想象，让她不得不选择逃跑。

可是她很笃定，他会再来找她的。果然，他来了，还剃了胡子。

谢安南在她身边坐下："现在还嫌弃我变态吗？"

顾声声哼了一声："顺眼多了。"

其实她原谅他了，他做的事情，她也都知道了，只是还是不确定，所以选择原地踏步。

谢安南在心里舒了一口气，他又可以和她并肩而坐，是庆幸，是感恩。

他和她在一起安安静静地坐了很久，黄昏的时候，他忽然开口："声声，我找到程锦耀了。"

他告诉她，他找到程锦耀了，那个老太太等了一辈子的人，真的活到了现在。

谢安南见到程锦耀的时候，他已经白发苍苍，牙齿都已落光了，躺在床上无法动弹。当年他在战场上伤了头，虽然大难不死，但却变得痴痴傻傻。他被救了起来，却搞不清楚他的来历，只记得自己是大少爷，只记得自己要回家娶老婆。

人人都以为他是傻子，他从那以后，也就以一个傻子的身份活了下来。也许是因为头部受伤从此无忧无虑，让他活到了现在。

谢安南说："我去看他的时候，他已经起不来了。我问他，你记不记得徐慧芳？"

他还记得。

当时程锦耀迷茫地看了他很久很久，忽然笑着对他说："丫头，等我回家啊。"

说完那句话，苍老的眼睛里就流出混浊的泪水。

谢安南记得老人家的眼泪，他已经认不清楚人了，可是他对谢安南说："徐慧芳，我爱妻。"

原来程锦耀是记得徐慧芳的，他没有一转身就忘记她。原来他终其一生也在等，等着自己醒过来，可以回家，回家去娶他心爱的女人。

顾声声看着谢安南，用力地捂住自己的嘴，才不至于痛哭出声。

她一直相信的，老太太也一直相信的，她们都押对了。

谢安南伸出手，把浑身颤抖的顾声声拥进怀里："在我找到你的三个月前，他过世了，我回去了一趟，将他的骨灰带回景川。老太太的老宅保留下来了，顾声声，我按照最初见面时你描绘的样子，把它保留下来了。"

顾声声抬起头，看见谢安南的眼睛，极亮极亮的，像北极星的光。

他在说："我在宅子里种了两棵玉兰树，一棵是程锦耀，一棵是徐慧芳。"

在分别多年之后，他们终于又在一起，程锦耀等到了徐慧芳，徐慧芳也终于等到了程锦耀。

顾声声仿佛看到那座大宅前，年轻的徐慧芳等到了抗战归来的程锦耀，他们手牵着手，一起走进了大宅里。

谢安南还在说着话："顾声声，那座宅子，我用了许多心血，现在那里，是我们的家。"

他的吻和声音都落在她耳边："顾声声，程锦耀和徐慧芳错过了一辈子，可是我不想错过你，我想带你回家。"

他等了很久，很久，等到黄昏的余晖彻底褪去，等到黑色的天幕上星光闪烁，他怀里的人才动了动。

下一刻，他的脖子被人搂住，有温热的吻落在了他脸颊上。

他听到她说："谢安南，我们回家。"

——THE END——

番外一

顾声声觉得，见家长是一件很可怕的事情。此刻，她坐在谢家在芝加哥的白色小洋楼中，恨不得把头钻进谢安南的西装里。

顾声声表示很惶恐。

谢母优雅得像个伯爵夫人，开口就是一串英文，且语速极快。顾声声一个六级刚刚过及格线的人，在心里默默抹了一把眼泪，然后用力地、毫不留情地、暗搓搓地掐上谢安南的腰。

被掐的某人深吸一口气，声音有些飘：“妈，请说中文。”

谢母诧异地看了一眼谢安南，笑着转向顾声声：“顾小姐，听说你让安南和你一起去山区支教？”

谢安南前些年为了寻找下落不明的顾声声，放弃了大好事业，走遍了大江南北。谢家头一回出了个“浪子”，谢母认定是自己调教无方，已经对着谢安南耳提面命了好几回。这回见到了“罪魁祸首”，自然不打算放过。

顾声声眨巴着眼，刚想回答，却被某人一脸淡然地抢先发了声：“不是声声要求的，是我死皮赖脸跟过去的。”

顾声声愣了愣，看向谢安南，发现他虽然说着和他个性不符的话，脸上却还是一副无波澜的模样，仿佛这是再正常不过的事情。

谢母嘴角抽搐，再次看向顾声声：“我听说，你是港海周家的外孙女，那么你也算是周家的继承人？”

这误会就有点大了。顾声声瞪大了眼睛，忙解释道：“顾太太她不是有钱人……呃，我顶多就是一个家庭旅馆的继承人……”

顾声声的手指绞在一起，她本不在乎自己的出身，可现在她却觉得自卑起来。

她垂头的时候有人握住了她的手。谢安南没有看她，只是径直看向谢母：“妈，声声她现在没有工作，也不是什么家族企业的继承人，按照小旅馆的经营状况，很可能没到她的手上就倒闭了……”

用不用这么坦诚啊？顾声声低着头，泪眼婆娑地再次对谢安南的腰伸出手，但她还没碰到他，就听见他接着说：

“可是不管她贫穷与否，就算是有一天她负债累累，我也会养她，照顾她的家人。我的所有就是她的所有，在我第一次向她求婚的时候，我就已经打算将自己的全部财产交给她，那是我给她的聘礼。”

顾声声的手僵在半空中，谢安南很少说情话，他最多就是在她惹恼了他的时候，不管不顾地将她揪过来强吻。而当年他向她求婚，她除了惊吓没有多想，原来那个时候，他就已经决定好，要给她他的全部。

谢安南一番话说得连空气都凝固了，谢家人脸上挂着的全是震惊和不可置信的表情。如果说当时谢安南抛下一切走南闯北寻人，他们尚且以为他是一时脑热想不开，但现在这么一席话，足以让他们确定，谢安南是认真的，甚至是虔诚的。

能言善辩的谢母一时说不出话来，谢安南巡视了一圈目瞪口呆的一群人，冷冷地开口："还有什么要问的吗？如果没有，我们两人就……"

顾声声吓醒过来，停在半空的手终究还是伸了过去，谢安南再度猛吸了一口凉气。他看向顾声声有些不痛快，他们离开景川的时候苏幕吵着闹着要给他们饯行，一群人闹了好久，到了芝加哥又被立刻接回家，他快一天一夜没和她单独相处过了！

但顾声声没理会他，虽然谢安南说的话让她很感动，但第一次拜访，这么咄咄逼人实在是不好。顾声声站起来，笑着打圆场："今天的午饭，我来做吧。"

她别无所长，最厉害的就是熬汤做饭了。

谢家的食材都是一次囤够一周的量，顾声声进了厨房，找到食材和自己带来的调料，剁剁切切地准备起来。

而谢安南依旧和家人坐在会客厅里，谢母正蹙眉看他："安南，这个女孩子对你的事业毫无帮助，甚至会拖累你。"

谢安南轻笑一声："失去她的日子，我觉得命都快没了，哪里还顾得上事业？她在我身边，只有助益，没有拖累。"

他从小倔强，何曾说过这样服软的话。

谢母一时无言，谢父是个冷静内敛的人，在一旁默不作声地观察了许久，也知道小儿子这次的确是动了真心，他拍了拍妻子的肩膀，示意她不要再说了。

谢母鸣金收兵，倒是谢家两个哥哥，都坐在一旁不可思议地打量着谢安南。

谢安南两个哥哥都至今未婚，从小都是他追在他们身后跑，这次总算让他领先一回。谢安南昂起下巴，忍不住扬起嘴角。

顾声声端着香气扑鼻的饭菜走出厨房时，谢家人已经端坐在了饭桌边，菜一样一样地上桌，色泽诱人，光看卖相就让人食指大动。

顾声声给每个人盛了一碗白米饭。做饭是谢安南要求的，说他父母想家，必定要给他们做上一顿原汁原味的中餐。

他其实是胡诌的，就是忍不住想向家里人炫耀，他娶的妻子下得了厨房，上得了厅堂，怎么算都是他谢安南高攀了。

谢安南拿起筷子，语气平常地对顾声声说："我想喝汤。"

顾声声便站起来，给他盛了一碗汤，放到他面前的时候，还不忘嘱咐："小心烫。"

谢安南的目光瞟过他那两个连筷子都拿不好的哥哥，在心里轻蔑地冷笑一声，嘴角有一丝得意：羡慕死你们！

谢父和谢母不动声色，直到拿起筷子夹了一筷子菜送进口中，才终于忍不住放任自己的思乡情绪蔓延，半晌后竟眼眶发红——再重利益铁石心肠的人，也在心里为"家"这个最柔软的地方，留下了不为人知的一片净土。

谢父点点头："好，这菜做得好！"

这是顾声声从踏入谢家开始，第一次听到赞扬，她羞涩地抿嘴："叔叔阿姨如果喜欢，我还给你们做。"

她的两个小酒窝若隐若现，谢母抬头看了她一眼，不知怎么就有些心软。再看自己儿子，从前不苟言笑的人，此刻娴熟地握着筷子，给身旁的女孩子夹了一筷子菜，然后就在一旁凝视她，仿佛被她的快乐感染，他的嘴角也漫出了笑意，温柔的、包容的，眼里心底仿佛只有这样一个人存在。

顾声声察觉到谢安南在看她，忍不住扭过头去，对着他笑起来，落在他眼里，仿佛周遭的一切都渐渐退去，眼前只能看到他的笑。

两个人旁若无人地对视着，艰难夹菜的哥哥们顿时受到了撒狗粮的伤害，都纷纷扭过头去。

吃完饭，两个哥哥总算对顾声声有所改观，感觉这个女孩子和他们见过的女精英都不一样，可温柔了，于是围着她说话，询问她是否还有姐妹。

顾声声有些不好意思："我是独女，但我有个好闺密，叫林棠，她对我来说跟姐姐差不多的。"

谢安南从谢父的书房里出来，就看见顾声声被围在角落里，他不满地挑起眉毛，走过去在顾声声身旁坐下，伸手就将人搂在怀里。

顾声声是他的，一律雄性生物都要退散，亲兄弟也没得商量。

大哥和二哥对视一眼，均挑了挑眉，又面向顾声声问："我们这个弟弟，样样都求快，可是有些该慢的事情，他都把握不了分寸……"

顾声声有些懵懂。

二哥立刻凑过来问："他和你在一起的时候，还是做什么都快吗？"

他挤眉弄眼的，语气暧昧。一旁的谢安南突然挑起眉毛瞪着他，抄起旁边的靠垫就扔了过去。

顾声声不明所以地想着，以为这是称赞，于是点点头："嗯，他做什么都超级快的！"

两个哥哥听闻对视一眼，不顾谢安南铁青的脸色，笑得差点要倒地。

顾声声望着两人大笑着离去的背影，一脸莫名其妙，回过头就看到谢安南森冷的眼神。他皮笑肉不笑地看着顾声声："声声，你怎么忘记了？"

忘记了？忘记什么了？顾声声一脸蒙圈。首席你可不可以不要越靠越近，你这样我怎么冷静地去记起来？

"忘记了……我也可以很慢的……"谢安南的声音在顾声声耳边温柔起来。

那天晚上，顾声声终于想起来了，谢安南说的"慢"是什么意思……

番外二

这日，谢安南和一个刚从国外回来的女客户谈合作，在景川有名的六星级酒店里用餐。走出酒店时，女客户给了他一个吻别礼，仰着头在他的侧脸上吻了一下：“合作愉快。”

谢安南忽地皱了下眉，笑着回道：“我太太是传统的中国人，如果她看见我吻别的女人她会吃醋，原谅我不能回礼了。”

其实事实上是，他的感情洁癖比自己想象的重，和顾声声在一起后，他便再也没有了多看别的异性一眼的兴致。

他送客户上了车，一抬头，就看见街的那一边，他口中会吃醋的小妻子就站在那儿怔怔地看着他，也不知道站了多久。

谢安南愣了愣，就看见她忽然捂住了嘴巴，扭头跑掉。

谢安南大惊失色，以为顾声声误会了什么，撇下助理一路追过去，好不容易在街角找到了站在那里面色苍白的顾声声。

他惊慌失措地带她回家，在车上一路不停地解释："声声，你是不是误会什么了？我只是和她一起吃饭，她是客户！如果你不信，我让GARY来告诉你！"

但顾声声不说话，她看向窗外，仿佛陷入了自己的世界里。

一直到了家门口，顾声声一下跳下了车，跑到院子里，看着那年谢安南种下的两棵玉兰树，捂着嘴流出眼泪来。

谢安南第一次这样无措，她一哭他几乎要急得揪掉自己的头发。他站在玉兰树下，看着顾声声有些语无伦次："声声，她吻我是因为礼节……我……我再也不接近雌性生物了……我……"

他乱七八糟地说了一堆，顾声声的眼泪却依旧没止住。他烦躁起来，干脆将人拉过来，捧着她的脸一点一点地擦去眼泪。

"声声……声声……"

他一声一声地叫她的名字，可是她哭得更凶了。

他便干脆去吻她的眼泪，一点一点，最后落在她的嘴唇上，舍不得放开了。

睁眼时，眼前却是一双哭红了的眼，谢安南叹了口气，刚要说话，就感觉顾声声用力地抱住了他。

她的声音轻轻的："笨蛋！我又不是醋桶，我刚才……是突然有些想吐。"

谢安南眉头一皱，不是为了那句笨蛋，而是忽然紧张起来："你哪里不舒服？嗯？"

顾声声抬头看他，世间的温柔仿佛都落在眼睛里："谢安南，我想为你生孩子。"

谢安南愣了愣，似乎有些反应不过来：“嗯？”

她抓着他的手按在自己的小腹上：“你给我你的所有，我也想给你我的。”

为你生儿育女，为你洗手做羹汤，然后伴你终老。

谢安南放在她小腹上的手忍不住颤抖起来，他从没想过要催着顾声声生孩子，倘若她不愿意生，那这辈子他就陪她到老也是可以的，可是她说，她想给他她的所有。

他红着眼眶把她抱紧，连我爱你都不足以表达他此刻的心情。

他像个第一次得到玩具的小孩，突然不知所措起来：“这……这就有了？！”

他想了想，忽然严肃起来，一本正经地看着她：“你要答应我，以后爱他不能超过爱我……”

顾声声沉默地想着，究竟是谁爱吃醋？连还没出生的孩子的醋都要吃！

顾声声在他怀里磨来蹭去：“你说孩子像你还是像我？”

谢安南还在坚持：“不管像谁，你最爱的人还是我……”

顾声声翻了翻白眼，不去理会他，自顾自地说下去：“我觉得像你好呀，聪明，像我就可能会有点迟钝，你知道，我这么慢……”

他脸上坚决别扭的神情越来越柔和，他在她额头上极轻地留下一个吻：“不，像你才好。就算笨一点也没关系，我们陪着他，慢慢来……”

我也会陪着你，一步一个脚印，慢慢、慢慢走下去。

纵然这一生山长水远，但终有你在身旁，这就很好。